WENN ICH DICH JE VERGESSE ...

ANNE BEZZEL

WENN ICH DICH JE VERGESSE…

HISTORISCHER ROMAN

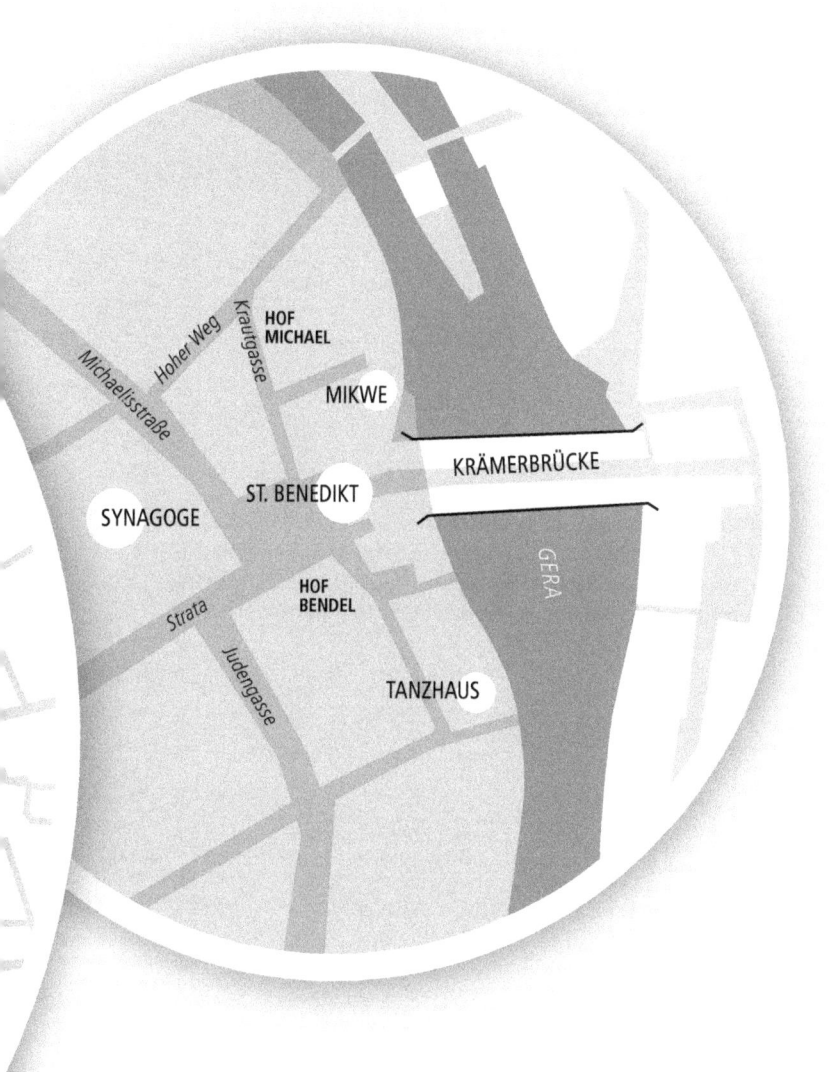

ERFURT
JÜDISCHES VIERTEL
1349

Bibliografische Information der Deutschen Nationalbibliothek:
Die Deutsche Nationalbibliothek verzeichnet diese Publikation
in der Deutschen Nationalbibliografie; detaillierte bibliografische
Daten sind im Internet über http://dnb.d-nb.de abrufbar.

© 2021 by Wartburg Verlag GmbH, Weimar
Printed in Germany

Das Buch wurde auf alterungsbeständigem Papier gedruckt.

Gesamtgestaltung und Satz: Anja Haß, Leipzig
Druck und Binden: CPI books GmbH

ISBN 978-3-86160-586-7
www.wartburgverlag.net

LACRIMIS
MATRIS

Für Mirjam, Eva, Julie,
Lea und Paula

Für Friedemann, Lorenz
und Max

Schabbat, 22. We-Adar 5109
Dies Sabbatinus, 21. März 1349, St. Benedikt

DIE FLUCHT

„Bruder, lauf!" Naomis Schrei treibt ihn vorwärts. Er vernimmt ihn im Pochen seines Herzens, im Takt seiner hastenden Füße auf dem Pflaster. Er rennt durch die engen Gassen. Der Rauch der brennenden Häuser hüllt ihn ein, beißt in seinen Lungen.

Noch herrscht Dunkelheit, doch die ganze Stadt ist in Aufruhr. Männer und Frauen stürzen aus ihren Häusern, Kinder weinen nach ihren Müttern. Überall auf den Straßen irren Menschen umher, aufgeschreckt vom Lärm und dem Geruch des Feuers. Jakob läuft. Fort, nur fort! Nahe am Flussufer läuft er. Hier hat er mit Merten im Schilf gesessen. Tausend Jahre ist das her.

Bald hat er das Quartier hinter sich gelassen. Dort, nur einen Steinwurf entfernt, liegt das Heidentor. Für einen kurzen Augenblick presst er sich in einen Torbogen. Ungestüm wird die Haustür hinter ihm aufgestoßen, Männer, mit Stöcken bewaffnet, drängen ihn beiseite.

Jakob hat keine Wahl. Er läuft weiter, läuft gegen den Strom der Menschen, die durch das Heidentor drängen, dem Spital zu. Niemand achtet auf ihn, niemand scheint ihn aufhalten zu wollen. Wind kommt auf und trägt den beißenden Rauch mit sich fort. Vor ihm ragt die Nordseite des Hohen Chores der Dominikaner in das Dunkel des Frühlingsmorgens. Hinter den hohen verglasten Scheiben schimmert ein schwacher Lichtschein.

Ohne sich zu besinnen, verlässt er die Straße und rennt über das Gräberfeld, das die Dominikanerkirche umgibt. Er rutscht den flachen Abhang zum Walkstrom hinab und watet hindurch. Eiskalt umströmt das Wasser seine nackten Füße, es durchdringt seine Beinkleider. Er achtet nicht darauf. Jakob läuft. Mit jedem Steg, den er überquert, mit jeder Biegung der verwinkelten Gassen werden der Lärm und das Geschrei leiser.

Nun liegt der freie Platz vor ihm, der auf das Brühler Tor zuführt, der westliche Durchschlupf durch die Mauer. Aber die Torflügel, bewacht von zwei Stadtknechten, sind geschlossen. Jakob duckt sich hinter einen Busch, der unter der niedrigen Dachtraufe einer Stallung wächst. Die ersten Strahlen der Morgensonne lassen die rötlichen Quadersteine der Stadtmauer aufleuchten wie die Schuppen eines gewaltigen Schlangenleibs. Erst beim Viehläuten werden die Männer die schweren Querbalken aus ihrer Verankerung heben und die Tore öffnen.

Endlich dringt das Geläut von Martini Extra durch den immer heller werdenden Morgen. Jakob drückt sich noch tiefer in sein Versteck, als ein Hirt mit einigen Schweinen auf die Toranlage zukommt. Er hört das Grunzen der Tiere, die Rufe der Männer, das Knarren der schweren Torflügel. So nah ist die Freiheit und doch so unerreichbar.

Plötzlich vernimmt er das Rattern von Wagenrädern. Als er vorsichtig durch die kahlen Zweige spät, sieht er den Ochsenkarren. Es ist ein Wagnis und doch muss er es eingehen. Jakob zögert nur einen kurzen Augenblick. Als der Karren eine Handbreit entfernt an ihm vorbeifährt, springt er auf und kauert sich hinter ein paar Fässer, die unter einer Sackleinwand verstaut sind. Wenn der Händler am Tor seine Waren vorzeigen muss, wäre er verloren.

Aber vielleicht hat der HÖCHSTE sein Gebet erhört. Denn kein Wächter zerrt ihn aus seinem Versteck. Alles bleibt dunkel. Alles bleibt still. Nur Naomis Schrei hört er im Rattern der Wagenräder, die ihn aus der Stadt tragen. „Bruder, lauf!" Wohin? Er weiß es nicht. Der Wagen schaukelt ihn unsanft hin und her. Langsam wird das Klopfen seines Herzens ruhiger. Der Gesang der Vögel dringt an sein Ohr und schließlich das Rauschen von Wasser, immer näher, immer wilder und unbändiger. Vorsichtig späht er durch einen Riss in der Plane nach draußen. Zwischen ein paar hohen Erlenstämmen, die den Hohlweg am Flussufer säumen, wagt er den Absprung und lässt sich in die Böschung rollen.

Langsam entfernt sich das Ochsengespann. Jakob bleibt im hohen Ufergras liegen. Die Nässe dringt durch seine Kleider – er achtet nicht darauf. Ihm ist, als flüstere der Fluss ihre Namen. Naomi. Merten. Warum ist er hier? Er muss umkehren. Vielleicht ist es noch nicht zu spät.

Als er sich mühsam aufrichtet, spürt er das Zittern in seinen Beinen. Ist das er, Jakob, der endlich weiterläuft, immer nach Süden? Er hält sich nah am Ufer. Die Landstraße meidet er, aus Angst, entdeckt zu werden. Unendlich langsam kommt er voran. Er muss achtgeben, an der steilen Böschung nicht abzugleiten und in den Fluss zu stürzen, der durch die Schneeschmelze mehr Wasser führt als sonst.

Fort, nur fort. Die Worte treiben ihn weiter. Wie lange er gelaufen ist? Er weiß es nicht. Schließlich macht der Fluss eine Biegung, doch er darf die Richtung nicht verlieren.

Das letzte Wegstück, weg vom Fluss übers freie Feld, ist steil. Er duckt sich gegen den Sturm, der unerbittlich an seinen zerfetzten Kleidern zerrt. Er muss die Hände benutzen, um voranzukommen. Als er die Anhöhe erreicht hat, kann er nicht mehr weiter. Jakob lässt sich ins Gras fallen. Unter seinen von Dornen und Zweigen aufgerissenen Fingern spürt er die nassen Halme, die feuchte Erde. Über ihm, im weiten Blau des Himmels, zieht ein Raubvogel seine Kreise. Jakob richtet sich auf. Im Tal kann er die wenigen Häuser eines kleinen Weilers sehen, er riecht den Rauch ihrer Herdfeuer. Oder ist es der Rauch, der an seinen Kleidern haftet?

Jakob wendet den Kopf und blickt zurück, nach Norden. Ihm stockt der Atem. Noch nie hat er sie so gesehen: seine Stadt, seine Schöne. Sie scheint zwischen den beiden aufeinander zurollenden Hügeln zu ruhen wie eine schimmernde Perle, eingehüllt in Dunst, der in der Sonne leuchtet.

Wenn Merten dies sehen könnte! Wenn er sie so malen könnte! Unwillkürlich fühlt er unter seinen Kittel. Ja, sie sind noch da, die Zeichnungen seines Freundes, die er zu einer schmalen Rolle gedreht an einem Lederband um seinen Hals trägt. Er muss die Blätter nicht entfalten, um jeden Federstrich der Zeichnungen vor sich zu sehen: den mächtigen Domberg mit der Skizze der Dombaustelle, ein Ineinander von Menschen, Holzgerüsten, Mauern. Auf einem anderen Blatt das Gildezeichen der Schlachter, zehnfach, zwanzigfach hintereinander aufgezeichnet, so oft, bis sich das scharfe Schlachtermesser in einen Federkiel verwandelt hat. Und die breitschultrige Gestalt des Meisters in einen schmalen jungen Mann.

Auf dem dritten Blatt eine junge Frau, eine Harfe auf den Knien, die Wange an das Instrument geschmiegt. Naomi. Merten hatte es fertiggebracht, die zarte Linie ihres Halses, die Neigung ihres Kopfes einzufangen.

Jakob starrt auf seine Stadt im gleißenden Sonnenlicht. Und er begreift: Jener Dunst ist nicht der aufsteigende Nebel eines frühen Märzmorgens. Dies ist der Rauch, der aus den brennenden Häusern emporsteigt. Seine Geliebte brennt. Jakob schlägt die Hände vors Gesicht. Ein Schluchzen wie ein Schrei schnürt ihm die Kehle zu.

Naomi. Merten. Er will zu ihnen. Er kann nicht zurück.

MERTEN

Dies Lune, 22. März 1350, St. Basilius
Jom Scheni, 4. Nisan 5110

DIE ENTSCHEIDUNG

Die Werkstatt ist voller Schatten. Die Flamme des kleinen Talglichts, das Merten neben die Staffelei gestellt hat, zeichnet sie in unruhigen, tanzenden Linien an die Wände des quadratischen Raumes, wann immer er sich bewegt. Durch die großen Fenster jedoch dringt kein Lichtstrahl. Seit ein paar Wochen sind sie auch am helllichten Tag durch schwere Holzläden verschlossen. Der Meister selbst hat es so angeordnet. Merten mag nicht recht glauben, dass dies tatsächlich ein wirksamer Schutz gegen die Pest sein soll. Kurz nach Lichtmess hatte sie Erfurt erreicht.

Nun herrscht sie über die Stadt – nach all den Monaten des ängstlichen Wartens, seit aus dem Süden die Nachricht vom großen Sterben zu ihnen gedrungen war. Weder die Bittgebete in den zahlreichen Kirchen noch das blutige Schauspiel der Geißler vor den Toren der Stadt hatten dies verhindert. Merten hatte den Meister davon erzählen hören: von den Geißelungen, die die Männer sich selbst und einander zufügten. Wie in einem schaurigen Tanz würden sie ihre blutüberströmten Leiber auf die Erde niederwerfen und sich wieder erheben, begleitet von immer wiederkehrenden Gesängen: *Tret' herzu, wer büßen will. Fliehen wir die heiße Höll! Der Teufel ist ein böser Gsell!* Meister Nikolaus hatte seine Erzählung mit einem Kopfschütteln beschlossen: Wenn man ihn fragte, so seien die Geißler selbst nichts anderes als die Vorboten des Antichristen. Die Stadtväter hätten gut daran getan, ihr Treiben innerhalb der Mauern zu verbieten. Sie hätten in ganz Thüringen schon genug Unheil angerichtet.

Und doch hatte der Meister in den letzten Wochen beim gemeinsamen Tischgebet dieselben Worte gesprochen, die auch die Geißler sangen, wenn auch mit ruhiger und bedächtiger Stimme: *Nun hebet auf eure Hände, dass Gott das große Sterben wende ...*

Merten weiß nicht, wie viele Tote man in den letzten Wochen in den neu ausgehobenen Gruben an der Stadtmauer verscharrt hat. In fliegender Hast, voller Angst, oftmals ohne Segen und Gebet. Die Arbeit in der Werkstatt muss trotzdem getan werden, auch wenn das sorgfältige Vorzeichnen der Figuren, das Spiel mit den Farben ohne Tageslicht schwerfällt.

Merten tritt an eines der verrammelten Fenster. Wenigstens halten die Läden und die schweren Stoffe den beißenden Geruch des Salpeters ein wenig zurück, der Tag für Tag auf Anordnung des Rates auf dem Fischmarkt verbrannt wird. Auch dadurch hofft man, dem verderblichen Pesthauch zu wehren.

Seine Hand streicht wie abwesend über das raue Gewebe. Warum empfindet er selbst keine Furcht? Müsste er nicht gerade jetzt mit jeder Faser am Leben hängen? Seit dem Johannisfest des vergangenen Jahres war er nun bei Meister Nikolaus in der Lehre. Alles scheint sich dadurch verändert zu haben. Er selbst ist ein anderer geworden.

Der Meister achtet ihn für seine ruhige Hand und seinen Blick für Farben und Umrisse. Sein kurzes Bein, sein verkrüppelter Fuß spielen kaum eine Rolle. Freilich geschieht es auch hier, dass die anderen Lehrlinge beim gemeinsamen Essen zögern, sich neben ihn zu setzen. Ob sie sich vor ihm scheuen? Vielleicht neiden sie ihm auch nur das Lob, mit dem der Meister bei ihm nicht spart. Trotzdem: Für ihn, den Krüppel, der nie in die Fußstapfen des Vaters treten wird, ist die Werkstatt des Malers wie das Paradies.

Dennoch war er die letzten Monate umhergegangen wie in einem bösen Traum, aus dem es kein Erwachen gibt. Ein Jahr und ein Tag sind seit jenem Benediktstag vergangen. Merten schaudert.

Schatten. Die ganze Werkstatt scheint von ihnen erfüllt zu sein. Sie blicken ihm über die Schulter, stehen an seiner Seite, führen ihm den Pinsel. Jakob und Naomi. Nun ist er mit ihnen allein. Der Meister und seine Mitgesellen sind längst nach Hause gegangen. Er ist geblieben. Er fühlt nach dem Brief unter seinem Wams. Er muss hierbleiben, auch wenn er nicht weiß, was er tun soll.

Draußen muss es mittlerweile vollständig dunkel sein. Kein Laut dringt in die Werkstatt. Ob der Nachtwächter, der sonst um diese Zeit durch die Gassen geht, seine nächtliche Runde begonnen hat? Die Pest spottet aller unverrückbar erscheinenden Ordnungen der Stadt.

Kurz denkt er an den Vater und seine Stiefmutter. Sicherlich hatten sie genug andere Sorgen und würden sein Fehlen nicht bemerken. Schließlich schenkten sie ihm auch keine Beachtung, wenn er bei ihnen war. Hier, inmitten der Schatten, ist er am richtigen Platz. Hier ist er nicht nur geduldet. Der Meister zählt auf ihn, vertraut ihm Arbeiten an, die sonst nur die Gesellen ausführen dürfen, die schon ausgelernt haben.

Seit Michaelis hatte die Werkstatt den vielleicht wichtigsten Auftrag erhalten, den man sich denken konnte. Viel Geld war im Spiel. Geld von einem der mächtigsten und wohlhabendsten Männer der Stadt: Hugo Longus. Der Geldgeber der Dominikaner. Der Anführer der Patrizier. Der Mörder.

Merten spürt, wie die Wut, die er gelernt hat, sorgsam zu hüten, von ihm Besitz ergreift. Sinnlos ist sie und lächerlich. Was kann jemand wie er gegen Hugo Longus ausrichten? Jemand, der froh sein muss, wenn er die Stiegen zur Werkstatt hinaufsteigen kann, jemand, für den es keine Flucht gibt, kein Davonkommen.

Oft wünscht er, er wäre leicht und schwerelos wie ein Schatten. Doch nichts ist schwerer als ein Schatten – zumindest für den, der versucht, ihn zu malen, ihn festzuhalten. Der wahre Herr über Licht und Schatten, so hatte der Meister eines Tages gesagt, ist nur einer. Nicht wir. Andere Worte mischten sich in die des Meisters. *Denn auch Finsternis wäre nicht finster bei dir. Die Nacht leuchtet wie das Licht ...* Fast meint er, er könne die Stimme des Freundes hören. Tiefer als seine eigene, ein wenig spröde und voll verborgenem Gelächter. Immer wieder hatte Jakob diesen Psalmvers rezitiert. Auf Hebräisch. Auf Jiddisch. Auf Deutsch.

Merten ballt seine Rechte so fest, dass die Knöchel weiß hervortreten. Er ist der Schatten so müde. Er will nicht länger von ihnen gejagt werden, von den Stimmen, den Farben, von allem Gesagten und Ungesagten. Was er wirklich will, ist, die Geschichte zu verändern. Ihr einen Strich durch die Rechnung machen. Das Unrecht tilgen. Doch was tut er stattdessen? Ein bitteres Lächeln umspielt seine Lippen. Er malt für den Mörder.

Obwohl das Talglicht fast niedergebrannt ist, kann er das Bild, das dort hinter ihm auf der Staffelei steht, in allen Einzelheiten in sich wachrufen. Den golden schimmernden Untergrund, an dem er sich nie sattsehen kann. Die achtundzwanzig Pferdeleiber, Braune, Rappen, Schimmel, ihr Fell so glänzend, als wären sie frisch gestriegelt.

Das Kreuz Christi, die Scheidelinie der Welt. Die beiden Schächer neben Christus. Die Menschenmenge unter dem Kreuz: Männer und Frauen, Arme und Wohlhabende, einfache Leute und Würdenträger auf beiden Seiten. Und doch durch den Kreuzesbalken getrennt: Hier die Geretteten, unter dem Zeichen der Sonne. Dort die Verdammten, Kinder des Mondes. Die Kinder des Mondes – manche von ihnen sind gezeichnet: Sie tragen das Schandzeichen, den Judenhut.

Mit einem Mal sieht er es überdeutlich: Die Geschichte verändern? Es kostet ihn nur wenige Pinselstriche. Auch wenn er alles damit aufs Spiel setzt, plötzlich weiß er, was er zu tun hat.

Langsam, mit der Geduld, die er in all den Jahren hat lernen müssen, tastet er sich mit dem Talglicht in der Linken zum schmalen Arbeitstisch an der Stirnseite des Raumes. Dort steht es inmitten der Legion der Farbtiegel, die er erst vorhin alle sorgfältig verschlossen und geordnet hat. Das Karmesin. Teuer erkauft. Rot wie Blut. Und dort das Bleiweiß. Mehr braucht er nicht. Für einen Moment schließt er die Augen. Die Schatten kehren zurück. Mögen sie zurückkehren. Er fürchtet sich nicht mehr. Merten greift nach dem Pinsel.

1. KAPITEL

MERTEN

Dies Iovis, 12. August 1348
Jom Chamischi, 9. Elul 5108

DAS VERSTECK

Das Klappern des nahen Mühlrades und das Stampfen der Pferdehufe drang in Mertens Versteck. Wie eine schwere, feuchte Decke lag die Hitze des Sommertages über der Stadt. In dem engen Raum, in den durch die Ritzen der Bretterwand kaum ein Windhauch drang, schien die Zeit stillzustehen. Seit der Vesper hatte Merten auf Jakob gewartet. Noch einmal hatte er letzte Hand an die Skizzen gelegt, die er für ihn gezeichnet hatte. Heute wollte er sie dem Freund geben.

Mittlerweile musste es bereits später Nachmittag geworden sein. Die Wärme verstärkte den Duft von Heu und Stroh, der sich mit dem Geruch von Pferdeleibern und dem des nahen Flusses vermischte. Mühsam erhob sich Merten von dem frischen Strohbündel, das Jakob ihm vor ein paar Tagen gebracht hatte. ‚Das hier ist schließlich eine Werkstatt und kein Ziegenstall', hatte er lächelnd gesagt, das alte Stroh zusammengerafft und in einen Sack gestopft. Merten hatte mit hängenden Schultern den kraftvollen und geschmeidigen Bewegungen seines Freundes zugeschaut, der ihn um Haupteslänge überragte.

Dann hatte Jakob eine gewebte Decke aus einem Stück Leinwand ausgewickelt und auf das neue Stroh gebreitet. Das feine Gewebe schimmerte in leuchtenden Blautönen. „Ein Gruß von Naomi", hatte er wie beiläufig gesagt, doch unter seinem prüfenden Blick war Merten rot geworden. Auch jetzt schoss ihm das Blut in die Wangen, wenn er daran dachte.

Ein spöttisches Lächeln huschte über Mertens Lippen. Eine Werkstatt? Er blickte sich in dem kleinen Verschlag um. Dort stand sein Arbeitstisch: nicht mehr als ein Brett, das er am Flussufer gefunden und auf zwei niedrige Böcke gelegt hatte, die Jakob ihm besorgt hatte. Dort bewahrte er all seine Kostbarkeiten auf. Die Kohlestifte, die Naomi ihm von ihren abgegeben hatte. Kleine Stücke von Palimpsest, die Bruder Johannes ihm zusteckte, wenn er der Küche des Klosters ein großzügiges Geschenk von den Schlachtbänken brachte. Der Vater befand es für klug, sich mit den Dominikanern gut zu stellen. Auch einige Federkiele und das Tuschglas mit der kostbaren Tinte verdankte Merten der Freundlichkeit des Klosterbruders. Ein tiefer Atemzug hob seine Brust. Seine Werkstatt. Vor allem jedoch: sein Versteck!

Hier in dem schmalen Verschlag an der südlichen Rückwand des Marstalls war er im Herzen der Stadt und doch vor allen Menschen verborgen. Hier konnte er ungestört beobachten, ohne beobachtet zu werden. Die schmale Stirnseite seines Verstecks zeigte nach Westen, auf die belebte Judengasse, die den Fischmarkt und die Krämerbrücke verband. Die lang gestreckte Außenseite des Verschlags wies nach Süden, auf das mit hohem Gras und jungen Weiden bewachsene Gelände. Dahinter lag, verborgen von den Weidenbäumen, die Furt, die die Fuhrwerke querten, die über die lange Brücke eines der Stadttore im Süden und Westen erreichen wollten.

Merten trat an die aus ungehobelten Brettern gefertigte Außenwand des winzigen Raumes. Durch Spalten und Astlöcher drang das Tageslicht hinein. Das kleine Stückchen Himmel, das er durch einen Spalt erblicken konnte, leuchtete fahlgelb. Erste schwere Gewitterwolken lagen über der Stadt. Ihre schwarzen Fransen schienen die Hausdächer zu berühren.

Über vier Jahre waren vergangen, seit er diesen Zufluchtsort entdeckt hatte, im Frühling nach seiner schweren Krankheit, an einem jener leuchtenden Tage, an dem er es nicht länger im Haus ausgehalten hatte. Anfangs hatte er sich nicht weit von zu Hause fortgewagt. Mit seinem Bein war ihm der Weg bis zu dem belebten Platz vor der Brücke schwergefallen, auch wenn er nur einen Steinwurf von seinem Elternhaus entfernt lag. Auf dem Benediktsplatz drängten sich nicht nur die Erfurter Bürger, die zu den Fleischbänken der jüdischen und christlichen Metzger oder zu den zahlreichen Verkaufsläden auf der Brücke wollten. Dort stauten sich vor der Benediktskirche am Brückenkopf die Karren der weit gereisten Händler, die auf die Durchquerung der Furt warteten.

Die meisten von ihnen kamen aus dem Süden, aus Nürnberg oder Würzburg. Sie waren der Königsstraße, der *Via Regia*, gefolgt, um in Erfurt auf dem Wenigemarkt ihre Waren zu verkaufen und auf dem Anger die kostbaren Waidballen oder die mit Waid gefärbten Stoffe einzukaufen, bevor sie weiterzogen. Jedes Kind in Erfurt wusste, dass die Stadt ihren Reichtum vor allem dem blauen Gold verdankte. Seit Ludwig der Bayer der Stadt das Messeprivileg verliehen hatte, schien sie noch mehr als je zuvor mit Nürnberg und Frankfurt um die Stellung als wichtigstem Handelsplatz des Reiches zu wetteifern.

Sich mitten in das Gedränge zu wagen, hatte Merten bald aufgegeben. Aber wenn er sich nahe an die Häuserfront hielt, die den Platz nach Süden abschloss, konnte er ungestört das Treiben beobachten.

Wenn er allein sein wollte, zog er sich auf die Rückseite des weitläufigen Quartiers zurück, zum Marstall, in welchem die Stadt ihre Waffen verwahrte und die Händler ihre Pferde unterstellten, solange sie sich in Erfurt aufhielten. Hier war das Lärmen des nahen Platzes nur gedämpft zu hören. Manchmal hatte er dort viele Stunden zugebracht, und nur der Hunger hatte ihn nach Hause getrieben. Eines Tages hatte er einige lose Bretter in der Rückwand der Stallungen bemerkt. Als er sie zögernd und neugierig zugleich beiseiteschob und den Kopf durch die Öffnung steckte, war ein nur wenige Fuß breiter, lang gestreckter Raum vor ihm gelegen. Er hatte nichts in ihm ausmachen können außer ein paar schmutzigen Strohresten in einer Ecke und einer vernagelten Tür, die einmal in den großen Innenraum geführt haben musste. Das Licht, das durch die Spalten und Ritzen der Holzwand fiel, malte ein Muster aus sich kreuzenden Linien auf den Lehmboden. Eine geheime Botschaft, die darauf wartete, entziffert zu werden. Merten war in den Verschlag gekrochen. Dort hatte er zum ersten Mal weinen können.

All die Winterwochen seiner Krankheit waren ihm wie ein böser Traum erschienen, an den er nur noch bruchstückhafte Erinnerungen hatte. Aber dann war der Frühling gekommen und er war am Leben geblieben. Die Todesangst war von ihm gewichen. Die Angst war dennoch sein ständiger Begleiter. Die Angst vor dem Mitleid und dem Spott der anderen.

Solange er sich erinnern konnte, war er gerannt. Zusammen mit Caspar, seinem Zwillingsbruder, war er auf die höchsten Äste des Nussbaums an den Kreuzstegen geklettert. In der engen Gasse, die von der *Via Regia* abzweigte, waren sie von einem Kratzstein zum nächsten gesprungen, mit den bloßen Fingern an den Hauswänden Halt suchend. Für einen Moment konnten sie den Pferden, die die voll beladenen Waidkarren zur großen Waage zogen, auf die glänzenden Kruppen blicken. Über die ärgerlichen Rufe der Händler hatten sie nur gelacht. Und waren davongerannt. All das lag hinter ihm wie das Leben eines anderen.

Doch unmerklich schien auch die Welt selbst sich zu verändern. Auf seinen mühsamen Gängen durch die Stadt entdeckte er Dinge, die er früher nie gesehen hatte. Die unterschiedlichen Farbtöne des Wassers, die sich je nach dem Spiel der Wolken in einem Augenblick verändern konnten. Das Ineinander der gelben Farbtupfer der Wasserlilien im silbrigen Grün des Uferschilfs an den Böschungen des Flusses. Das hellrote Blut, das von den Fleischbänken der Schlachter auf den Erdboden floss und dort zu schwärzlichen Lachen gerann. Stundenlang konnte er auf der Krämerbrücke stehen, in einen Winkel gedrückt, und die unzähligen Schattierungen des Blaus bewundern, in denen die kostbaren waidgefärbten Stoffe auf den aufgeklappten Läden leuchteten.

Er, der sich am liebsten unsichtbar gemacht hätte, begann die feinsten Regungen der Gesichter zu lesen, die ihn umgaben. Als der Herbst mit frühem Frost und heftigen Stürmen diesen Streifzügen ein Ende bereitet, war er ein anderer geworden. Er hatte gelernt zu sehen.

Und so war es Merten und nicht der Vater oder sein Zwillingsbruder, der zuerst begriff, dass die Mutter, die um das Neujahrsfest ein Kind erwartete, in ernsthafter Gefahr war. Nun wachte Merten an ihrem Bett, so, wie sie während seiner Krankheit bei ihm gewacht hatte. Er streichelte ihre Hand und kühlte ihre Stirn. Er sang alle Lieder, die er kannte. Leise sprach er von den Farben, von den Schönheiten, die er in diesem besonderen Sommer gesehen hatte. Er sprach zu ihr, auch wenn er oft nicht sicher war, ob sie ihn hören konnte.

Der Vater ließ sich kaum noch in ihrer Kammer sehen. Auch Merten schien er vergessen zu haben, obgleich er seit Martini ins Schlachthaus zurückgekehrt war und dort alle Arbeiten verrichtete, die er trotz seines Hinkens, trotz seines verwachsenen Beines schaffte, auch wenn der Vater über seine Langsamkeit und Schwäche oft wortlos die Stirn runzelte. Das Säubern der Schlachtbank, das Herbeischaffen der Gerätschaften verlangte ihm jeden Tag neue Willenskraft ab. Nur eine Aufgabe gab es, die er als leicht empfand: Das Versehen der Geschäftsbücher hatte der Vater immer als lästige Pflicht betrachtet. Nun tat es Merten für ihn. Und doch zählte für den Vater nur noch Caspar. Der Vater wurde nicht müde, vor den anderen Schlachtern mit dem Bruder zu prahlen: Ob der Sohn nicht bereits so breite Schultern und solche Kräfte besäße wie er selbst? Eines Tages würde er ihm sicher als Gildemeister der Schlachter im Amt nachfolgen.

Wäre Mertens Körper nicht von der Krankheit gezeichnet, so hätten Fremde sich immer noch schwergetan, den Zwillingsbruder und ihn auseinanderzuhalten. Das Grübchen in der linken Wange, die gleichen widerspenstigen, hellen Haare, die geraden Brauen über den grünen Augen und die kräftige Nase. Noch immer meinte Merten, in einen Spiegel zu blicken, wenn er den Bruder ansah. Das ausgelassene Spiel, die Unbeschwertheit, die sie verbunden hatte, hatte Merten verloren. Das Wissen, auf Caspar zählen zu können, war ihm geblieben, auch wenn er selbst es gewesen war, der sich immer stärker in sich zurückgezogen hatte, je mehr der Vater ihn zu vergessen schien.

Keine vier Jahre waren seither vergangen, und doch hatten sich die Erinnerungen an diese Zeit in ihm eingebrannt, als wären es Miniaturen, die er wieder und wieder betrachtete. Die Mutter war bei der Geburt einer kleinen Tochter kurz vor dem Lichtmessfest gestorben. Elisabeth war sein Augapfel. Wann immer er konnte, wann immer er nicht an den Schlachtbänken des Vaters arbeitete oder die Bücher versah, wann immer er nicht in seiner geheimen Werkstatt zeichnete, nahm er sich Zeit für die kleine Schwester, die ihn so sehr an die Mutter erinnerte, dass es schmerzte.

Ein Pfiff, kurz und schrill, wie ein Vogelruf, riss ihn aus seinen Gedanken. Merten fuhr auf. Ihr Signal. Jakob musste es geschafft haben.

2. KAPITEL

Jom Chamischi, 9. Elul 5108
Dies Iovis, 12. August 1348

DER LÖWE

Windböen peitschten ihr ins Gesicht, als Naomi aus dem Haus auf die Gasse trat. Ein leichter Schwefelgeruch lag in der Luft, Vorbote des nahen Gewitters. Schon seit dem frühen Morgen hatte drückende Schwüle über der Stadt gelegen. Nun schien das Unwetter ganz nah, das vom Thüringer Wald heranzog.

Naomi strich sich eine widerspenstige Strähne ihres lockigen Haares aus dem Gesicht, die sich aus ihrem Zopf gelöst hatte. Der schwere Korb an ihrem Arm zwang sie, langsam zu gehen, und doch war sie so voller Ungeduld, dass sie am liebsten gerannt wäre. Längst würde die Tante sie zur vereinbarten Stunde erwarten. Vielleicht waren Jakob und Merten bereits im Haus des Onkels eingetroffen. Naomi hatte gehofft, noch vor ihnen dort zu sein.

Aber ihr Aufbruch hatte sich verzögert. Sie hatte soeben den Korb mit den Mostflaschen gefüllt, die sie als Geschenk mitnehmen wollte, als plötzlich der Vater unvermutet auf der Schwelle zur Küche gestanden hatte. Bei seinem Anblick war sie erschrocken. Sein Gesicht war aschgrau gewesen, bedeckt von einem feinen Schweißfilm. Seine rechte Hand, mit der er sich am Türrahmen festhielt, hatte gezittert. Naomi hatte ihn zu einem Hocker an der Anrichte geführt, ihm ein mit Wasser vermengtes Glas Wein gereicht und seine Stirn getrocknet. Auf ihre drängenden Fragen hatte er müde den Kopf geschüttelt: „Nichts, Neshumele. Mach dir keine Sorgen. Es ist wohl die Hitze. Geh, deine Tante erwartet dich sicherlich! Und bestelle meinem Bruder einen Gruß, wenn er zu Hause ist. Ich werde mich ein wenig ausruhen."

Naomi hatte ihn ins obere Geschoss begleitet und sich vergewissert, dass er sich wirklich hinlegte. Am liebsten wäre sie bei ihm geblieben, aber der Vater hatte sie fast unwirsch fortgeschickt. Nur zögernd war sie zurück in die Küche gegangen und hatte sich dort zu schaffen gemacht, bis Marei, die Magd, die ihnen zur Hand ging, vom Markt heimgekehrt war. Dann erst hatte sie gewagt, das Haus zu verlassen.

Nun hatte sie es eilig. Als sie aus dem Schatten des engen Durchschlupfs am Ende der Krautgasse auf das weite Geviert des Benediktsplatzes trat, schlug ihr die Hitze unerbittlich entgegen. Ein heftiger Windstoß wirbelte den Straßenstaub in die Höhe und riss an ihrem Kleid.

Naomi presste den schweren Korb enger an ihren Leib und schlüpfte behände durch die Menschenmenge, die sich trotz der Hitze und des drohenden Unwetters auf dem Platz drängte. Nicht nur der Strom der weit gereisten Händler wartete auf die Abfertigung ihrer Waren. Die halbe Stadt schien auf dem Platz, dem geheimen Herzen der Stadt, ihren Geschäften nachzugehen. Die Auslagen des großen Kaufhauses an der Ecke zur Judengasse waren dicht belagert, aus den Kaufgewölben im Erdgeschoss der Benediktskirche hörte man die Rufe der Gerber, die ihre Ware feilboten. Die kostbar gekleidete Kundschaft der Goldschmiedegilde hielt sich an der gegenüberliegenden Seite des Platzes ein wenig abseits. Naomi beschleunigte ihre Schritte.

Endlich lag das schmale, zweigeschossige Fachwerkhaus vor ihr, in dem ihr Onkel im obersten Stockwerk wohnte. Sie war noch ein Kind gewesen, als der Onkel und seine Frau aus dem Hof Michael in der Krautgasse ausgezogen waren, in dem Jakob, ihr Vater und sie noch heute zur Miete wohnten. Nun befand sich das Zuhause des Onkels in jenem Geviert, das diesseits und jenseits der Quartiersgasse in den vergangenen Jahrzehnten zu einem der wichtigsten Anwesen der Gemeinde angewachsen war.

Um die Eingangspforte zu erreichen, musste sie an der Ostflanke des Gevierts in die Kleingasse einbiegen. Hier, direkt am Flussufer, gab es keine Geschäfte. Der Weg war schmutzig und voller Unrat. Beim letzten Hochwasser war der Fluss über die Ufer getreten und hatte den Weg mit Schlamm und Abfall bedeckt. Naomi raffte vorsichtig den Saum ihres Kleides und balancierte über die Trittsteine.

Kein Mensch war zu sehen, nur ein Reiher stand bewegungslos im träge dahinfließenden Wasser. Trotz ihrer Eile blieb Naomi stehen und beobachtete das Tier. Plötzlich, ohne Vorwarnung, schoss sein langer Hals nach vorne, und wenige Augenblicke später flog er mit seinem Fang davon. Unzählige Male hatte sie dies gleichmütig beobachtet. Heute jedoch war sie erschrocken, ohne dass sie hätte erklären können, warum. Es war, als fühlte sie selbst den Schmerz des zappelnden Fisches. Als endlich die Haustür hinter ihr ins Schloss fiel, holte sie erleichtert Atem. Vorsichtig stellte sie den Korb auf die unterste Treppenstufe und stieg dann zögernd die dämmrige Stiege nach oben. Ihr Herz schlug hart gegen die Rippen, als sie die Holztür öffnete, die Zugang zu den oberen Gemächern bot.

Doch aus der Werkstatt des Onkels und der kleinen Schlafkammer, die sich dahinter anschloss, drang kein Laut. Naomi ging auf Zehenspitzen durch den lang gestreckten Werkstattraum. Für einen Augenblick blieb sie an einer der beiden Fensteröffnungen stehen, die auf den Platz hinauswiesen.

Wie oft hatte sie hier mit Onkel Simson gestanden. Sie hatte ihm zugehört, wenn er über die Schönheit der Schöpfung sprach, über die Herrlichkeit des HÖCHSTEN, die sich überall zeigte für den, der vermochte, sie zu erkennen. Nicht nur in den erhabenen Dingen, dem Sternenzelt und dem Lauf der Gestirne, sondern auch auf Erden. Er hatte sie auf die Tiere aufmerksam gemacht, die draußen zu sehen waren: die Ziegen, die Pferde, die Schweine, die Gänse und Spatzen. Er hatte mit ihr über die Kunstfertigkeit ihrer Gliedmaßen gesprochen, über die Anmut ihrer Bewegungen. Wieder und wieder hatte er die Schriften der Thora rezitiert, in der vom Anbeginn der Welt berichtet wird.

Naomi hatte diese Worte freilich auch in der Synagoge gehört, und doch war es die Stimme ihres Onkels Simson, die sie mit diesen Versen verband. *Und Gott sprach: Es rege sich das Wasser mit webenden und lebendigen Tieren, und Gevögel fliege auf Erden unter der Feste des Himmels ...* Der Onkel hatte sie ermuntert, die Worte im Herzen zu bewahren und mitzusprechen. Dass sie ein Mädchen war und nicht wie ihr zwei Jahre älterer Bruder Jakob die Jeschiwa besuchte, befand er für unwichtig.

Doch Simson ben Rabbi Meir vermochte nicht nur die Tiere, die sich dort auf dem Marktplatz tummelten, auf jene geheimnisvolle Weise auf das Pergament zu bannen, die jede Seite der Schriften, die er damit verzierte, zu einem Kunstwerk machte. Am meisten liebte Naomi jene fabelhaften Wesen, die kein menschliches Auge je erblickt hatte und die dennoch in den Köpfen der Menschen hausten.

Heute empfand sie eine eigenartige Scheu, an den Arbeitstisch des Onkels zu treten. Rasch schritt sie über die niedrige Schwelle, die zur Schlafkammer führte. Meravs Webrahmen, an dem sie Naomi in die Kunst des Webens und den Kosmos der Farben eingeführt hatte, stand wie immer an seinem Platz. In einer Ecke des Raums wartete die Harfe auf sie. Auf einem niedrigen Tischchen standen ein Krug mit Bier und ein Teller mit Trauben. Daneben lag der Stimmschlüssel.

Sicher war Merav ganz plötzlich in einer wichtigen Angelegenheit außer Hauses gerufen worden. Und doch hatte sie an alles gedacht. Der Onkel pflegte oft zu sagen, er wüsste wirklich nicht, welches Tohuwabohu in diesem Hause herrschen würde, wenn nicht seine Frau sich um alle wichtigen Dinge kümmerte. Der weise König Salomo habe wohl an seine Merav gedacht, als er von jener tüchtigen Frau schrieb, die edler sei als die köstlichste Perle.

Natürlich kannte Naomi die Worte der Weisheit seit Kindesbeinen, die jeder Mann, auch ihr Vater, an jedem Schabbat zu Ehren seiner Frau sprach: *Denn ihres Mannes Herz darf sich auf sie verlassen, und Nahrung wird ihm nicht mangeln. Sie geht mit Wolle und Flachs um und arbeitet gerne mit ihren Händen. Sie ist wie ein Kaufmannsschiff, ihre Nahrung bringt sie von ferne. Kraft und Würde sind ihr Gewand und sie lacht des kommenden Tages.* Vielleicht gab es niemanden, der diese Verse mit so viel Respekt und Zuneigung sprach wie Onkel Simson. Naomi musste lächeln: Allen in der Gemeinde war bekannt, dass Simson ben Rabbi Meir sich um nichts kümmerte als allein um seine Schreibwerkstatt und jene geheimnisvollen Tiere, die ihm aus der Feder flossen und die die von ihm verzierten Bibeln weit über die Stadt hinaus berühmt machten. Und alle wussten, dass es seine Frau Merav war, die sich um den kleinen Weinberg am Rande der Stadt kümmerte und um den bescheidenen Handel mit Widderhörnern, die in der ganzen Aschkenas verkauft wurden und zum Versöhnungstag die Gläubigen zum Gebet riefen.

Nachdenklich strichen Naomis Finger über das feine Gewebe, das auf dem Webstuhl aufgespannt war. Den letzten Vers des biblischen Lobpreises pflegte der Onkel mit fester und doch leiser Stimme zu zitieren: *Ihre Söhne stehen auf und preisen sie ...* Oft meinte sie, sie könne den Kummer der beiden, keine eigenen Kinder zu haben, in ihren Augen lesen, auch wenn sie nie mit ihr darüber sprachen. Und zugleich fühlten sich ihr Bruder Jakob und sie selbst hier im Haus an Kindesstatt. Ihre eigene Mutter war vor drei Jahren gestorben. Es gab niemand, bei dem sich Naomi geborgener fühlte als bei ihrer Tante. Dennoch war sie froh, heute noch einen Augenblick allein sein zu können.

Naomi trat zu dem Schemel, der neben der Harfe bereitstand, und zog vorsichtig das Tuch herab, in das sie eingehüllt war. Merav hatte das Instrument mit in die Ehe gebracht. Schon ihre eigene Mutter hatte auf ihm gespielt, als die Familie noch im Fränkischen ansässig gewesen war. Es erschien Naomi wie ein Wunder, dass die Harfe auf der Flucht aus Würzburg keinen Schaden genommen hatte, als Meravs Familie im letzten Augenblick den Rotten des „Königs Rintfleisch" entkommen war. Ihr Haus, ihre Heimat hatten sie verloren. Ihre Tante liebte die Harfe so, wie andere ein Schmuckstück lieben mochten, das sie von ihrer verstorbenen Mutter aufbewahrten. Naomi wünschte sich, eines Tages so spielen zu können wie sie.

Noch einmal horchte sie in die Stille des Hauses. Dann setzte sie sich auf den niedrigen Schemel und schlug prüfend eine Saite an. Sie meinte, die Spannung zu spüren, der das Instrument durch die außergewöhnliche Wärme ausgesetzt war. Wenn sie nicht achtgab, konnte beim Spiel eine Saite reißen. Naomi nahm die Harfe auf den Schoß und begann vorsichtig, die Saiten zu stimmen, eine nach der anderen.

Für einen Moment schloss sie die Augen. Das Hochzeitslied für Hanna. Zögernd suchte sie nach den ersten Tönen. Dann erinnerten sich ihre Finger. Eine langsame, feierliche Melodie, die zum Tanz wurde, übermütig und ungebärdig. Die Töne perlten durch den Raum, sie erfüllten ihren ganzen Körper. Zum ersten Mal an diesem Tag fühlte sie sich vollkommen glücklich. Die widerstreitenden Stimmen in ihrem Inneren wurden eins, so wie der Klang der Harfe, die Stimme des Flusses und das ferne Grollen des Gewitters zu einem vielstimmigen Lied ohne Worte wurden.

Naomi erschrak, als sie plötzlich von unten das Schlagen der Haustür hörte. Nur wenige Augenblicke später vernahm sie Jakobs leichte, wohlvertraute Schritte in der angrenzenden Werkstatt und dann die Stimme des Onkels, der leise und freundlich mit jemand sprach. Merten. Auch seinen Schritt hätte sie unter Tausenden wiedererkannt.

Naomi hielt den Atem an. Sicherlich hatte Jakob ihren Korb auf der Treppenstufe bemerkt, er würde wissen, dass sie hier war. Gleich musste sie nach nebenan gehen und die Männer begrüßen. Nur noch einen Moment, einen kleinen Augenblick wollte sie hier in der Kammer sitzen bleiben.

„Naomi!" Jakob stand auf der Türschwelle. Sein braunes Haar war vom Wind zerzaust. „Merten ist hier! Komm zu uns in die Werkstatt! Und erzähle ihm bitte, wem er in Wirklichkeit diese Audienz verdankt! Damit er endlich aufhört, mir zu Unrecht zu danken!" Jakob lachte und legte seinen Arm um den Freund, der neben ihn auf die Schwelle getreten war.

Merten. In den vergangenen Monaten hatten sie sich nur zufällig gesehen, wenn sich ihre Wege auf der Krautgasse gekreuzt hatten. Meist hatten sie sich nur flüchtig gegrüßt und waren dann weitergegangen. Nur als Jakob dem Freund vor einigen Tagen das Webstück für dessen geheime Werkstatt gebracht hatte, hatte er am nächsten Tag im Hof auf sie gewartet. Als sie von ihrem Gang vom Markt zurückgekehrt war, hatte er an der Hauswand gelehnt und ihr gedankt.

Nach der ersten Verlegenheit hatte sie gemeint, die alte Unbefangenheit aus Kindertagen zu empfinden. Sie hatten in der Erinnerung an Naomis Widerwillen gegen alle Arbeiten am Webstuhl und mit Nadel und Faden gelacht. Er hatte sie damit geneckt, wie sie jede Gelegenheit genutzt hatte, ihren Pflichten und Aufgaben zu entkommen, wie sie durch das Kellergewölbe nach draußen geschlüpft war, um Jakob und Merten auf ihren Streifzügen durch die Stadt zu folgen.

Schließlich hatte sie ihn schüchtern nach seinen Zeichnungen gefragt und er hatte ihr erzählt. Vom Spiel der Farben, von dem er träumte und für das seine Mittel doch nie ausreichten. Von der Mühe, die er darauf verwandte, Tierleiber so zu zeichnen, wie sie wirklich waren. Merten hatte sich in Eifer geredet, und Naomi hatte ihm zugehört und ein Gedanke hatte sich ihrer bemächtigt:

Wenn Merten nur mit Onkel Simson sprechen könnte ... Vielleicht hatte ihr Schweigen ihn verunsichert, denn bald war auch er verstummt. Naomi war beinahe froh gewesen, als der Vater in den Hof hinausgekommen war und sie ins Haus gerufen hatte. Ob auch Merten an diese Begegnung denken musste?

Jakob trat in die kleine Kammer und legte ihr liebevoll eine Hand auf die Schulter: „Komm, Schwesterle! Du kannst doch später weiterüben. Dies ist eine große Stunde: Dank deiner Fürsprache begegnen sich nun endlich die beiden Erfurter Meister!"

Onkel Simson erschien neben Merten im Türrahmen. Im Gegensatz zu seinem jungen Neffen war er klein und schmal, und doch strahlte er so viel Kraft und Energie aus, dass man ihn für Jakobs älteren Bruder hätte halten können, trotz der zahlreichen Fältchen in seinem Gesicht. Der Schalk blitze in seinen hellen Augen. „‚Die beiden Erfurter Meister'! Hört, hört! Mein lieber Merten – dein Freund, mein geliebter Neffe, hat uns erkannt!" Er zwinkerte ihm zu. „Wenn doch nur die Welt ein Gleiches täte!" Dann wandte er sich an Naomi und seine Stimme klang mit einem Mal ernsthaft: „Lass dich von deinem Bruder Ungeduld nicht drängen! Wir haben dich unterbrochen. Spiel ruhig dein Stück zu Ende. Aber dann komm nach nebenan und hilf mir, eurem Freund die Zeichnungen zu zeigen, die er so gerne sehen möchte."

Simson schob die beiden jungen Männer energisch über die Türschwelle und ließ die Tür zu Naomi nur einen Spaltbreit offenstehen. Naomi begann zu spielen, doch nach wenigen Tönen hielt sie inne. Sie versuchte, die Harfe neu zu stimmen, aber es wollte ihr nicht gelingen. Immer wieder glitt ihr der kleine silberne Schlüssel aus den feuchten Fingern. Schließlich stellte sie das Instrument neben sich. Sie hörte, wie der Onkel im Nebenraum geschäftig hin und her ging. Durch die halb geöffnete Tür sah sie, wie der Bruder einige in Leder und Holz gebundene Mappen aus den hohen Regalen zog und auf dem Arbeitstisch des Onkels ausbreitete. Merten konnte sie nicht sehen, doch sie hörte seine gedämpfte Stimme, wenn er dem Onkel auf dessen Fragen antwortete.

Langsam stand Naomi auf, griff nach dem Tuch und hüllte die Harfe hinein. Dann betrat sie leise die Werkstatt. Die drei Männer standen über den Arbeitstisch gebeugt, der an der Fensterfront stand, und hatten ihr den Rücken zugewandt. „Naomi, bitte bring mir einen neuen Griffel aus der Truhe, dieser hier ist nicht mehr zu verwenden", sagte Onkel Simson, ohne sich vom Schreibtisch umzuwenden. „Und ich brauche auch einige der kleinen Schiefertafeln … Bitte verzeih, lieber Merten, dass ich nicht Feder und Tinte benutze, aber ich muss ein wenig sparsam sein mit den Dingen, die ich im Hause habe."

„Wurde denn der Freizins schon wieder erhöht?" Naomi konnte die Sorge in Jakobs scheinbar beiläufiger Frage hören.

Simson ordnete die verschiedenen Mappen und schüttelte den Kopf. „Nein, zum Glück nicht. Unser Hof Bendel ist davon nicht betroffen. Wir hier auf der Ostseite des Gevierts haben wohl Derartiges so schnell nicht zu befürchten. Aber ich hörte, dass die Geschwister Bruna und Piscis für ihr Ladengeschäft jenseits der Quartiersgasse nun einen höheren Zins entrichten müssen. Freilich, ihr Laden könnte keinen besseren Standort haben. Und solange die Leute Geld in der Tasche haben und weiter so kaufen wie bisher, mag das angehen. Nur weißt du selbst, was für eine schlechte Ernte nach dem viel zu kalten und nassen Frühjahr in diesem Sommer zu erwarten ist. Hast du die Trauben in unserem kleinen Weinberg gesehen? Eure Tante hat beinahe geweint, als sie gestern von der Arbeit dort zurückkehrte. Und wer weiß, was für Zeiten noch auf uns zukommen." Simson schwieg. Er schien mit seinen Gedanken weit fort zu sein. Wie zu sich selbst fuhr er fort: „Ich bete zum HÖCHSTEN, dass ihr niemals eine solche Hungersnot miterleben müsst wie euer Vater und ich. Eigentlich kann ich mich nicht daran erinnern, nicht hungrig gewesen zu sein als Kind …"

Die Blicke von Naomi und Jakob trafen sich. Von den zehn Kindern ihrer Großeltern hatten nur die beiden Ältesten, Simson und ihr Vater, überlebt. Naomi hätte den Onkel gerne umarmt, sie hätte gerne ihre Wange an die seine geschmiegt und ihm etwas Tröstliches, Ermutigendes zugeflüstert. Aber in Mertens Anwesenheit scheute sie sich. Stattdessen ging sie zur Stirnseite der Werkstatt und öffnete die kleine Truhe, die unter den Fensteröffnungen stand.

Als sie das Kästchen mit den Schreibwerkzeugen und einige der kleineren Schieferplatten hervorholte, drang aus dem Stimmengewirr, das vom Benediktsplatz zu hören war, eine helle Knabenstimme durchs geöffnete Fenster: *„Wem soll ich's geben,* *zur Freude sei'm Leben?"* Sie richtete sich rasch auf und sah hinunter auf den Platz. Eine Gruppe von Kindern stand vor dem Brückenaufgang. Der Vorsinger, ein Knabe mit einem dunklen Lockenschopf, wurde von ein paar Mädchen umringt: *„Was ist das? Sagt uns, Herr, was?"*, riefen und sangen sie im Chor. *„Es ist Frau Gretel Ehrenpreis, wem passt sie bass?"* Der Junge drehte sich einmal um die eigene Achse, dann ergriff er eines der Mädchen an der Hand und begann, sich mit ihr im Kreis zu drehen: *„Keinem andern als wie mir, sie ist meines Herzens Zier."* Naomi wandte sich vom Fenster ab. Ihre Wangen brannten. Aber die Männer schien die Kinder nicht gehört zu haben.

Als sie dem Onkel schließlich die gewünschten Gegenstände reichte, schlossen sich seine Finger für einen Moment warm um die ihren. Sie hörte, wie er beinahe unhörbar einen Segensspruch murmelte. *Baruch ata adonaj elohenu melech ha'olam – Gelobt seist du Ewiger, unser Gott, König der Ewigkeit.* Naomis Herz klopfte schneller. Ob er Gott, wie er das bei einem nahenden Gewitter zu tun pflegte, als Herr über Wolken und Wetter pries oder ob er dem HÖCHSTEN dankte, dass es sie gab? An Tochters statt.

Simson blickte auf und zwinkerte ihr belustigt zu: „Und jetzt Naomi, befiehl! Sage, was ich eurem Freund zeigen soll."

Naomi schluckte, sie zögerte einen Moment, doch dann antwortete sie mit fester Stimme: „Zeig ihm deine Skizzen zur großen Bibel. Vor allem die Tiere. Die Rehe, den springenden Hasen und den sich aufbäumenden Hirsch. Zeig ihm den Leviathan und jenes seltsame Schlangenwesen, das sich mit zwei Köpfen selbst Aug in Aug gegenübersteht."

„Vergiss den Greifen nicht, Naomi!", mischte sich Jakob ein. „Und die Vorlagen, die du benutzt hast, die Blätter, die du aus dem Skriptorium der Dominikaner bekommen hast."

„Und das Kaligramm mit der großen Echse?", setzte Naomi zögernd hinzu.

„Aber das ist doch etwas ganz anderes, liebe Nichte!"

„Naomi hat recht!" rief Jakob. „Damit er den Unterschied sieht! Und besitzt du noch die Kopie von den Rittern im Kampf, die du mir zeigtest, als ich noch ein kleiner Junge war? König David und die Philister, bewaffnet mit Harnisch und Schild, bereit zum Tjosten?"

Onkel Simson hob lachend die Hände. „Mir schwirrt der Kopf, ihr Lieben! Wie soll es erst Merten gehen! Ihr verlangt ein bisschen viel, aber wir werden sehen, womit wir anfangen! Dennoch – ich bin beeindruckt, wie aufmerksam ihr offenbar in den letzten Jahren die Arbeiten in meiner Werkstatt verfolgt habt."

Simson ben Rabbi Meir zog zwei niedrige Schemel zu sich heran, die neben der Tür standen, und lud Merten mit einer Handbewegung ein, sich ebenfalls zu setzen. Jakob und Naomi traten an den Tisch heran. Vorsichtig begann Simson die Bänder zu lösen, mit denen die Mappen verschlossen waren. Nachdenklich hielt er inne. „Vielleicht sollte ich dir zuerst von der Heimstatt all dieser fabelhaften und wirklichen Wesen erzählen, die ich dir zeigen soll."

Simson schwieg einen Augenblick, dann fuhr er fort: „Die zweibändige Bibel. Eigentlich weiß ich bis heute nicht recht, was es mit diesem geheimnisvollen Werk auf sich hatte." Seine Hände spielten wie abwesend mit den Bändern. „Du musst wissen, Merten, dass es bei uns Juden eigentlich nicht üblich ist, eine Abschrift der Bibel für das eigene Zuhause anfertigen zu lassen. Die Heimat der heiligen Schriften, das ist für uns die Synagoge, die Lehrstube. Aber ich denke, das ist bei euch nicht viel anders. Wer kann sich das auch schon leisten – eine eigene Bibel?"

Merten nickte, dann antworte er etwas unsicher: „Wenn man nicht gerade ein Mönch ist – oder ein reicher Herr, ein Landgraf oder ein Bischof ..."

Simson lächelte Merten zu, dann fuhr er fort: „Ich weiß nicht, was Rabbi Shalom bewogen hat, dieses ungeheure Werk in Auftrag zu geben. Ich habe ihn nie gefragt. Dann starb er, noch ehe die Bände vollendet waren. Und nun sind fünf Jahre vergangen, seit ich seinen Erben das fertige Werk übergeben habe. Neun Monate habe ich daran gearbeitet, bis ich meinen Teil der Aufgabe bewerkstelligt hatte."

„Und dabei hast du ja nur noch die Kommentare hinzugefügt und die Zeichnungen angefertigt! Sofer Baruch ben Rabbi Serach hatte den gesamten heiligen Text zuvor bereits abgeschrieben", warf Jakob ein.

„Du hast recht. Und dennoch: Neun Monate – wahrhaftig, bisweilen habe ich mich gefühlt wie eine Frau, die ein Kind erwartet!" Simson lachte und fuhr dann ernst fort: „Ich weiß nicht, ob es in der ganzen Aschkenas, im ganzen Reich, noch einen Punktator gibt, dem ein solches Glück beschieden war wie mir."

„Hast du uns nicht erzählt, man habe allein elftausend Tiere benötigt, um die notwendige Menge an Pergament zu bekommen?", fragte Naomi.

„Ja", entgegnete Simson. „Für eine einzige Seite brauchte man ja bereits die Häute von zwei Tieren! Und eine einzige Seite", Simson kniff die Augen zusammen und streckte die Arme aus, „misst in der Höhe an die zwei Fuß."

„Und vergiss nicht die Menge an Tinte, nicht irgendeine, sondern die beste, die man beschaffen konnte! Bis heute spricht man in der Gemeinde von den Unsummen, die dieser Auftrag gekostet hat", warf Jakob ein.

„Und der Lohn für dich und den Schreiber Baruch?" Naomi blickte den Onkel fragend an.

Simson lachte leise. „Neshumele, Reichtümer haben weder Baruch noch ich damit verdient. Dennoch: Diesem Auftrag verdanke ich bis heute, dass ich mir diese Werkstatt leisten kann. Damals in der Krautgasse war es für mich oft mühsam zu zeichnen. Ich wüsste keinen besseren Ort in ganz Erfurt. Wo findet man sonst schon so viel Licht!"

Merten blickte auf. Die beiden Fenster, die nach Norden wiesen, waren nicht groß, aber er musste Simson recht geben. Es gab wenige Häuser in der Stadt, deren Fenster nicht auf eine enge, dicht bebaute Gasse hinauswiesen, sondern auf einen freien Platz, und sei er noch so klein.

„Jeden Morgen, an dem ich hier an meine Arbeit gehen kann, segne ich mein Geschick! Aber der wirkliche Reichtum, den ich jener Arbeit von damals verdanke, befindet sich in meinem Kopf." Simson blickte den jungen Gast an. „Es ist schade, lieber Merten, dass ich dir nicht die Bibel selbst zeigen kann, auf die Baruch damals so viel Sorgfalt verwendet hat. Auf jeden einzelnen Buchstaben. Haben dir Jakob oder Naomi je erzählt, was für ein ernstes Unterfangen das Abschreiben der heiligen Schriften darstellt?"

Merten schüttelte den Kopf, doch Jakob begann bereits zu erzählen: „Jeder Buchstabe muss so exakt geschrieben sein, dass kein Irrtum möglich ist! Jeder Strich, jede Linie, jeder Punkt hat seinen Ort! So sorgfältig, so gleichmäßig muss der Schreiber bei seiner Arbeit vorgehen, dass jedermann es lesen könnte. Sogar ein kleines Kind! Ja, es gibt sogar eine Vorschrift dazu: Der Schreiber möge einem Kind, das des Lesens kundig, aber nicht übermäßig klug oder gelehrt ist, seine Abschrift vorlegen. Wenn dieses Kind im Stande ist, ohne Zögern jeden Buchstaben zweifelsfrei zu erkennen, dann ist sein Werk gelungen! Und der Schreiber darf für das Wort der Offenbarung keine andere Tintenfarbe verwenden als Tiefschwarz."

„Und nicht etwa Gold", fiel Naomi dem Bruder ins Wort.

Simson lächelte ihr zu. Er wusste, dass sie diese Geschichte liebte. „Ja, unsere Rabbinen erzählen davon. Einst soll ein jüdischer Fürst seine Schreiber beauftragt haben, in einer eigens für ihn angefertigten Thora den Namen des HÖCHSTEN mit goldener Tinte zu schreiben. Ich denke, er wollte damit seine besondere Ehrfurcht ausdrücken. Aber die Weisen an seinem Hof ließen den Gebrauch dieser Thora verbieten."

Merten blickte den jüdischen Zeichner erstaunt an: „Aber ...“

„Ich weiß, was du fragen willst. Doch denke einen Augenblick nach: Was würde wohl über kurz oder lang mit der goldenen Farbe geschehen?"

„Die Thora wurde auf Pergament geschrieben?"

Simson nickte.

„Sie würde wohl mit der Zeit verblassen – oder sich sogar vom Pergament lösen?"

„So ist es." Simson nickte. Nach ein paar Augenblicken des Schweigens fuhr er schließlich fort, als spräche er zu sich selbst: „Auch eure Schreiber und Kopisten verwenden oft viele Jahre ihres Lebens für ein einziges Buch, eine einzige Schrift. Das verbindet uns. Die Liebe zu den Büchern. Aber vielleicht gibt es doch einen Unterschied." Simson hatte immer leiser gesprochen, nun setze er fast unhörbar hinzu: „Wenn du dich deines Glaubens vergewissern willst, Merten, was tust du?"

Merten besann sich einen Augenblick. „Ich weiß nicht recht. Meist gehe ich wohl in eine der Kirchen. Ich entzünde eine Kerze an einem der Altäre. Am liebsten an dem der Gottesmutter, hier bei uns in der Pfarrkirche von St. Benedikt. Oder am Altar des Heiligen Martin. Ich bete den Rosenkranz, den ich von meiner Mutter bekommen habe. Wenn ich nicht schlafen kann, wenn ich Schmerzen habe." Merten sprach nun ohne Scheu, er hatte sich in Eifer geredet. „Oder ich betrachte die Bilder in der Kirche auf dem Petersberg, ich gehe zum Schrein des heiligen Jakobus im Hohen Chor der Predigermönche."

Simson hatte ihm aufmerksam zugehört. Er nickte nachdenklich. „Du, Merten, hast viele Wege und viele Orte. Wenn ich die Heimat meines Glaubens aufsuchen will, so bleibt mir kein anderer Ort als die Schrift. Unser Heiligtum ist nur ein ferner Traum. Und deshalb ist es so wichtig, dass die Schrift bewahrt wird und so sehr geliebt, dass ihr kein Leid, kein Unrecht und keine Veränderung widerfährt."

Naomi spürte Mertens Blick auf sich ruhen und blickte auf. Sie sah das Verstehen in seinen Augen und zugleich seine Verunsicherung. „Du hast mir einmal erzählt, dass kein Stück der Heiligen Schrift je weggeworfen werden dürfe. Dass man eine unbrauchbar gewordene Thorarolle beerdigt, aber nicht wegwerfen darf?"

Bevor Naomi antworten konnte, kam Jakob ihr zuvor. „Aus Ehrfurcht und Liebe. Aber ich weiß, was die Leute reden. Dass wir damit Zauberei betreiben!"

Naomi war es, als wollte Merten zu einer Erwiderung ansetzen, aber er schwieg. Für einen Moment war es still in der Werkstatt. Nur das immer näher kommende Grollen des Unwetters war zu hören. Simson nickte Merten freundlich zu. „Aber schließlich bist du hier, weil du die Tiere sehen möchtest!" Mit diesen Worten öffnete er die oberste der vor ihm liegenden Mappen und begann, eine Reihe von Blättern auszubreiten. Naomi beugte sich vor. Unzählige Male hatte sie die Skizzen betrachtet, die ihr Onkel anzufertigen pflegte, bevor er sich mit Federkiel und Tusche an die kostbaren Abschriften selbst heranwagte. Obgleich sie die Bilder kannte, schienen sie ihr heute, im fahlen Licht des nahenden Gewitters, so lebendig und geheimnisvoll wie nie zuvor. Dort war der Drache mit majestätisch erhobenem Schlangenhals, den gewaltigen Schweif wie spielerisch um den Leib geschwungen. Dort der sich duckende Hase, das fliehende Reh, gehetzt von der Hundemeute. Der Greif mit ausgebreiteten Flügeln, bereit, sich in die Lüfte zu erheben. Sie hörte, wie Merten neben ihr überrascht den Atem einzog. „Aber das sind ja" – verwirrt hielt er inne. Simson lachte. Es war jenes belustigte und jugendliche Lachen, das Naomi so an ihm liebte.

„Mein lieber Merten. Lass mich raten. Gilt dein Erstaunen der Tatsache, dass dies wirkliche Abbilder der Welt sind? Oder dass die Tiergestalten aus Buchstaben geformt sind?"

Merten war rot geworden. „Es ist nur. Ich dachte ... Bruder Johannes hat mir einmal erklärt, dass ihr Juden euch kein Bildnis machen dürft. Und als Jakob davon sprach, Naomi habe eine Überraschung für mich, weil ich so unzufrieden sei mit meinen eigenen Skizzen von Tieren und Menschen, da konnte ich mir nicht vorstellen ..." Er stockte.

Simson war ernst geworden, aber ein kleines Lächeln umspielte seine Züge. „Du musst dich nicht erklären, lieber Merten! Ehrlich gesagt ist dies eine Frage, über die auch unsere Gelehrten trefflich zu streiten wissen. Einige Rabbinen würden diese Bilder sicherlich streng verurteilen. Aber andere, wie der berühmte Rabbi Raschi, haben sie ausdrücklich gebilligt. Übrigens gelten die Zehn Gebote ja ebenso für euch Christen, und ihr scheut euch nicht vor den Bildern."

Merten nickte. „Und die Buchstaben? Ist dies ein Rätsel oder – "

„ – ein Spiel? Denn wer könnte sagen, ob dies wirklich Bilder sind? Oder nur Buchstaben, gewebt zu Formen, wie die Fäden auf dem Webstuhl alle gemeinsam ein Gewand ergeben? Sicherlich kommen dir viele dieser Wesen, die wirklichen wie die fabelhaften, vertraut vor."

Simson zog eine weitere Mappe zu sich heran und begann vorsichtig und beinah ehrfürchtig, ihren spärlichen Inhalt vor Merten auszubreiten. Dieser blickte staunend auf die Kostbarkeiten, dann blickte er den Zeichner fragend an. Simson lächelte. „Auch ich kenne deinen Bruder Johannes aus dem Dominikanerkloster gut. Wir lesen dieselben Bücher. Und bisweilen tauschen wir auch unsere Skizzen. Einmal konnte ich sogar ein paar Arbeiten aus seiner Schreibwerkstatt erwerben, die nicht seinen hohen Ansprüchen genügten und die er mir überlassen hat. Als sein Vermächtnis, so hat er es bezeichnet. Denn nach seinem Heimgang aus diesem Leben, den er in Bälde erwarte, werde wohl keiner seiner Mitbrüder einem jüdischen Miniaturenmaler solche Bilder aushändigen. Dies ist nun schon viele Jahre her und noch habe ich meinen Freund nicht verloren – weder an einen bösen noch an einen sanften Tod." Simson schwieg. Dann fragte er: „Hat er dir eigentlich einmal erzählt, dass er als blutjunger Mann noch euren berühmten Meister Eckhart gekannt hat? Er selbst war damals gerade Novize des Erfurter Ordens geworden und Bruder Eckhart war sein Prior. Zwanzig Jahre sind seit seiner Verurteilung und seinem Tod in Avignon vergangen, aber Bruder Johannes hat ihn nie vergessen, wenngleich viele in seinem Orden und auch hier in Erfurt vorgeben, nichts mehr von ihm zu wissen."

„Ich weiß", antwortete Merten. „Aber Johannes verehrt ihn bis heute. Er kann auswendig aus Eckharts Schriften rezitieren. Manches davon habe ich versucht, mir zu merken, auch wenn mein Vater meint, ich solle mich nicht mit den Worten eines verurteilten Ketzers abgeben." Merten zögerte kurz, dann fügte er unsicher hinzu: „Als Ihr mich gerade nach den Orten des Glaubens fragtet – vielleicht hätte ich auch meine Gespräche mit Bruder Johannes über Meister Eckhart nennen sollen. Wenngleich ich seine Lehren meist nicht verstehe oder nur manchmal, für den Bruchteil eines Augenblicks, ahne oder fühle, was sie bedeuten. *Man findet Gott dort am besten ...*"

„*... wo man ihn loslässt*", vollendete Simson leise den Satz.

Merten blickte erstaunt auf. Die Blicke der beiden Männer trafen sich. Naomis Kehle brannte. Es machte sie froh und auf unerklärliche Weise traurig zugleich, das Einvernehmen der beiden zu spüren. Scheu blickte sie Merten von der Seite an. Er schien die Zeichnungen aus dem Skriptorium des Dominikanerklosters und die Zeichnungen des Onkels bis in jede Einzelheit hinein genau zu vergleichen.

„Wer hat nun den Löwen zuerst gezeichnet?", frage er schließlich und deutete auf zwei Blätter, die Simson wortlos nebeneinandergelegt hatte. Eines zeigte einen Löwen, dessen Fell rötlich golden leuchtete, das andere einen Löwen, dessen Umrisse aus winzigen Buchstaben gebildet waren. Und dennoch schien einer wie die Kopie des anderen.

„Ich weiß es nicht mehr. Aber wir lernen voneinander", sagte Simson ruhig. Merten nickte.

„Und was hat es nun mit den Buchstaben auf sich? Ich schaffe es nicht einmal, mit schlichten Linien Tiere zu erschaffen, die echt aussehen! Wie kann man dann nur mit so winzigen Buchstaben solch bewegte und lebendige Tierleiber erschaffen?" In seiner Stimme schwang unverhohlene Bewunderung.

Jakob lachte und seufzte. „Das frage ich mich auch! Ich hatte schon Mühe, einfach nur ordentlich von rechts nach links zu schreiben, ohne getadelt zu werden."

Mertens Grübchen vertiefte sich. Er wusste nur zu gut, dass Jakob stets zu den besten und eifrigsten Schülern der Jeschiwa gezählt hatte. „Aber was haben die Buchstaben zu bedeuten?", fragte er, an Simson gewandt.

„Weißt du, was die Masora ist?"

Merten schüttelte den Kopf. „Die Masora ist eine Art Erklärung. Die Schrift ist heilig. Sie darf nicht verändert werden, kein Jota, wie es in einem eurer Evangelien heißt. Aber natürlich muss man über diese Worte reden, über ihren Sinn streiten. Das haben unsere Gelehrten getan und tun es bis zum heutigen Tag – so wie es auch eure Gelehrten tun. Nicht alle enden deswegen als Ketzer, so wie Meister Eckhart! Denke an die vielen berühmten Theologen eurer Kirche. Thomas von Aquin, Bernhard von Clairvaux. Die Mesora nennt man das Streitgespräch unserer Gelehrten. An anderen Orten der Erde, zu anderen Zeiten in unserer Geschichte, hat man sie einfach schlicht an den Rand neben den Bibeltext geschrieben. Aber es gibt auch den Brauch, jene Texte in Bilder zu verwandeln."

„Habe ich Euch recht verstanden? Dieses scheue Reh, der Löwe, der zum Sprung ansetzt, sind eigentlich nichts weiter als Erklärungen zur Heiligen Schrift?"

„Ja, meistens. Manchmal auch nicht. Jakob hat vorhin von David gesprochen, der gegen die gewappneten Philister ins Feld zieht wie ein Ritter in die Schlacht. Ich fürchte, ich habe davon keine Skizze mehr bei mir. Aber ich meine mich zu erinnern, dass der Text in diesem Fall ein Liebesgedicht war. Und zwar eines, das einem Gedicht aus eurem Minnesang ähnelt. Es geht um das gejagte Herz. Das schließlich in die Fallstricke der Liebe gerät: wie ein gehetztes Reh, wie eine Hirschkuh, die der Jäger mit seiner Meute zur Strecke bringt."

Für einen Augenblick war es still in der Werkstatt. Naomi meinte, man müsse das Klopfen ihres Herzens hören. Das fahlgelbe Licht war einer seltsamen Düsternis gewichen. Dann, plötzlich, erhellte ein Blitz den Raum, der Donner krachte, so nah und bedrohlich, dass Naomi aufschrie. Im selben Moment wurde die Tür aufgestoßen. Marei, die Magd, stand auf der Türschwelle. Ihr Gesicht war kreideweiß. Ihr Haar hatte sich unter der Haube gelöst und hing ihr in wirren Strähnen ins Gesicht. „Euer Vater!", brachte sie mühsam hervor. „Ihr müsst sofort nach Hause kommen!"

3. KAPITEL

Dominica, 15. August 1348, Marien Himmelfahrt
Jom Rischon, 12. Elul 5018

MASAL TOV

Das Gewitter und der heftige Regen hatten die Luft reingewaschen. Auch in dem engen Verschlag an der Rückseite des Marstalls war der frische Windhauch zu spüren. Heute, an einem der wichtigsten Hochfeste der Gottesmutter, ruhte die Arbeit an den Fleischbänken des Vaters. Nach dem Besuch der Frühmesse hatte er die wenigen Schritte zu seiner geheimen Werkstatt zurückgelegt. Er musste allein sein. Er musste sich befreien. Nicht nur gestern Nacht auf seinem Lager, auch heute in der Kirche, hatte ein Bild in seinem Inneren alles andere verdrängt. Vielleicht konnte er seiner Herr werden, indem er es aufs Papier bannte.

Immer wieder hob Merten den Kopf, um zu lauschen. Manchmal meinte er, den verirrten Ton einer Laute, eine rasche Tonfolge von Flöten und Sackpfeifen zu hören. Im jüdischen Tanzhaus, nur einen Steinwurf von seinem Versteck entfernt, bereitete man sich wohl auf eine Hochzeit vor. Doch nun war es stiller geworden. Nur noch das sanfte und eintönige Geräusch des Wassers drang an sein Ohr.

Unzählige Male hatte er sich in den letzten Stunden bemüht. Erst, indem er mit dem bloßen Finger Skizzen in den Staub gezeichnet hatte, wieder und immer wieder. Dann, vorsichtig und zögerlich mit einem der Kohlestifte auf einem der kostbaren Blätter Palimpsest, die er sich kaum traute zu nutzen. Es wollte ihm nicht gelingen. Die Linien erschienen ihm unbeholfen und falsch, nicht Abbild dessen, was seit gestern in seiner Netzhaut eingebrannt war: Naomis gesenkter Kopf, die Weise, in der sie die Harfe umschlungen hielt, als wäre sie ein lebendiges Wesen. Der Schwung ihres Nackens, die zarte Linie ihrer Wange.

Mühsam kniete sich Merten auf den Boden und blickte auf seine Zeichenversuche im Staub. Langsam verwischte er mit den Fingern die Linien. Diesmal konnte er nicht einmal jemanden um Rat fragen. Bruder Johannes nicht und Simson ben Rabbi Meir erst recht nicht. Endlich stand er auf und trat zu seinem einfachen Arbeitstisch. Noch einmal griff Merten zum Wetzmesser. Ob er es noch ein letztes Mal versuchen sollte? Er wusste, dass er sich vor sich selbst zum Gespött machte. Wenn er wenigstens versuchen würde, sich darin zu üben, was ihm der gestrige Besuch in Simsons Werkstatt offenbart hatte. Ja, er wollte Löwen zeichnen, Greifen, Drachen. Das gehetzte Reh. Die Hirschkuh auf der Flucht.

Das Messer entglitt seinen Fingern. Merten stützte das Gesicht in seine Hände. Eine Weile saß er reglos da. Schließlich richtete er sich auf. Er sollte nach Hause gehen. Elisabeth würde sich freuen, wenn er das vor Tagen gegebene Versprechen einlöste, mit ihr zu spielen.

Ein leiser Pfiff ließ ihn herumfahren. Merten erschrak. Ihr Signal! Jakob sollte seine Zeichenversuche nicht sehen. „Warte, ich komme zu dir", rief er halblaut. Er beeilte sich, durch den schmalen Durchschlupf nach draußen zu gelangen. Mit hängenden Armen stand der Freund vor ihm. Merten kannte ihn zu gut, um sich von seinem Lächeln täuschen zu lassen. Er fühlte, wie sich etwas in ihm zusammenzog. „Euer Vater? Was ist mit ihm?", stieß er hervor. Er hätte sich längst bei den Geschwistern nach ihrem Vater erkundigen sollen. Seine törichte Besessenheit, der Wunsch, Naomi zu zeichnen, ohne dass jemand davon wissen sollte, war ihm offenbar wichtiger gewesen als alles andere.

Jakob legte eine Hand auf seine Schulter. „Lass uns an unseren Platz gehen. Dann kann ich dir alles erzählen."

Merten blinzelte in die Helligkeit. Die Sonne stand schon über dem Rathaus. Er hatte über seinen vergeblichen Bemühungen alles andere vergessen. Der Geruch von frisch gebratenem Lammfleisch, der vom Tanzhaus zu ihnen hinüberwehte, erinnerte ihn daran, wie hungrig er war. Aber das musste warten. Vorsichtig folgte er Jakob, der ihnen einen Weg durchs hohe Schilf bahnte. Ohne dass sie ein Wort miteinander wechseln mussten, wusste

Jakob stets, an welchen Stellen er seine Hilfe brauchte, um nicht zu stolpern oder auszugleiten. Wieder einmal wurde ihm bewusst, dass Jakob und Naomi die einzigen Menschen waren, bei denen es ihm nichts ausmachte, dass sie ihre Schritte den seinen anpassten.

Endlich hatten sie ihren alten Lieblingsplatz erreicht. Hier hatten sie schon als Kinder miteinander gespielt: zwei große, flache Steine, die bei Hochwasser überspült waren, aber bei niedrigem Wasserstand einen vom Schilf und den Weidenbäumen gut verborgenen Sitzplatz boten.

Jakob half ihm, sich auf dem sonnenwarmen Stein niederzulassen, dann setzte er sich ihm gegenüber. Merten wusste, dass es keinen Sinn hatte, den Freund zu drängen. Er blickte ihn von der Seite an. Das kastanienfarbene Haar fiel ihm in die Stirn. Mit seinen geschwungenen Brauen und den dunklen Augen sah er seiner Schwester so ähnlich.

Abwesend begann Jakob Schilfhalme auszureißen. Während seine schmalen Finger die Halme knoteten, wieder und immer wieder, begann er endlich zu sprechen. „Es ist wohl das Herz. Gestern am frühen Abend, als wir zusammen bei meinem Onkel waren, hat unsere Magd unseren Vater gefunden. Auf dem Treppenabsatz. Vielleicht wollte er ins untere Stockwerk, vielleicht wollte er uns rufen? Er hat es nicht mehr geschafft. Aber Marei – der HÖCHSTE sei gelobt – hörte seinen Sturz. Sie rief die Magd unserer Nachbarn Guta und Belkind zu Hilfe und ist dann zum Hospital gelaufen. Als sie einen der Ärzte endlich dazu bewegen konnte, in unser Haus zu kommen, ist sie auf dem Rückweg in Simsons Werkstatt gerannt. Naomi hatte ihr gesagt, wohin sie aufbrechen würde."

Merten sah, wie Jakobs Kinnmuskel zuckte. ‚Als sie ihn endlich dazu bewegen konnte, in unser Haus zu kommen …‘ Er ahnte, was der Freund nicht sagte, um ihrer Freundschaft willen. Merten schluckte. Er kannte Michael von Hanau, seit er sich erinnern konnte. Seine Stimme klang rau: „Er ist doch nicht etwa …?"

Jakob schüttelte den Kopf. „Als Naomi und ich mit Marei nach Hause kamen, war er schon wieder bei Bewusstsein. Der Arzt, den man uns geschickt hat, hat ihn gründlich untersucht. Er meint, vielleicht habe ein plötzlicher, geheimer Kummer diesen Anfall ausgelöst. Ich würde gerne daran glauben. Aber Naomi und ich haben uns schon seit vielen Wochen immer wieder Sorgen um ihn gemacht. Er hat versucht, es sich nicht anmerken zu lassen. Auch nicht bei den Anstrengungen, wenn ein Schaf oder eine Ziege vor dem Schlachten auszubrechen versucht. Natürlich haben wir unsere Gehilfen, aber mein Vater erwartet stets von sich selbst, dass er als Meister am meisten zupacken müsse." Jakob warf den Schilfhalm ins Wasser. Merten blickte ihm nach, wie er auf den Wellen tanzte und schließlich von einem Strudel erfasst wurde und auf einen der Pfeiler der Krämerbrücke zutrieb.

Jakob holte tief Atem. „Es war nur gut, dass der Schabbat ihn zum Ruhen genötigt hat, und gestern Abend konnten wir ihn davon überzeugen, heute noch nicht zu den Schlachtbänken zurückzukehren, sondern die Arbeit mir und unseren Gehilfen zu überlassen. So wie der Arzt es ihm geheißen hat. Aber du hättest hören sollen, wie er sich vorhin mit Naomi gestritten hat. Sie wollte um keinen Preis von seiner Seite weichen. Er wollte um jeden Preis, dass sie, wie sie es versprochen hat, auf die Hochzeit ihrer besten Freundin geht und dort für sie Harfe spielt. „Du kannst gehen, Naomi. Marei wird auf mich achtgeben und dafür sorgen, dass ich die Medizin des Arztes auch einnehme. Teuer genug war sie schließlich. Macht euch keine Sorgen!" Jakob schüttelte hilflos den Kopf. „‚Macht euch keine Sorgen!' Aber er macht sich mehr Sorgen um uns als ihm guttut, vor allem wohl um Naomi. Deswegen hat er mich gedrängt, ebenfalls zu Hannahs Hochzeitsfest zu gehen, um Naomi heute Abend zu begleiten. Früher hätte er sie die paar Schritte bis nach Hause auch allein gehen lassen, aber vielleicht will nur ich nicht wahrhaben, dass meine kleine Schwester kein Kind mehr ist."

Merten hatte den Kopf abgewendet und blickte auf das Wasser hinaus. „Vielleicht wäre es besser, wenn wir alle hätten Kinder bleiben können ..."

In die Stille des Feiertags drangen plötzlich Töne zu ihnen ans Ufer, erst leise, dann immer lauter, jubelnd und traurig zugleich. Merten spürte, wie sich die feinen Haare auf seinen Oberarmen aufstellten. „Die Musikanten", flüsterte Jakob. „Nun kommen sie, die Braut und ihr Bräutigam ... Möchtest du sie sehen? Du könntest mitkommen ..."

„Aber ich bin nicht eingeladen", wehrte Merten unsicher ab.

„Dann lass uns an der hinteren Mauer hochklettern und

durch eines der Fenster zusehen", erwiderte Jakob unternehmungslustig und schickte sich an aufzustehen.

Merten blickte zu ihm auf. „Siehst du, wie ich an einer Mauer hochklettere? Wohl kaum!", sagte er mit einem Lächeln. Er verstand es oft selbst nicht, warum ihm in Jakobs Gegenwart manche Sätze so leichtfielen, als wären sie nichts anderes als Scherzworte. Sätze, die ihm sonst wie Zentnersteine auf der Brust lagen.

Jakob blickte auf die Wasseroberfläche, die sich im aufkommenden Abendwind kräuselte. Er nickte. „Du hast recht. Aber ich will trotzdem, dass du es siehst. Hör mir zu."

‚Hör mir zu.‘ Seit ihrer Kindheit hatte Merten immer wieder diesem Zauberwort gehorcht. Und hatte zugehört. Geschichten, die Jakob erdacht hatte. Geschichten, die er in der Jeschiwa gehört hatte, Geschichten aus der Thora und Geschichten, die von Rabbinen handelten, die er verehrte. Vieles davon hatte Merten wieder vergessen, manches hatte er behalten. Doch immer wieder wollte er es neu erleben: wie sich die Welt in Jakobs Geschichten verwandelte. Alles, was er selbst dazu tun musste, war, die Augen zu schließen.

Jakobs Stimme klang nah und fern zugleich. *Wer ist sie, die da heraufsteigt? Ihr Töchter Jerusalems, kommt heraus und schaut:* Es ist Hannah, die Braut. Hannah. Ihr Name bedeutet Gnade und Anmut. Anmutig ist sie in ihrem weißen Kleid, das ihr bis auf die Schuhspitze reicht. Weiß trägt sie, die Farbe der Trauer. Inmitten der Festfreude tragen sie und ihr Liebster Trauer über das verlorene Jerusalem. Ihr Bräutigam wird sie anstimmen, die Klage, die bei jeder Vermählung erklingt, die Klage über die unerreichbare Heimat: *An den Strömen von Babylon saßen wir und weinten. Wir weinten, wenn wir an Zion dachten. Wir hängten unsere Harfen in die Weiden. Man hieß uns zu singen, Jubellieder von Zion. Doch wie könnten wir singen, fern, auf fremder Erde? Wenn ich dich je vergesse, Jerusalem, so soll mir meine Rechte verdorren ...* Doch Jerusalem ist weit fort. Und seine Braut ist nah. Ihre Rechte liegt in der seinen. Sie trägt einen zierlichen Reif, gleich einer Krone. Ihr Haar schimmert golden, wie ein Helm aus Bronze, wie ein funkelnder Harnisch. *Wer ist sie, die hervorbricht wie die Morgenröte, schön wie der Mond, klar wie die Sonne, gewaltig wie ein Heer? Wen-*

de dich her, wende dich hin, Schulamit. Du hast mir das Herz benommen, meine Schwester, liebe Braut ... Doch Hannah wendet sich nicht, ruhig steht sie da, Auge in Auge mit dem Geliebten. Ihr langes Haar, ihr Scheitel ist bedeckt von seinem Tallit. Wie unter einem Baldachin stehen die beiden, die sich vor den anwesenden Zeugen einander verlobt und sich die Ehe versprochen haben.

Und nun deckt sie ihr Bräutigam, wie einst Boas die schöne Rut mit dem Zipfel seines Mantels deckte, als sie zu ihm auf die Tenne kam. *Ich beschwöre euch, ihr Töchter Jerusalems, dass ihr die Liebe nicht aufweckt und nicht stört, bis es ihr selbst gefällt. Fände ich dich draußen, so wollte ich dich küssen und niemand dürfte mich schelten!* An ihrem Finger trägt sie einen Ring. Vielleicht ist er aus Silber, vielleicht aus vergoldetem Silber oder aus purem Gold. Warte ..."

Es lag ein leises Lachen in Jakobs Stimme, als er weitersprach. „Hannah heiratet einen Sohn Kalmans. Der Ring ist also aus Gold. Kein Edelstein, keine Perle schmückt ihn, sondern ein winziges Gebäude. Es ist der Tempel von Jerusalem, so winzig und fein gearbeitet, dass es wie ein Wunder erscheint. In das Dach dieses goldenen Kleinods sind Worte eingraviert: *Masl Tov.* Guter Stern. Der Ring ist Hannahs Brautpreis, Gewährszeichen für die geschlossene Ehe."

Merten saß mit geschlossenen Augen auf dem Stein. Er hörte das Rauschen des Schilfes, er spürte die Kühle des Wassers an seinen Füßen. Doch zugleich war er dort drüben im Tanzhaus, wie ein unsichtbarer Schatten. Jakob hatte einen Moment geschwiegen, nun fuhr er leise fort: „Um ihren Leib trägt die Braut einen vielfach geschlungenen Gürtel. Vielfarbig bestickt ist er, gewirkt aus silbernen und bunten Fäden. Wenn ihr Gemahl ihn später, im Gemach, abnehmen wird, wird sie sich drehen und drehen wie in einem nicht enden wollenden Reigen. Und ihr Geliebter, wenn er vor ihr auf die Knie geht, könnte dabei das Gedicht lesen, das in leuchtenden Buchstaben auf dem Gürtel aufgestickt ist."

„Ein Gedicht?", fragte Merten leise, ohne die Augen zu öffnen. „Wovon handelt es?" Merten konnte hören, dass der Freund lächelte, als er weitersprach.

„So genau weiß ich das nicht. ‚Mein. Dein. Schmerz, Herz ...' So in etwa. Doch ich weiß, was im Inneren des Gürtels eingraviert ist. So, dass es keiner der Hochzeitsgäste zu lesen vermag. Nur die Braut, wenn sie den Gürtel am Hochzeitsmorgen anlegt. Und der Bräutigam, wenn er ihn in der Hochzeitsnacht löst. *Amor vincit omnia. Mit Liebe. Die Liebe besiegt alle Dinge. Mit Liebe.*"

Jakob schwieg nun endgültig. Merten öffnete die Augen. Der Augenblick war vorbei, die Welt nahm wieder ihren Platz ein.

„Woher weißt du das alles?", fragte Merten.

Der Freund lachte. „Ich war immerhin auf mehr als einer Hochzeit. Und Naomi hat mir einiges erzählt, schließlich ist sie Hannahs beste Freundin. Wahrscheinlich hat sie sogar noch vor Hannah selbst gewusst, dass diese sich in Ruben verliebt hatte." Jakob streifte ihn mit einem spöttischen Seitenblick. „Ich hätte dir natürlich auch vom Essen erzählen können ..."

Merten versetzte ihm einen Rippenstoß. „Wenn du heiratest, kannst du mich ja zu deinem Hochzeitsessen einladen! Aber", er stockte und suchte nach den richtigen Worten, „du hast gerade gesagt, Hannah habe sich in Ruben verliebt."

„Du willst mich fragen, ob das häufig vorkommt? Ob es eine Rolle spielt bei unseren Eheschließungen? Oft nicht. Oft geht es um andere Dinge. Um die Wahrung oder das Vermehren von Besitz. Um die Stärkung von Familienbanden. Besonders, wenn die Braut sehr jung ist, wird sie nicht gefragt. Wie in euren Familien. Aber das ist nicht immer so. Ich kenne eine Geschichte, in der eine Frau bis zum Rabbi gelaufen ist, um den Mann ihres Herzens heiraten zu können!"

„Und was hat der Rabbi gesagt?"

„Er hat zu ihren Eltern gesagt: ‚Ihr sollt auf die jungen Mädchen hören!'" Jakob lächelte. Dann wurde er ernst. „Und weißt du, was Rabbi Meir von Rothenburg gesagt hat? Mein eigener Lehrer, Rabbi Alexander, verehrt ihn von allen unseren Weisen am meisten. Rabbi Meir hat gesagt, dass ein Mann, der seine Frau schlägt und keinen häuslichen Frieden zu wahren versteht, bestraft werden soll: vor dem Gerichtshof auf Erden und im Himmel. Allerdings hat er wohl in allen Dingen jede Gewalt abgelehnt: Wer seinen Nächsten, eine Frau oder ein Kind schlägt, versündigt sich gegen den HÖCHSTEN selbst."

Merten schluckte. Für den Bruchteil eines Augenblicks griff die Erinnerung nach ihm. Seine Mutter, die Grobheit des Vaters, die sie zu spüren bekommen hatte, immer wieder. Und die Angst, die er und Caspar als Kinder ausgestanden hatten, wenn sie die Wut des Vaters gereizt hatten.

Merten nahm einen flachen Kieselstein und warf ihn ins Wasser. Er blickte Jakob nicht an, sondern betrachtete die Wellenkreise, die auf der Oberfläche des Flusses tanzten und zerronnen. „Würdest du eines Tages gerne heiraten?"

Jakob lachte. „Spätestens wenn ich in ein oder zwei Jahren das Schlachthaus meines Vaters übernehme, wird man nichts anderes von mir erwarten. Nicht zu heiraten, kommt eigentlich nicht infrage. Aber weißt du, wovon ich wirklich träume? Auch wenn ich weiß, dass es niemals Wirklichkeit werden kann?"

Merten nickte. Er wusste nicht recht, ob er die richtigen Worte finden würde, aber er kannte Jakobs Traum, auch wenn dieser bis zu diesem Augenblick noch nie darüber gesprochen hatte. Seine Stimme klang zögerlich, fragend: „Rabbi Meir von Rothenburg. So möchtest du leben. So jemand würdest du gerne sein. Ein Mann, zu dem die Leute von weither schicken, um seinen Rat einzuholen, ihn zu bitten, Dinge zu entscheiden, die sie selbst nicht zu entscheiden vermögen. Alle Bücher zu kennen, alle Schriften. Und weise und gerecht zu urteilen?"

Jakob nahm seine Hand und drückte sie. „Merten, du kennst mich wie ein Bruder. Aber es ist nichts weiter als ein Traum. Ich kann kein Rabbi oder Rechtsgelehrter werden, auch wenn mein Vater mich für diesen Wunsch nicht tadelt. Er muss mir nicht erklären, dass mein Platz ein anderer ist. Also wird wohl ein verheirateter Schlachtermeister aus mir werden! Oder, wenn ich viel Glück habe und eine reiche Braut finde, könnte es sein, dass mir ihr Vater ein oder zwei Jahre bei einem angesehenen Gelehrten schenkt."

Merten blickte den Freund erstaunt an.

Jakob lachte. „Das gibt es. Einer meiner Vettern in Nördlingen hatte dieses Glück. Die Braut, mit der er sich verlobt hat, war noch sehr jung und ihr Vater war vermögend. Nathan durfte seine Ausbildung für zwei Jahre weiterführen, bei einem bedeutenden Thora-Gelehrten in Köln." Jakob seufzte. „Es könnte schon sein, dass ich ähnliches Glück hätte. Aber dann würde ich meinen Vater und Naomi allein in Erfurt zurücklassen müssen – und das kann ich mir nicht recht vorstellen. Seit gestern Abend weniger denn je."

In die Klänge, die vom Tanzhaus zu den beiden jungen Männern herüberdrangen, mischten sich nun Hochrufe und fröhliches Gelächter. Jakob sprang auf und bog das Schilf zur Seite. Für einen kurzen Augenblick konnte Merten einen Blick auf den Zugang zum Tanzhaus erhaschen. Auf zwei prachtvoll geschmückten Sesseln wurden Hannah und Ruben von den Hochzeitsgästen wie im Triumphzug zum Tanzhaus getragen. Als er die Schilfhalme zurückgleiten ließ, war es, als schlösse sich ein Vorhang.

Jakob kam an seine Seite zurück. „Was ist mit dir, Merten? Jetzt, wo Caspar wohl bald heiraten wird. Schließlich seid ihr gleich alt."

Merten schluckte. So leichthin, wie er es vermochte, sagte er schließlich: „Caspar hat wirklich eine gute Partie gemacht! Unser Vater spricht von nichts anderem mehr. Eine Verbindung mit der Familie von Hartung Vitztum wäre wohl jedem Vater mehr als willkommen! Nicht nur wegen dessen Reichtums, vor allem wegen seiner herausragenden Beziehungen zum Erzbischof! Caspar findet es wohl wichtiger, dass Johanna sehr hübsch ist. Aber sieh mich an: Wie sollte ich wohl auf Freiersfüßen wandeln? Dazu braucht man zwei gesunde Beine! Für jemanden wie mich bleibt ja zur Not immer noch das Kloster ..."

„Das Kloster?" Erstaunen lag in Jakobs Stimme. Oder war es Empörung?

Merten musste lachen. „Schau nicht so erschrocken! Da soll es schließlich auch aufrechte Christenmenschen geben! Denk an Bruder Johannes. Aber vor allem könnte ich dort zeichnen, vielleicht könnte ich bei den Miniaturenmalern im Skriptorium von Grund auf lernen! Mit den Farben, von denen ich bislang nur träumen kann. Mein Vater wird jedenfalls keinen Finger rühren, mich als Lehrling in einer der Erfurter Malerwerkstätten unterzubringen. Das Kloster – wenn ich es recht überlege, ist dies wohl der einzige Ausweg ..."

Er spürte, wie es in seiner Kehle eng wurde. Jetzt, wo er Jakob gegenüber diesen Gedanken aussprach, wurde ihm bewusst, dass dies vielleicht wirklich der einzige Weg war. Und nicht allein, um einen Traum Wirklichkeit werden zu lassen. Sondern auch, um sich von einem anderen, törichten Traum für immer zu verabschieden.

Die Musik, die zu ihnen in den Schilfgürtel herüberdrang, schwoll an. Eine Schar von Mauerseglern stob mit schrillen Rufen über das Dach des Tanzhauses. Merten und Jakob folgten ihnen mit ihren Blicken. *„Unsere Seele ist entronnen wie ein Vogel aus dem Netz des Vogelfängers"*, sagte Jakob leise. *„Das Netz ist zerrissen. Und wir sind frei."* Er sah Merten schief von der Seite an. „Frei." Ein Lächeln huschte über sein Gesicht. „Du ein Dominikaner? Und ich ein fahrender Schüler mit der wartenden Braut zu Hause? Lass uns darüber noch einmal eine Nacht schlafen!"

Jakob stand auf und blickte zum Tanzhaus hinüber. „Ich muss gehen. Naomi hat mir versprochen, mit ihrem Spiel zu warten, bis ich komme. Wer weiß, wie bald schon ich auf ihrer Hochzeit tanzen werde. Bis gestern Abend war ich sicher, dass unser Vater ihr Zeit lassen möchte, dass sie warten soll, bis sich wirklich der richtige Bräutigam findet." Merten war froh, dass der Freund ihn nicht ansah, als er schließlich zögernd fortfuhr: „Aber jetzt – wer weiß. Vielleicht wäre es das Wichtigste, dass Naomi versorgt ist, wenn unserem Vater etwas zustoßen sollte." Merten stand langsam auf. Ihm war mit einem Mal kalt. Er wollte nach Hause.

Jakob sprang über die kleineren Trittsteine im flachen Wasser bis zum Ufer. Dann wandte er sich um und reichte Merten die Hand, um ihn die Böschung hinaufzuziehen. Mertens Hand in der seinen fügte er leise hinzu, als spräche er zu sich selbst: „Wahrscheinlich hast du recht, Merten. Vielleicht wäre es besser, wir hätten Kinder bleiben können."

4. KAPITEL

MERTEN

Dies Jovis, 26. August 1348
Jom Chamischi, 23. Elul 5108

DIE ANKLAGE

Einen Augenblick ausruhen können. Merten warf einen letzten prüfenden Blick auf die Schlachtbank, die Messer und Gerätschaften und die Bottiche, die er soeben sorgfältig ausgespült in Reih und Glied an ihre Haken gehängt hatte. Der Vater hatte angekündigt, noch einmal zurückzukommen, um sich zu vergewissern, dass er alles zu seiner Zufriedenheit ausgeführt hatte. Merten wischte sich den Schweiß von der Stirn. Er war nicht sicher, ob seine Arbeit vor dem strengen Auge des Vaters bestehen würde, aber er konnte nicht mehr. Wenn er sich nur für einen kurzen Moment ausruhte, würde es sicher gleich besser werden.

Die nach Osten weisende Rückwand des Schlachthauses strahlte noch die Wärme des Sommertages ab. Merten ließ sich im hohen Gras nieder und lehnte den Kopf gegen die Wand. Jetzt spürte er das Zittern in seinen Beinen. Sonst arbeiteten Caspar und er Hand in Hand, um die Bänke am Abend zu säubern und jedes Ding an seinen richtigen Platz zu legen. Ohne ein Wort darüber zu verlieren, übernahm der Zwillingsbruder dabei alle schweren Handgriffe. In diesen Momenten spürte er die Nähe, den Zusammenhalt aus Kindertagen, auch wenn Caspar es sich gefallen ließ, alle Beachtung, alle Wertschätzung des Vaters zu genießen. Merten war dem Bruder für seine wortlose Hilfe dankbar.

Auch vorhin, als der Vater Caspar weit vor der Zeit nach Hause geschickt hatte, um dort mit der Stiefmutter Einzelheiten der Hochzeit zu besprechen, hatte Caspar gezögert, so als wäre es ihm nicht recht, ihn allein mit der Arbeit zurückzulassen. Aber natürlich hatte er die Anweisung des Vaters befolgt.

49

Eine der zahlreichen Katzen, die stets in der Nähe der Schlachtbänke umherstreiften, um sich ihren Teil der Abfälle zu sichern, hatte sich nur wenige Schritte von ihm entfernt in der Abendsonne zusammengerollt. Merten musste lächeln. Er schloss die Augen und genoss den kühlen Hauch, der sein Gesicht streichelte. Nur einen Augenblick ausruhen.

„Und damit kommst du zu mir, Michael?" Merten schrak auf. War er tatsächlich eingeschlafen? Die Stimme des Vaters, direkt hinter ihm, laut und vernehmlich durch die dünne Bretterwand. Mit wem sprach er? Michael – sollte das Jakobs Vater sein, der zu ihrem Schlachthaus gekommen war? Aber das war eigentlich undenkbar – auch wenn ihre Väter das gleiche Handwerk einte, auch wenn sie unter demselben Hofdach wohnten. Dennoch wäre es für Michael von Hanau, der schließlich ein Schochet war, ein Ding der Unmöglichkeit, zu ihren Fleischbänken zu kommen, an denen wahrhaftig nicht koscher geschlachtetes Fleisch verkauft wurde! Merten wagte sich nicht zu rühren.

„Soll ich der Eidstaber sein, muss ich wissen, welche Anklage erhoben wurde – und von wem!"

„Und was hat unser Nachbar darauf erwidert, Vater?"

Merten rieb sich die Augen. Dies war nicht die Stimme des Nachbarn, es war Caspars Stimme! Und sie sprachen tatsächlich über Jakobs Vater, Michael von Hanau! Merten richtete sich vorsichtig auf, darauf bedacht, kein Geräusch zu machen. Atemlos versuchte er, jedes Wort, das jenseits der Wand gesprochen wurde, zu begreifen.

„Er sagte, es gehe um den Freizins. Seit letztem Jahr müsse er nun nicht nur den Pfarrzehnt, sondern auch den Freizins bezahlen, auch wenn der Hof, auf dem wir leben, ihm ebenso wenig gehöre wie mir." Albert Schwanring, Mertens Vater, schnaubte. „Aber du weißt ja selbst, wie die feinen Herren sich aus der Affäre ziehen. Und unsereiner sitzt dann bis zum Hals in den Schulden."

„Aber warum die Anklage gegen unseren Nachbarn? Wenn er doch gezahlt hat?"

„Der Pleban behauptet, Michael habe mit falscher Münze gezahlt. Er habe den Silbergehalt prüfen lassen – es sei eindeutig Falschgeld gewesen."

„Und Michael?" Merten meinte, das Erschrecken in der Stimme des Bruders zu hören. „Darauf steht schließlich die Todesstrafe."

„Er hat beteuert, dass er unschuldig ist. Vielleicht hat man eine andere, tatsächlich falsche Münze als die seine ausgegeben? Es stimmt ja, dass die Juden der Pfarrei hier im Viertel ein Dorn im Auge sind. Und die koscheren Schlachtbänke, nur einen Steinwurf entfernt von der Benediktskirche – ich kann schon verstehen, dass man Michael von Hanau nicht gerade wohlgesonnen ist. Schließlich hat er mich gebeten, sein Eidstaber zu sein. Ich solle mich nicht um meine Ehre sorgen. Hegte ich nur den Schatten eines Verdachtes, er könne womöglich doch schuldig sein, so sollte ich bedenken, dass er lieber alles aufgeben und fliehen würde, als jenen Eid abzulegen. Ein Meineid wäre sein Ende."

Merten lauschte atemlos. Nach einer Weile hörte er den Bruder fragen: „Und wirst du es tun, Vater?"

„Ich werde es tun – als sein Nachbar und Stadtgenosse. Auch wenn wir von Rechts wegen nicht Gildebrüder sind, weißt du, dass ich ihn schätze. Außerdem ...", die Stimme des Vaters brach ab. Als er endlich weitersprach, waren seine Worte so leise, dass Merten sich nicht sicher war, ob er sie richtig verstanden hatte: „Ich schulde ihm etwas."

5. KAPITEL

NAOMI

Leil Schabbat, 24. Elul 5108
Dies Veneris, 27. August 1348

DER SCHATZ

Die Wärme des scheidenden Sommertages erfüllte den Raum. Naomi wand das letzte Band um ihr frisch gewaschenes Haar, das sie zu einem festen Zopf geflochten hatte. Noch fühlte sie die Kühle des Wassers auf ihren bloßen Armen, dem gebräunten Nacken. Sie fuhr mit den Fingern über den feinen Stoff des Festkleides, das sie nach den Waschungen angelegt hatte. Es hatte ihrer Mutter gehört. Seit sie im vergangenen Frühjahr noch einmal gewachsen war, passte es ihr wie angegossen.

Naomi blickte unruhig zu dem kleinen Fenster, das zum Hinterhof hinauswies. Aber noch war Zeit. Seit den frühen Morgenstunden bis weit in den Nachmittag hinein hatte sie das Haus für den Feiertag vorbereitet. Küche und Stube waren geputzt, die irdenen Gefäße in der Mikwe gekaschert. Als die Sonne bereits über dem Petersberg stand, hatte sie, noch in den Alltagskleidern, die Challot von der Backstube in der Nähe der Wallengasse geholt. Nun lagen die beiden Weißbrote unter einem kostbaren Tuch, das die Mutter und sie gemeinsam bestickt hatten. Der Duft der noch warmen Brotlaibe stieg ihr in die Nase.

Als Kind war es für sie oft der schönste Moment der Vorbereitungen auf den Schabbat gewesen, an der Hand der Mutter zur Backstube zu gehen. Der Vater war im Schlachthaus gewesen, Jakob hatte wie jeden Tag das Haus frühmorgens verlassen, um bis kurz vor Beginn des Schabbat in der Jeschiwa mit den anderen Jungen zu lernen. Oft hatte sie ihn als Kind darum beneidet. Doch diesen allwöchentlichen Gang mit der Mutter zur Backstube, wenn diese in Gedanken nur bei ihr, Naomi, war, hätte sie gegen nichts auf der Welt eintauschen wollen. Stolz war sie gewesen auf ihre Mutter, die mit ihren glänzenden dunklen Haaren und den hellen Augen so hübsch aussah, dass sie sich gefragt hatte, warum nicht alle Leute sie bewundernd anblicken mussten. Naomi wünschte sich, sie wäre ihr ähnlicher. Doch wie Jakob hatte sie das gelockte kastanienbraune Haar des Vaters geerbt und seine dunklen Augen.

Seit dem Tod der Mutter ruhten die Vorbereitungen des Schabbat auf ihren Schultern. Manchmal war es ihr mitten in der Erfüllung ihrer Aufgaben, als träte sie neben sich und sähe sich selbst zu. Stets war es ein Moment des leisen Erschreckens, wenn sie gewahr wurde, dass sie jeden Handgriff, jede Verrichtung auf eben dieselbe Weise tat wie die Mutter. An keinem Tag der Woche war ihr diese so nah, so gegenwärtig wie am Schabbat. Es war eine Nähe, die sie tröstete und zugleich schmerzte.

Noch einmal fuhr Naomi mit einem weichen Tuch über das schimmernde Holz des Lehnstuhls, auf dem der Vater nachher seinen Platz einnehmen würde. Dann holte sie die beiden geputzten Leuchter von der Truhe neben dem Fenster und stellte einen davon auf den Esstisch. Den anderen trug sie zur Lichtnische an der Stirnseite des Raumes. Dann wendete sie sich um. Müde und zufrieden ließ sie ihre Blicke über die Festtafel schweifen: das weiße Leintuch, das blanke Messing, das aufgedeckte Geschirr, Jakobs Lieblingskuchen und die Fleischpastete, die der Vater sich gewünscht hatte. Die Challot und das kleine Gefäß mit Salz.

Ihre Tante hatte ihr schon gestern einen ganzen Korb voller Trauben gebracht, auch wenn Naomi zunächst abgewehrt hatte. Sie wusste ja, wie schlecht die Ernte in diesem Jahr ausgefallen war. Nun jedoch freute sie sich selbst am meisten auf diese Köstlichkeit, die sie für den Schabbat aufgespart hatte.

Naomi presste eine Hand gegen den schmerzenden Rücken. Sie war so froh, dass sie Marei hatte. Die Magd war ihr wie stets bei den Vorbereitungen zur Hand gegangen und hatte ihr viele der schweren Arbeiten abgenommen. Das Anheizen der Herdstelle, um für mehrere Stunden genügend Hitze und Glut zu haben. Marei hatte die vollen Wassereimer ins Haus geschleppt, die Naomi brauchte, um die Holzbohlen in der Stube zu reinigen. Bei einigen Pflichten jedoch konnte sie die Hilfe der Magd nicht in Anspruch nehmen. Das Zubereiten der Speisen, die sie für den heutigen Abend und den kommenden Tag vorkochen und warmhalten musste. Auch das Bereitstellen des Weins konnte nur sie selbst besorgen. Später, wenn die Männer aus der Synagoge heimgekehrt waren, würde der Vater vor dem Essen das Kiddusch über dem Wein sprechen.

Naomi trat an das kleine Fenster, das nach Westen wies. Noch wölbte sich ein heller Sommerabend über den Türmen der Stadt. Bald jedoch würden Jakob und der Vater nach Hause kommen, auch sie frisch gewaschen und festlich gekleidet. Das Mädchen warf einen letzten Blick auf die mit frischem Öl gefüllten Schnauben der Schabbatlampen.

Alles war bereit, noch hatte sie einen Augenblick für sich. Sie zögerte kurz, dann ging sie nach nebenan in das winzige Zimmer, in dem die Familie schlief. Vorsichtig, um ihr Festkleid nicht zu beschädigen, kniete sie sich vor ihre Bettstatt und öffnete die kleine Truhe, die am Fußende ihres Lagers stand. Unter den sorgsam gefalteten Kleidungsstücken zog sie ein kleines Kästchen hervor.

Einen Moment verharrte sie reglos auf den Dielen, das Kästchen zwischen den Händen. An jenem Abend in Onkel Simsons Werkstatt hatte sie sich plötzlich an etwas erinnert. Als die Kinder unten auf dem Benediktsplatz ihr Reigenlied angestimmt hatten, als der Junge eines der Mädchen an der Hand genommen und sich mit ihr im Kreis gedreht hatte, hatten die Töne jenes alten Kinderliedes etwas in ihr wachgerufen, das sie vergessen hatte.

Jahre musste es her sein. Merten hatte noch zwei gesunde Beine gehabt. Oft hatte er mit seinem Bruder Caspar und mit Jakob, wenn dieser aus der Schule zu Hause war, im Hof und in den Gassen gespielt. Sie, Jakobs kleine Schwester, hatte er, wie es schien, bei diesen Spielen kaum beachtet.

Einmal hatten sie alle zusammen jenen Reigen gesungen, Jakob, Merten und einige Kinder aus den benachbarten Häusern. *„Was ist das? Sagt uns, Herr, was?"*, hatten sie gemeinsam angestimmt, und Merten hatte mit blitzenden Augen in der Mitte gestanden. *„Es ist Frau Gretel Ehrenpreis, wem passt sie bass?"* Er hatte sich leichtfüßig um die eigene Achse gedreht und war schließlich vor ihr stehen geblieben. Nicht vor Margarete oder Anna oder einer der anderen größeren Mädchen, sondern vor ihr. *„Keinem andern als wie mir, sie ist meines Herzens Zier."*

Er hatte sie im Kreis herumgewirbelt, bis ihr schwindlig gewesen war. Am Ende des Tanzes hatte er ihr wortlos etwas zugesteckt, etwas, das weich und rau zugleich in ihrer Hand lag. Sie war den anderen Kindern davongerannt. Erst als sie ihren Lieblingsplatz hinter der Mikwe am Flussufer erreicht hatte, hatte sie gewagt, die Hand zu öffnen. Selbst ihrem Bruder hatte sie nie erzählt, welchen Schatz sie an jenem Tag atemlos und mit klopfendem Herzen in ihrer kleinen Schatulle verborgen hatte. Es war ein Ring aus geflochtenen Gräsern, so zierlich, fest und biegsam zugleich, dass sie ihn tatsächlich über den Finger streifen konnte.

Naomi öffnete den Deckel des kleinen Behältnisses. Sie musste lächeln. Dort lag die kleine Puppe aus Holz, die Onkel Simson ihr einst geschnitzt hatte. Merav hatte ihr sogar ein kleines Kleid genäht. Und hier war das gute Dutzend Steinmurmeln, mit denen Jakob und sie tagein, tagaus gespielt hatten. Sogar am Schabbat, obwohl sie wussten, dass Mutter und Vater ihnen das eigentlich verbieten mussten. Doch sie wussten auch, dass die Eltern absichtlich nicht hinsahen und ihr Spiel nicht beachteten. Als sie den Vater vor Kurzem gefragt hatte, ob er sich daran erinnern könne, hatte er gelacht und ihr über das Haar gestreichelt. Die Mutter und er hätten sich diesbezüglich stets an den Rat des Rabbi Alexander gehalten: Zwar müssten die Eltern den Kindern am Schabbat das Murmelspiel verbieten, aber besser sei es wahrhaftig, die Kinder einfach in Ruhe zu lassen.

Vorsichtig holte sie die Murmeln eine nach der anderen aus dem Kästchen und ließ sie auf den ausgebreiteten Rock ihres Kleides gleiten. Ja, dort, ganz zuunterst, auf dem mit blauem Stoff ausgelegten Boden, lag Mertens Ring. Die Gräser waren verblichen und spröde geworden, aber nicht gebrochen.

Ohne sich lange zu besinnen, öffnete Naomi mit einer raschen Handbewegung den Verschluss des bronzenen Fürspan, den sie von der Mutter geerbt hatte. Mit zitternden Fingern streifte sie den Ring aus Gras über die Innenseite der Nadel, so dass er nun auf ihrer bloßen Haut unter dem Kleid ruhte. Niemand würde ihn dort entdecken.

Dann sammelte sie die Murmeln ein und schob das Kästchen zurück unter die Kleider. Als der Vater und Jakob die Stiege hinaufkamen, erwartete Naomi sie in der Stube. Wie schon so oft an den letzten Abenden erschrak sie beim Anblick des Vaters. Sein Gesicht war grau, sein Gang gebeugt, als bereite ihm jeder Schritt Mühe.

Doch als sie die Schabbatlampe entzündet hatte und der Vater den bis zum Rand gefüllten Becher mit Wein ergriff, zitterte seine Hand nicht, und seine Stimme klang ruhig und fest, als er die alten Segensworte sprach: *„Baruch atah Adonay, Eloheinu Melech Ha'Olam borei pri hagafen. Gesegnet seist du, HERR, unser König, Herrscher der Welt, der du erschufst die Frucht des Weinstocks."*

Als der Vater schließlich vom Wein getrunken hatte und Jakob und ihr den Becher weitergereicht hatte, stand er auf, um den Segen über ihnen zu sprechen, so wie er es stets tat, wenn die Königin Schabbat Einzug in ihr Haus hielt. Naomi senkte den Kopf und lauschte den alten Worten, die sie mit den Erzeltern ihres Volkes verband: *„Gott mache dich wie Ephraim und Manasse! Gott lass dich werden wie Sarah, Riwkah, Rachel und Leah."*

Als der Vater sich setzte, schien es Naomi für einen Moment so, als habe er an der Stuhllehne Halt gesucht. Ehe sie ihn fragen konnte, ob er sich nicht wohlfühle, bat er sie, ihm von den Köstlichkeiten zu reichen, die sie den ganzen Tag bereitet habe. Während sie gemeinsam aßen, wurde sie vom Vater mit Lob und von Jakob mit liebevollem Necken überschüttet. Je länger der Abend voranschritt, desto erleichterter beobachtete Naomi, wie das Gesicht des Vaters wieder Farbe gewann und die tiefen Schatten unter seinen Augen gemildert schienen.

Draußen war es mittlerweile vollständig dunkel geworden, doch die Schabbatlichter tauchten den ganzen Raum in warmes Licht. Naomi spürte, wie die Müdigkeit nach ihr griff und eine seltsame Traurigkeit, die sie nicht zu erklären vermochte. Bei jeder Bewegung fühlte sie den Ring aus Gras auf ihrer Haut. Sie suchte den Blick des Vaters, und als er sie liebevoll ansah, war es ihr, als schnüre ihr etwas die Kehle zu. Sie wollte nicht, dass dieser Abend endete.

„Bevor wir vor dem Zubettgehen das Segenslied singen, magst du uns seine Geschichte erzählen?", bat sie leise.

„Neshumele, du wirst dieser Geschichte nicht müde, nicht wahr? Doch ich will sie gerne wieder erzählen, wenn Jakob mir dabei hilft." Für einen Augenblick drehte Michael von Hanau nachdenklich das Weinglas in seinen Händen, aus dem er eben noch getrunken hatte. Dann begann er zu sprechen, langsam, tastend, als erzählte er die Geschichte zum ersten Mal: „Rabbi Jose, der Sohn Judas, sagt, dass jeder Jude, der am Schabbatabend von der Synagoge nach Hause zurückkehrt, von zwei Engeln begleitet wird." Der Vater schwieg und nickte Jakob zu.

Die Stimme des Bruders, die Naomi so liebte, spann den Faden fort: „Unsichtbar sind diese Begleiter und von ganz verschiedener Art. Denn einer der Engel ist gut, der andere aber böse, wie einer, der den Menschen heimsuchen möchte ..."

Der Vater nahm ihre Hand und drückte sie rasch. „Doch wenn die Engel das Haus dieses Menschen betreten und sie finden dort alles geschmückt und aufs Beste vorbereitet für die Ankunft der Braut Schabbat – der Tisch mit den feinsten Speisen gedeckt, die Kerzen entzündet, die Betten zur guten Nacht aufgeschüttelt und bereit, so wird der gute Engel sprechen: ‚Möge es der Wille des Höchsten sein, dass auch der kommende Schabbat so werde wie der heutige! Und der böse Engel ...'"

„Der böse Engel?", Jakob lachte leise. „Ist all seiner Macht beraubt. Alles, was er dann vermag, ist, ‚Amen' dazu zu sagen. Doch wenn es anders ist, wenn der Mann nach Hause kommt und die Engel finden dort nichts als Unordnung und Unfrieden, und nichts vorbereitet für den Tag der Ruhe, den der HÖCHSTE uns schenkt, dann wird der böse Engel ebenso sprechen wie sein Gefährte: ‚Möge es der Wille des HÖCHSTEN sein, dass auch der kommende Schabbat so werde wie der heutige!' Und dann ist es der gute Engel, der dem nichts entgegenzusetzen hat. ‚Amen. So sei es' – so ist er es, der dann einwilligen muss."

Für einen Augenblick war es vollkommen still im Zimmer. Auch von draußen drang kein Laut zu ihnen herein. Der Vater hatte den Kopf gesenkt. Seine Stimme klang rau, als er schließlich sagte: „Naomi, Herzenstochter, Ebenbild deiner Mutter. Du hast alles so wunderschön bereitet, dass der böse Engel gar nicht anders kann, als uns in Frieden zu lassen. Und der gute Engel – möge er uns den Frieden des HÖCHSTEN schenken. Möge er euch beiden Frieden schenken."

Trotz der Wärme, die im Raum herrschte, lief ihr ein Schauer über den Rücken. Mit einem Mal verspürte sie eine solche Angst, dass es ihr den Atem nahm. Jakob legte ihr die Hand auf die Schulter. Seine Wärme, seine Ruhe schien langsam auf sie überzugehen. Als der Bruder endlich mit tiefer und voller Stimme zu singen begann, vermochte sie leise mit einzustimmen: *„Barechuni leshalom malache hashalom. Segnet uns mit Frieden, ihr Engel des Friedens."*

Als sie in der Dunkelheit auf ihrer Bettstatt lag und den Atemzügen der Männer lauschte, formten ihre Lippen immer wieder jene Worte, als könnten sie ein Heer von Engeln zur Wacht ihres Herzens bestellen: ,*Segnet uns mit Frieden, segnet uns mit Frieden, ihr Engel des Friedens.'* Schließlich schlief sie ein, ohne den Ring loszulassen, den ihre Finger fest umschlossen hielten.

Dies Sabbatinus, 25. September 1348
Schabbat, 24. Tischri 5109

ALBTRÄUME

Die Glocken von St. Benedikt läuteten, als Merten sich mühsam aus dem feuchten Gras aufrichtete. Es verging kaum ein Sonnabend, an dem er nicht das Grab der Mutter aufsuchte, das auf dem Friedhof im Schatten des Benediktiturms, zwischen Krämerbrücke und Mikwe, lag. Fast immer ging er allein. Manchmal schien es ihm, als hätten der Vater und Caspar alle Erinnerungen an sie in sich ausgelöscht, auch wenn der Vater die vorgesehenen Seelenmessen für seine verstorbene Frau lesen ließ.

Aber übers Jahr hatte der Vater damals neu geheiratet. Seine junge Frau war nur wenige Jahre älter als er und sein Zwillingsbruder. Und Caspar würde bald selbst heiraten. Nur mit der kleinen Schwester konnte er über Elsbeth Schwanring sprechen. Begierig ließ sich das Mädchen alles erzählen von jener Mutter, die es nie gekannt hatte. Merten schlug das Kreuzzeichen und seine Lippen formten die Worte: *„Mitten im Leben sind wir im Tode. Welchen Helfer sollten wir suchen, wenn nicht dich, o HERR ...“*

Morgen, in der Kirche, würde er eine Kerze für die Mutter stiften und den Rosenkranz für sie beten. Danach wollte er den Tag in seinem Versteck verbringen. Seit ihrem Gespräch am Fluss, seit Jakob ihm von seinem Traum erzählt hatte, hatte ein Bild von ihm Besitz ergriffen. Morgen wollte er versuchen, es zu zeichnen. Vielleicht, wenn es ihm gelang, wenn er selbst damit zufrieden war, konnte er dem Freund damit eine Freude machen. Im vergangenen Monat hatte er kaum eine Gelegenheit gehabt, mit Jakob zu sprechen.

In den ersten Septembertagen hatte dieser mit den anderen Erfurter Juden das Neujahrsfest begangen. Schon in den Tagen zuvor war Jakob wie alle anderen mit noch größerem Ernst als sonst ins Gebet vertieft gewesen. Schon vor dem Morgengrauen waren die Hammerschläge an den hölzernen Läden zu hören gewesen, wenn der Schulklopfer seine Runde machte, um zum Gebet in der Synagoge zu rufen. Als Caspar und er am frühen Abend des Neujahrsfestes den Vorplatz der Schlachthütte gereinigt hatten, war eine Prozession von der Synagoge kommend zur Gera gezogen. Der Ruf des Schofar war über dem Viertel zu hören gewesen. Ohne ein Wort zu wechseln, hatten sie die Arbeit liegen lassen und waren in die enge Gasse gelaufen, die an der Mikwe vorbei zum Fluss führte. Dort standen die Mitglieder der Gemeinde in dichten Reihen. Er sah, wie die Menschen schweigend am Ufer standen und die Taschen ihrer Gewänder in die Wellen des Flusses ausschüttelten. Jakob hatte ihm einst den Sinn dieses Ritus erklärt: Gott selbst werfe alle Sünde in die Tiefen des Meeres, wie es beim Propheten Micha geschrieben steht. Am großen Versöhnungstag hatten die Männer und Frauen geduldig vor der Mikwe gewartet, um die vorgeschriebenen Reinigungen vorzunehmen. Auf den Straßen sah man kleinere und größere Grüppchen, in ernsthafte Gespräche vertieft, denn es galt, Streitigkeiten untereinander beizulegen, ehe man um die Vergebung Gottes bat.

Wenige Tage nach dem großen Versöhnungstag wurde wie jedes Jahr das Laubhüttenfest gefeiert. In der vergangenen Woche hatte die Familie in einer aus Weidenzweigen errichteten Laubhütte die Mahlzeiten eingenommen. Jakob und sein Vater hatten dort sogar die Nächte verbracht, obwohl es in den vergangenen Tagen oft geregnet hatte. Merten erinnerte sich, wie er als Kind neugierig und unbefangen neben Jakob und Naomi im Innenhof gestanden und beim Errichten der Laubhütte zugesehen hatte.

Gestern hatte er schließlich beobachtet, wie das Wochenfest mit dem Fest der Thora zu Ende ging. Offenbar hatte man in diesem Jahr Michael von Arnstadt, der jenseits der Straßenbiegung wohnte, zum Bräutigam der Thora bestimmt. Merten wusste, dass dieses ehrenvolle Los bedeutete, den letzten Abschnitt der Thora in der Synagoge lesen zu dürfen, bevor man erneut von vorne begann: *„Am Anfang schuf Gott Himmel und Erde ..."* Es bedeutete jedoch auch, dass man wie ein richtiger Bräutigam zu Ehren seiner Braut ein Essen für die ganze Gemeinde ausrichtete. Bis weit in die Nacht hatte man im Viertel überall Musik und Gelächter gehört, den fröhlichen Ausklang dieses Festes. Nun war der Alltag wieder eingekehrt. Vielleicht konnte er heute Abend endlich mit Jakob sprechen.

Merten verließ das Gräberfeld und betrat die Krautgasse. Der Turm von St. Benedikt warf bereits lange Schatten. So gut er es vermochte, beschleunigte Merten seine Schritte. Er wollte vor Jakobs Tür eine Nachricht hinterlassen, ihn bitten, nach dem Ende des Schabbats noch einmal in den Innenhof hinauszukommen.

Er musste mit Jakob sprechen. Er war der Einzige, der ihm vielleicht Antwort geben konnte auf die Fragen, die ihn seit jener unfreiwillig belauschten Unterredung zwischen dem Vater und Caspar durch den Kopf gingen. Was mochte es mit dem Vorwurf des Betrugs auf sich haben, den man gegen Michael von Hanau erhoben hatte? Auch wenn er selbst dieser Anschuldigung keinen Augenblick Glauben schenkte, begriff er, wie gefährlich sie war. Die Rolle, die sein eigener Vater als Eideshelfer zu spielen hatte – dies war in so einer Angelegenheit nichts Ungewöhnliches. Auch Albert Schwanring hatte mehr als einmal seinen guten Leumund verteidigen müssen, indem er einen Eid auf seine Unschuld ablegte. Und doch blieb eine brennende Frage offen. Auf jenen letzten Satz des Vaters vermochte er sich keinen Reim zu machen: *Ich schulde ihm etwas.*

Hatte der Vater Schulden aufgenommen? Merten schüttelte unwillkürlich den Kopf. Natürlich wusste er, dass es für viele Erfurter, auch für jene, die vermögend waren, an der Tagesordnung war, sich Geld zu leihen. Aber Albert Schwanring war in diesem Punkt streng – wenn die Geschäfte schlechter liefen, schränkte er sich ein und erwartete dies auch von seinem ganzen Hausstand. Mertens Stiefmutter hatte dagegen immer wieder leise gemurrt, aber der Vater war unerbittlich geblieben. Merten kannte seine strikte Ablehnung gegenüber jeder Form der Wucherei nur zu gut.

Er blieb stehen. Ein neuer Gedanke schoss ihm durch den Kopf. Wenn der Vater nun doch Geld gebraucht hatte, Geld für Caspars Hochzeit, bei der sich die Familie sicher nicht lumpen lassen wollte, zumal es schließlich um eine Verbindung mit einer Tochter aus dem Hause Vitztum ging? Niemals wäre der Vater zu einem der Geldverleiher gegangen, wie es sie in der Stadt in großer Zahl gab. Weder zu einem jüdischen noch zu einem christlichen! Nein, wenn, dann hätte der Vater vielmehr seinen Nachbarn um Hilfe gebeten, von dem er wusste, dass er ihm das Geld ohne zu zögern und ohne Zins leihen würde. Aber Jakob hatte erst vor wenigen Wochen erzählt, dass auch bei ihnen die Geschäfte schlechter gingen als noch im letzten Jahr. Viele ihrer Kunden konnten sich immer seltener ein gutes Stück Fleisch leisten. Durch die stetig steigenden Abgaben der Schutzgelder, die die Gemeinde an den Erzbischof und den Rat zu zahlen hatte, waren viele der Bürger gezwungen, sparsam zu wirtschaften. Die häufigen Unwetter, der viel zu nasse Sommer. Merten war nicht umsonst der Sohn eines Schlachters, um zu wissen, woran die Menschen zuerst sparten: am Fleisch. Also war es wenig wahrscheinlich, dass Michael von Hanau die Mittel hatte, seinem Vater eine größere Summe zu leihen.

Nun war er vor dem Hof angelangt, dessen linke Hälfte Jakobs Familie und dessen rechte seine eigene bewohnte. Bald würde sich die vielfarbige Dämmerung des Spätsommerabends in samtene Dunkelheit verwandeln. Merten griff in die Tasche seines Kittels. Seine Hand umschloss einen runden, glatten Kieselstein. Er legt ihn auf die ausgetretene Schwelle unter dem Torbogen. Seit ihren Kindertagen hatten sie sich auf diese Weise Botschaften hinterlassen. Wenn Jakob nach dem Gottesdienst nach Hause kam, würde er wissen, dass Merten im Hof auf ihn wartete.

Er betrat den Innenhof durch den gemauerten Torbogen und achtete darauf, dass man ihn aus den Fensteröffnungen seines Vaterhauses nicht sehen konnte. Sein Vater und die Stiefmutter sahen es nicht gerne, wenn er den Mahlzeiten fernblieb. Caspar und Elisabeth, mit denen er eine der kleinen Schlafkammern im oberen Stockwerk teilte, würden nicht einmal aufwachen, wenn er sich später leise auf sein Lager schleichen würde. Im hintersten Winkel des Hofes breitete ein hochgewachsener Holunder seine Zweige aus. Merten ließ sich darunter nieder und wartete. Er wusste, dass er Geduld haben musste, bis Jakob mit seinem Vater und Naomi die Abendmahlzeit beendet hatte.

Naomi. Es war so selten, dass sie einander begegneten. Meist hatte sie im Haus zu tun, und ihr Vater achtete darauf, dass sie ihren häuslichen Pflichtenkreis nicht unnötig verließ. Doch er wusste, wann sie zum Gebet in die Frauensynagoge aufbrach, wann sie auf den Markt ging. Manchmal vermochte er es einzurichten, dass sie sich kurz auf der Gasse trafen. Ihr Gespräch im Hof, bei dem er ihr für das Webstück gedankt hatte, lag nun schon Wochen zurück – kaum konnte er glauben, dass er so kühn gewesen war. Auch die Stunde in Simsons Werkstatt, in der sie so vertraut miteinander gesprochen hatten, erschien ihm nun seltsam unwirklich.

Er blickte zu den beiden winzigen Fenstern des Nachbarhauses hinauf. Noch war dort alles dunkel, doch bald würde der Schein der Hawdala-Kerze hinaus in die Dunkelheit dringen. In der Stadt war es ruhig geworden. Nur das Zirpen der Grillen war zu hören, ein gleichförmiges Lied, manchmal unterbrochen vom Geschrei wütender Katzen, dem Geraschel der Ratten, die in den Abfällen nach Essbarem suchten. Endlich hörte er aus dem Nachbarhaus leise Stimmen, er sah den Widerschein der Kerze. Merten spürte, wie die Abendkühle, die vom Fluss aufzog, die Wärme des Tages aus den Gassen vertrieb und seine eigene Müdigkeit. Er hörte, wie die kleine Pforte, die von der Küche des Nachbarhauses direkten Zugang zum Hof gewährte, geöffnet wurde. Wenige Augenblicke später war Jakob an seiner Seite und ließ sich neben ihm im Gras nieder.

„Ist etwas geschehen, Merten?", fragte er leise.

Merten schüttelte den Kopf. Er war froh, dass die Dunkelheit die Röte verbarg, die ihm ins Gesicht stieg. „Ich möchte dich etwas fragen ..." Nach kurzem Zögern begann er, Jakob von dem belauschten Gespräch zwischen Caspar und dem Vater zu berichten. Anfangs hatte Jakob sich bequem auf die Ellbogen gestützt, nun jedoch, als er mit seinem Bericht beinah zum Ende gekommen war, hatte er sich aufgerichtet. Wie erstarrt saß er neben ihm in der Dämmerung. Merten wagte kaum, die letzte, die entscheidende Frage zu stellen: „Was schuldet mein Vater deinem?"

Jakob sah ihn nicht an. „Das also ist es", sagte er rau.

Es lag so viel Sorge in seiner Stimme, dass Merten erschrak. „Was meinst du damit?", fragte er zaghaft. Er war nicht sicher, ob der andere seine Frage richtig verstanden hatte.

„Was meinen Vater in den vergangenen Wochen so sehr bedrückt hat. Immer wieder hatten Naomi und ich das Gefühl, dass etwas geschehen ist, etwas Bedrohliches. Etwas, das er uns verschweigt." Merten sah Jakob von der Seite an. Sein Gesicht wirkte so ernst und angespannt, dass er es nicht über sich brachte, seine eigene, drängende Frage noch einmal zu stellen: Was könnte mein Vater deinem Vater schulden?

Jakob schien seinen prüfenden Blick gespürt zu haben, denn nun wandte er ihm das Gesicht zu. Trotz der Dunkelheit konnte Merten sehen, wie ein Lächeln über sein Gesicht huschte. „Habe ich dir jemals meine Lieblingsgeschichte aus dem *Sefer ha-Ma'asim* erzählt? Die Geschichte von dem Mann, der niemals einen Eid abgelegt hat? Natürlich ist es ein Schwank, denn so einen Mann wird man wohl unter Tausenden nicht finden – weder unter uns Juden noch bei euch Christen. Auch mein Vater ist nicht zum ersten Mal in die Lage geraten, seine Ehre durch einen Eid reinwaschen zu müssen, um so seine Unschuld zu beweisen. Aber diesmal – es geht ihm so schlecht, seit Monaten. Was, wenn die Aufregung zu viel ist, wenn ihm nach dem Eid etwas zustoßen sollte, wenn er ..." Jakob beendete den Satz nicht. Schließlich fuhr er fort: „Aber das ist es nicht allein. Dass er Naomi und mir nichts davon erzählt hat ... Vielleicht will man ihn diesmal so sehr einschüchtern, dass er aus freien Stücken geht? Dass der Benediktigemeinde die Nähe zu unseren Schlachtbänken alles andere als lieb ist, weiß die ganze Stadt. Bislang sind sie beim Rat mit ihren Klagen auf taube Ohren gestoßen. Schließlich verdient die Stadt zu gut an uns. Aber wenn sie nun behaupten, der oberste Schochet sei ein gemeiner Betrüger? Wenn dieser endlich das Feld räumte, Erfurt verließe, wer weiß, wer aus der Gemeinde es ihm gleichtäte ..." Jakob ergriff Mertens Hand und drückte sie so fest, dass es weh tat. „Merten, das wäre wahrhaftig sein Ende."

„Und die Schuld?", brach es aus Merten heraus. Für einen Augenblick starrte Jakob ihn verständnislos an. „Könnte es sein, dass mein Vater euch Geld schuldet?"

Jakob schüttelte den Kopf. „Mein Vater wäre nicht in der Lage, eurer Familie mit Geld auszuhelfen. Es ist nicht nur die immer höhere Steuerlast. Es ist auch wegen Naomi. Mein Vater legt wohl tatsächlich jeden Groschen beiseite, um sie gut versorgt zu wissen, wenn sie bald heiratet." Jakob hielt inne. Merten wusste nicht, ob der Freund eine Erwiderung von ihm erwartete, doch dieser sprach bereits weiter: „Ich denke, er hat von etwas ganz anderem gesprochen als über Geld. Auch wenn dein Vater wissen sollte, dass es hier nicht um Schuldigkeit oder Verpflichtung geht. Wenn es andersherum gewesen wäre – Albert Schwanring hätte genauso sein Leben aufs Spiel gesetzt, um einen Nachbarn aus Todesgefahr zu retten."

Mertens Atem stockte. Es schien ihm, als höre er die Stimme des Vaters noch einmal in seinem Inneren: ‚Ich schulde ihm etwas.' So ernst hatte er bei diesen Worten geklungen, dass Merten mit einem Mal ganz sicher war, dass dieses Rätsel nicht mit Geld zu lösen war. Aber von welcher Rettung sprach Jakob, von welcher Todesgefahr?

Jakob bedachte ihn mit einem seltsamen Blick. „Ich dachte, du hättest davon gewusst. Es ist in den Monaten geschehen, in denen du zwischen Tod und Leben gelegen hast. Es war eigentlich nur eine der vielen kleinen Auseinandersetzungen in der Stadt. Nichts im Vergleich zu jenen Kämpfen, bei denen unsere Großväter Seite an Seite die Stadt gegen die immer neuen Angriffe der Landgrafen verteidigen mussten."

Jakob lächelte ein wenig spöttisch. Merten nickte stumm. Die Geschichten ihrer Großväter kannte er auswendig – sie taten hier nichts zur Sache. Er wollte von ihren Vätern hören. „Es ging wohl wie so oft um die Rechte der Handwerksgilden", fuhr Jakob fort. „Dein Vater als Zunftmeister stand in vorderster Front, der Rat hatte den Protest als unbillig verboten und bewaffnete Stadtknechte vorgeschickt. Mein Vater und die anderen jüdischen Schlachter hatten sich ebenfalls auf dem Fischmarkt versammelt, aber sie trugen keine Waffen bei sich und hielten sich abseits. Sie hofften wohl, man würde die Handwerker anhören. Aber nichts dergleichen geschah. Man behandelte sie wie räudige Hunde, nicht wie geachtete Stadtgenossen, die ja sogar seit dem Aufstand der Bürger unter Volrad von Gotha einen der Vierherren des Rates wählen dürfen, die einen der ihren als Abgesandten in den Rat schicken dürfen!" Jakob blickte ihn nachdenklich an. „Du weißt ja, wie leicht dein Vater in Wut geraten kann, wenn er sich im Recht fühlt. Niemand wollte weichen, und schließlich kam es tatsächlich zu einer Schlacht, vielleicht sollte man besser sagen, zu einem Handgemenge. Mitten auf dem Fischmarkt. Ich glaube nicht, dass der Rat Tote und Verletzte beabsichtigte, aber beim Ausfall der Bewaffneten wurde dein Vater an der Stirn getroffen und geriet unter seine kopflos fliehenden Gefährten. Ist dir die Narbe nie aufgefallen?"

Wieder konnte Merten nur stumm nicken. Natürlich kannte er die tiefe Narbe auf der Stirn des Vaters. Nun fragte er sich, warum er nie nach deren Ursache geforscht hatte. „Und dein Vater, Jakob?", fragte er schließlich leise.

Jakob zuckte mit den Schultern. „Er hatte beobachtet, was geschehen war. Und es gelang ihm, sich durch die Menge zu ihm vorzukämpfen und ihn in Sicherheit zu bringen. Er hat später erzählt, nicht er habe Albert von Schwanring vom Platz geschleift. Dazu hätte er gar nicht die Kraft besessen. Es müsse der Erzengel Michael gewesen sein!" Jakob lächelte. Wenn also dein Vater von Schuld spricht, dann sollte er wissen, wem er den Dank schuldet."

In dem kleinen Geviert zwischen den beiden Häusern war es nun vollständig dunkel geworden. Auch das Licht im Obergeschoss war erloschen – sicher hatten sich Naomi und ihr Vater längst schlafen gelegt. Nur die Sterne und eine schmale Mondsichel spendeten schwaches Licht und zeichneten scharf die Konturen der Dächer und Mauerkronen. Jakob legte leicht seine Hand auf Mertens Rechte. „Er wird sehr erleichtert gewesen sein, als dein Vater eingewilligt hat, sein Eidstaber zu sein. Aber nicht einmal Albert Schwanring, so angesehen und einflussreich er ist, könnte es verhindern, wenn man uns aus der Stadt jagte."

Obgleich Merten Jakobs Hand auf der seinen spürte, hatte er mit einem Mal das Gefühl, als wäre der andere Meilen entfernt. Etwas wie Unwille, wie Ärger stieg in ihm auf. „Jakob, was redest du da? Warum sollte man euch aus der Stadt vertreiben. Und wie?"

„Warum? Aus Angst. Und wie? Durch Angst." Auch Jakobs Stimme klang fremd.

Merten zog seine Hand zurück und umschlang seine Knie. „Aber ihr habt doch Rechte! Der Rat ist doch verpflichtet, euch zu beschützen!"

„Solange wir in der Lage sind, für diesen Schutz zu bezahlen – ja! Und alle Auflagen erfüllen, die der Rat sich ausdenkt. Oder

der Landgraf, an den man uns doch eigentlich verliehen hat, auch wenn das Geld, das wir zahlen, in den Taschen des Rates landet. Zu Martini werden wiederum die hundert Mark lötigen Silbers fällig, die wir dem Erzbischof von Mainz als Jahressteuer entrichten müssen. An eurem Neujahrsfest je ein Pfund Pfeffer für den Mainzer Hof, den Vitztum, den Kämmerer und den Mundschenk des Erzbischofs. Je zehn Pfennig für jede Fleischbank, dreißig für die Begräbnisse. Und zwanzig Pfund Pfennige zur Huldigung des Erzbischofs, wenn er die Stadt besucht, sowie die Abgabe von Pergament für seinen Bedarf, solange er in Erfurt weilt. Merten, wir Erfurter Juden können froh sein, dass einige von uns so reich sind, dass wir gemeinsam diese Summen aufbringen können." Jakob lachte bitter. „Du hast also recht, Merten! Wir haben Rechte! Wir können nur hoffen, dass wir diese Rechte auch weiter bezahlen können!"

Merten blickte zu Boden. Er wusste, dass Jakob recht hatte, aber er durfte nicht recht haben. „Aber wer sollte euch etwas zuleide tun wollen? Und warum?"

„Du kennst doch die Geschichten, Merten, selbst wenn wir hier in Erfurt seit über hundert Jahren vor diesen Dingen verschont geblieben sind. Verschont geblieben sind oder uns freigekauft haben, je nachdem, wie du es betrachten möchtest." Er holte tief Luft. „Conrad von Weißensee? Hast du diesen Namen schon einmal gehört? Onkel Simson hat davon erzählt. Lange ist es her, kurz vor Simsons Geburt muss es gewesen sein. Ein kleiner Junge verschwindet. Die Leiche wird nie gefunden, aber die Suche nach den Schuldigen ist leicht: Der Junge sei geopfert worden, die Juden der Stadt hätten ihn um seines Blutes willen ermordet. Niemand hat Beweise für diesen Mord erbringen müssen, um über hundert Juden von Weißensee auf den Scheiterhaufen zu bringen. Aber eben nicht nur dort – auch in Gotha, in Tennstedt, in Kölleda. Und hier in Erfurt musste sich die Gemeinde durch eine erkleckliche Abschlagssumme freikaufen von einer Tat, die sie gar nicht begangen haben konnte. Merten, versteh doch ...", Jakob hielt inne.

Als er schließlich weitersprach, war es, als kämpfe er um jedes Wort. „Weißt du, wie es sich anfühlt, wenn man in einer der Gassen unseres Viertels unterwegs ist, eine Mutter mit ihrem Kind kommt dir entgegen, und wenn sie das Kind zurück an ihre Hand ruft, dann denkst du, sie täte dies um deinetwillen. Und dann hasst du dich selbst für diesen Gedanken, du willst denken, du hast dich getäuscht, du siehst Gespenster. Aber du bist dir nicht sicher."

„Jakob, wer sollte dich denn als Jude erkennen?"

Jakob sah ihn an. In seinem Blick lagen Traurigkeit und Unwillen. „Du hast recht, Merten. Natürlich hast du recht. In gewisser Weise. Wir Erfurter Juden konnten uns schließlich loskaufen von der Verpflichtung, den Judenhut oder gar den Schandfleck tragen zu müssen. Kein gelber Ring verunstaltet unsere Kleidung. Mein Gewand verrät niemandem, ob ich Christ oder Jude, nur ob ich arm bin oder reich. Aber hier im Viertel – wer wüsste nicht, dass ich Jakob ben Michael bin?" Er stieß mit dem Fuß gegen einen Kieselstein. „Vielleicht sollte ich doch fortgehen, eines Tages, wenn mein Vater nicht mehr lebt, wenn Naomi mit einem guten Mann verheiratet ist und ihren Bruder nicht mehr braucht. Stell dir nur vor, Merten. Wir könnten gemeinsam fortgehen. Du als Dominikanernovize, dem die Welt offensteht: Paris, Köln – sind das nicht die Orte, wohin der Orden seinen Nachwuchs zum Studium schickt? Und ich – sollte es mir nicht gelingen, in einer dieser berühmten Städte einen guten Rabbi zu finden und meinen Traum doch noch wahr werden zu lassen? Aber solange mein Vater am Leben ist, ist mein Platz hier an seiner Seite. Eines ist gewiss: Erfurt ist sein Jerusalem. Hier wurde er geboren, hier starb seine Frau, hier möchte auch er sterben. *Seine Rechte würde verdorren, wenn er es je vergäße …"*

Mertens Hände zitterten. Am liebsten wäre er aufgesprungen, vor Jakobs Worten davongerannt. Wie konnte der andere so schreckliche Dinge sagen? Er wusste zwar, dass diese Dinge geschehen waren. Vielleicht geschahen sie auch noch heute … Auch wenn er es nicht wollte: Namen schossen ihm durch den Kopf. König Rintfleisch und dessen Rotte. Der gute Werner von Oberwesel, der bei einer jüdischen Familie als Knecht gedient und von ihr ermordet worden sei. Und der Knabe Conrad – ja, natürlich kannte auch er diese Geschichten, er kannte sie von Kindesbeinen an. Die Geschichten der ermordeten Kinder, mit denen die Mägde ihnen Angst eingejagt und dafür gesorgt hatten, dass sie nie zu weit von zu Hause fortliefen. Die Geschichten der von Juden geschändeten Hostien und Blutreliquien. Aber diese Dinge waren anderswo geschehen, nicht hier, nicht in ihrer Heimatstadt, die ihnen beiden gehörte.

Als er schließlich das Schweigen brach, kam ihm seine eigene Stimme so fremd vor wie die seines Freundes. „Ich verstehe deinen Zorn über die ungerechte Anschuldigung gegen deinen Vater. Aber ich verstehe nicht, warum dir diese solche Angst machen. Ausgerechnet jetzt."

Jakob holte tief Atem. Dann sagte er leise. „Du erinnerst dich, wie du mich zu Beginn des Sommers verarztet hast, als ich mit blutender Stirn in unseren Hof kam?" Merten nickte stumm. Natürlich erinnerte er sich, an den Schrecken, an die Erleichterung, wie sich die Blutung aus der klaffenden Wunde endlich hatte stillen lassen. Von der Mutter hatte er gelernt, wie man einen festen Verband anlegt, von ihr kannte er noch aus Kindertagen die Worte, die man sprechen musste, um den Blutfluss versiegen zu lassen: *„Steh du, Blutrinnen, durch des heiligen Christus Minnen. / Sanguis mane in venis, sicut Christus pro te in poenis, sanguis mane fixus, sicut Christus crucifixus."*

„Naomi war nicht zu Hause, ich war so froh, dich um Hilfe bitten zu können." Jakob sah ihn nicht an, als er nach einer Weile fortfuhr: „Aber ich habe dich damals belogen, weil ich dich nicht erschrecken wollte. Oder weil ich es selbst nicht glauben wollte. Es war kein herabstürzender Ziegel, der mich verletzt hat. Eine Gruppe von Jungen hat mit Steinen nach mir geworfen. Sie waren zu fünft. Nur einen davon habe ich erkannt. Es war einer der Söhne des Hugo Longus."

Unvermittelt, als wollte er Merten davon abhalten, etwas zu erwidern, stand Jakob auf und reichte ihm die Hand, um ihm aufzuhelfen. Merten spürte, wie er am ganzen Leib zitterte. Auch wenn er sich so schwach und elend fühlte, dass er am liebsten geweint hätte, wollte er nicht aufgeben. „Hättest du mir nicht damals die Wahrheit sagen können? Vielleicht tauge ich nicht dazu, eine Bande von Rotznasen zu verprügeln!" Er lächelte grimmig und presste die zitternden Hände gegeneinander. „Aber wir hätten Caspar schicken können!" Jakob sah ihn an. Auch er musste lächeln.

Nach einer Weile fügte Merten leise hinzu: „Jakob, hier sind eure Freunde. Geht nicht fort." „Ja, du hast recht. Und diese Freundschaft ist das Wichtigste, was wir haben. Und dennoch – hast du je vom *Occultus Erfordensis* gehört? Vom Geheimbuch der Stadt Erfurt?" Merten nickte. Natürlich kannte er den Titel und wusste, dass es der gelehrte Nikolaus von Bibra verfasst hatte. Aber in der Schule, die er als Junge besucht hatte, hatte man mehr Wert auf das Erlernen der Grundrechenarten gelegt als auf die Lektüre von Geschichtsbüchern.

„Rabbi Alexander beherrscht Latein. Er hat mir daraus vorgelesen: *Es wohnen dort auch Juden, ein schlimmer Volksstamm. Sanctior urbs esset, si inimica plebs deesset. Die Stadt wäre heiliger, wenn jenes feindliche Volk fort wäre.* Merten – für dich bin ich ein Freund und du bist der meine. Wir beide wissen, wie es ist, für andere nicht dazuzugehören. Aber diese Zeilen machen mir Angst, wenn sie nicht nur auf den Seiten eines alten Buches stehen, sondern die Menschen wieder glauben, sie wären wahr, dass wir ihre Feinde wären." Jakobs Hand schloss sich warm um die seine. „Aber vielleicht sollte ich dich mit meinen Albträumen in Frieden lassen. Am besten vergisst du alles, was ich heute Nacht gesagt habe."

7. KAPITEL

JAKOB

Jom Chamischi, 13. Marcheschan 5109
Dies Iovis, 14. Oktober 1348, St. Burkhard

LAUB, BLUMEN
UND GRAS

Über Nacht war der erste Raureif des Jahres gefallen. Er lag auf den
zarten blauen Blütenkelchen und den Gräsern, die zwischen den
Steinen des gepflasterten Hofes vor der Synagoge wuchsen.
Schon begannen sich die Blätter des Ahornbaumes, der seine
Zweige über den Schulhof streckte, golden zu färben. Naomi hatte ihm und dem Vater heute Morgen zum ersten Mal die warmen
Mäntel aus der Truhe geholt, als sie nach dem Morgengebet und
einer schweigsamen Mahlzeit das Haus verlassen hatten. Sie hatte
beim Abschied für einen Augenblick seine Hand genommen, und
er hatte seine eigene Sorge in den Augen der Schwester gelesen.
Was, wenn der Vater dem heutigen Tag nicht gewachsen war,
wenn ihn die Kräfte verließen, wie es in den letzten Wochen seit
jenem Sommerabend immer häufiger geschah?

Aber als Jakob den Vater nun dort vor der Synagoge stehen
sah, staunte er. Michael wirkte vollkommen ruhig und gefasst.
Wer nichts von seiner Krankheit wusste, hätte niemals vermutet,
wie schlecht es um ihn bestellt war. Aufrecht stand er neben Mertens Vater und wartete darauf, dass der oberste Richter des Rates
das gewaltige Pergament entrollte. Nicht nur Jakob, auch andere
Männer der Gemeinde, unter ihnen Rabbi Alexander und Onkel
Simson, waren einbestellt worden, um zu bezeugen, dass es tatsächlich eine Thorarolle aus der Synagoge war, auf die der Vater
in wenigen Augenblicken seine Unschuld bezeugen würde.

Dort, ein paar Schritte hinter dem Richter, sah Jakob auch den
Ankläger, den Pleban der Benediktskirche. Immer wieder blieben ein paar Schaulustige auf der Gasse stehen, um zu sehen,

was sich dort vor der Synagoge abspielte. Jakob wusste, dass der Vater schon ein paarmal in seinem Leben eben jenen Eid geschworen hatte, doch noch nie war er selbst Zeuge gewesen. Jetzt öffnete sich der Eingang zur Synagoge. Zwei der ihren trugen die sorgsam in ein *Me'il* verhüllte Thorarolle hinaus ins Freie und traten neben den Richter, der nunmehr den Eidestext entrollt hatte. Er war mit einem prächtigen, blutroten Siegel geschmückt, das den heiligen Martin zeigte, den Schutzpatron des Mainzer Erzbischofs. Jakob sah, wie die prachtvolle Goldrahmung im klaren Licht des Oktobermorgens schimmerte. Er hielt den Atem an. Nun legte der Vater die rechte Hand auf die verhüllte Thora und begann mit ruhiger und vernehmlicher Stimme den Eidestext zu lesen: *Dessen, wofür dieser mir Schuld gibt, bin ich unschuldig, so mir Gott helfe, der Gott, der Himmel und Erde erschuf, Laub, Blumen und Gras, das zuvor nicht war. Und wenn ich unrecht schwöre, möge mich die Erde verschlingen, die Datan und Abiran verschlang. Und wenn ich unrecht schwöre, dass mich der Aussatz befalle, der Maeman verließ und Gehasi befiel. Und wenn ich unrecht schwöre, dass mich die Gesetze vertilgen, die Gott Moses gab auf dem Berge Sinai, die Gott selbst schrieb mit seinen Fingern auf die steinerne Tafel. Und wenn ich unrecht schwöre, dass mich zu Fall bringen alle Schriften, die geschrieben sind in den fünf Büchern Moses. Das ist der Juden Eid, den Bischof Konrad dieser Stadt gegeben hat.*

Laub, Blumen und Gras. Himmel und Erde, Datan und Abiran, Maeman und Gehasi – die Worte stürzten sich in seinem Kopf in einen wilden Reigen, aus dem es kein Entrinnen zu geben schien. Jakob zwang sich, ruhig zu atmen. Wo war der Vater? Jetzt musste er zu ihm.

Der Eid war geleistet, die Zeugen begannen sich zu zerstreuen. Doch dort stand Michael von Hanau, reglos, als dürfe er diesen Ort nicht verlassen. Sein Gesicht war aschfahl. Als er Mertens Vater für einen Augenblick die Hand drückte, war es, als suche er an seinem Nachbarn Halt. Jakob konnte nicht hören, was die beiden sprachen. Endlich stand er neben dem Vater und reichte ihm den Arm. Albert Schwanring war bereits fortgegangen.

Auf ihrem Weg zur Krautgasse sah Jakob, wie ein leises Lächeln über das Gesicht des Vaters huschte. Er staunte. Ihm selbst steckte noch der Schreck in den Gliedern, obgleich er wusste, dass der Vater niemals einen Meineid geschworen hätte. Auch wenn jene Strafen, jene Selbstverfluchungen ihn nicht treffen würden – schrecklich genug war es gewesen. Wie konnte der Vater da lachen?

Als habe dieser sein Erstaunen gespürt und seine Gedanken erraten, sagte er schließlich mit gedämpfter Stimme: „Du willst sicher wissen, worüber ich lächle. Über unseren Nachbarn. Weißt du, was er gesagt hat, als alles vorüber war?" Die Fältchen um seine Augen vertieften sich, als er weitersprach: „Er sagte: ‚Du weißt, dass man andernorts die Juden zwingt, auf einer Sauhaut zu stehen, wenn sie ihren Eid sprechen. Ich bin nicht sicher, ob dies wirklich so ist oder nicht mehr als eine abgründige Fantasie mancher Stadtschreiber. Aber eines verspreche ich dir: Von mir – auch wenn ich der Zunftmeister bin – hätten sie diese Haut nicht bekommen!"

Dies Lune, 10. November 1348, St.-Martini-Abend
Jom Scheni, 10. Kislev 5109

DER RATSCHLAG

„**Und wie viel Wasser und Honig vermengt Ihr** mit dem zerstoßenen Gold? Woher wisst Ihr, wie viel Ihr beimischen müsst, um damit schreiben und zeichnen zu können?" Merten hatte sich über den Arbeitstisch gebeugt, auf dem in zahllosen Gefäßen jene überwältigende Fülle von Materialien aufgereiht war, die zur Herstellung von Farben nötig waren.

Bruder Johannes lächelte ihm zu. „Es gibt natürlich Rezepturen, in denen alle Mischungsverhältnisse genau verzeichnet sind. Aber es gehört auch Erfahrung dazu und manchmal Mut, etwas auszuprobieren. Die Herstellung der Farben ist zwar eine exakte Wissenschaft, aber ein tüchtiger Illuminator weiß, dass er auch seinem Gefühl vertrauen muss, etwa dann, wenn es darum geht, unterschiedliche Farbschattierungen zu erreichen."

Der Mönch nahm ein beschriebenes Stück Pergament von seinem Schreibpult, dessen Initiale bereits ausgemalt und verziert war. Er kehrte damit zu Merten an den Tisch zurück. „Nimm zum Beispiel jene vielfältigen Rosatöne. Es kommt nicht nur darauf an, welchen roten Farbstoff du wählst", er wies mit der Hand auf eine ganze Reihe von Behältnissen. Merten war nicht zum ersten Mal im Skriptorium des Klosters. Er wusste, dass man zur Herstellung einer roten Farbe entweder Ocker oder den Extrakt der Roccaflechten verwendete. Aber auch das wesentlich kostspieligere Rot, das aus Schildläusen gewonnen wurde, war im Besitz des Skriptoriums der Dominikaner, in dem Johannes trotz seines hohen Alters immer noch als Illuminator arbeitete. „Beinah ebenso wichtig ist auch die Menge und Beschaffenheit des weißen Farbstoffes, den du zum Abtönen verwendest. Kreide oder Bleiweiß – auch das macht einen Unterschied, ebenso wie das wundervolle Rot des Mennige sich in winzigen Nuancen unterschiedlich entwickelt, je nachdem wie das Bleiweiß als Ausgangsstoff sich beim Erhitzen verhält." Merten nickte. „Aber auch bei der Herstellung des Bleiweiß selbst ist so vieles zu beachten, nicht nur wenn die Bleiplatten im Essigdampf gelöst werden, auch anschließend bei der Reinigung, bevor es jenes makellose Weiß ergibt, das wir benötigen."

Bruder Johannes sah ihn forschend an. Merten wusste, dass er mit jenem „wir" nicht nur sich selbst und die anderen Schreiber und Illuminatoren meinte, sondern auch ihn, Merten. Dass er auf seine Entscheidung wartete. Er schluckte. Er wusste, dass er sich entscheiden musste. Sein Gegenüber wollte ihn nicht drängen, das stand außer Zweifel. Aber natürlich war der Eintritt in den Konvent die einzige Möglichkeit, eines Tages selbst in diesen Räumen zu wirken, anstatt als Hilfsarbeiter im Schlachthaus des Vaters von den Farben und Büchern zu träumen.

Bruder Johannes lächelte. „Du kennst meine Einstellung, Merten. Ich bin nicht der Ansicht, dass eine Existenz im Kloster in irgendeiner Weise besser wäre als ein Leben in der Welt. Im Gegenteil. Ich habe nie vergessen, was Bruder Eckhart gesagt hat, als ich ein junger Novize war. Nicht wenige haben ihm diese Worte damals übel genommen. Nicht nur der Papst, auch viele Brüder unseres Ordens hat er damit verärgert oder doch verunsichert. Aber ich habe ihn gekannt, und wenn ich an seine Worte denke, so ist mir noch heute, nach über fünfzig Jahren, als könnte ich das Lachen in seinen Augen sehen, als er mit uns Neulingen über unsere Sehnsucht nach dem Klosterleben sprach – hier, im Kapitelsaal dieses Konvents. Er sagte: *Die Leute sagen: ‚Ach ja, Herr, ich möchte gern, dass ich auch so gut zu Gott stünde und dass ich eben so viel Andacht hätte und Frieden mit Gott ...' oder: ‚Mit mir wird's niemals recht, ich muss in der Fremde leben oder in einer Klause oder in einem Kloster. Wahrlich, darin steckt überall dein Ich und sonst ganz und gar nichts ... Fang zuerst bei dir selbst an und lass dich.*

„Lass dich?", wiederholte Merten leise. „Was hat Eckhart damit gemeint?"

Johannes lachte. „Das haben wir Novizen uns damals auch gefragt. Und du kannst dir vielleicht denken, dass diese Reden nicht wenige unter uns beunruhigt haben. Schließlich hatten wir uns eben erst aus guten und mannigfachen Gründen für ein Leben im Kloster entschieden! Ja, es war verstörend, den eigenen Prior sagen zu hören, dass er all jenen, die sich vor den Menschen streng zurückzögen, die immerzu gerne allein wären und ihren Frieden darin fänden, indem sie in der Kirche seien, nur sagen könne, dass er dies nicht für das Beste halte."

Merten sah sein Gegenüber erstaunt an. Die Lachfältchen des Mönches vertieften sich. Aber dann wurde sein Gesicht ernst. „Für Bruder Eckhart war es ein Unding, Gott einsperren zu wollen. Es geht darum, dass alle Dinge dir Gott werden, egal, wo du bist: in deiner Klause oder in der Gosse, im Kloster oder auf der Straße. Das, Merten, hat meine Sicht auf die Welt für immer verändert. *Wer Gott im Sein hat, dem leuchtet Gott in allen Dingen, denn alle Dinge schmecken ihm nach Gott, und Gottes Bild wird ihm in allen Dingen sichtbar.* Wieder und wieder habe ich diesen Abschnitt aus Eckharts Reden studiert, auch dann noch, als man es uns nach seiner Verurteilung nahelegte, seinen Schriften keine Beachtung mehr zu schenken.

Dem leuchtet Gott in allen Dingen, und Gottes Bild wird ihm in allen Dingen sichtbar. Es war Merten, als träfe dieser Satz mitten in sein Herz.

Bruder Johannes fuhr leichthin fort, so als habe er seine Betroffenheit nicht bemerkt: „Hier gibt es noch zwei Kostbarkeiten, die ich dir zeigen möchte. Wir verdanken sie unserem Gönner Hugo Longus. Freilich zählt er zu den Vermögendsten unter den Erfurter Reichen – trotzdem ist es mir ein Rätsel, wie er es sich leisten kann, sie unserem Skriptorium zu schenken." Mit diesen Worten wickelte er zwei kleine, in Leintuch eingeschlagene Gegenstände aus.

Merten sah einen ein goldgelbes, blättriges Mineral und auf dem anderen Tuch eine winzige Menge blau leuchtender Mineralsplitter. Fragend blickte er den Illustrator an. „Auripigment und Lapislazuli. Beides kommt von weither, aus Persien. Noch weiß ich nicht, auf was wir bei der Verarbeitung genau achten müssen. Bei dem leuchtenden Gelb, dem Farbstoff des Auripigments, kann es wohl bei Kontakt mit anderen Farbstoffen zu Verschwärzungen kommen. Und auch mit dem Lapislazuli werden wir sehr vorsichtig und bedacht umgehen müssen, denn es muss sehr fein vermahlen und sorgfältig gereinigt werden, um jenes himmlische Blau zu erhalten, das ich in Büchern aus anderen Schreibstuben bereits bewundern konnte." Behutsam verschnürte er die beiden Leinenbündel.

Merten blickte Bruder Johannes an. Er kannte niemanden, dessen ganzes Wesen jene Gelassenheit ausstrahlte, von der Eckhart, den er so verehrte, geschrieben hatte. Er ahnte, dass dieser Frieden tatsächlich diesseits und jenseits der Klostermauern zu finden war – oder verspielt werden konnte.

„Ich möchte Euch auch gerne etwas zeigen", sagte er unsicher. „Ihr habt mir bei meinem letzten Besuch ein kostbares Geschenk gemacht."

„Das Palimpsest?"

Merten nickte. Auch wenn jene Papierbögen, die Johannes ihm geschenkt hatte, bereits einmal beschrieben worden waren und die Schrift lediglich abgeschabt worden war, um sie noch einmal verwenden zu können, war auch dieses Papier eine Kostbarkeit, die Merten niemals hätte bezahlen können. Der Illustrator sollte sehen, dass er dieses fürstliche Geschenk zu schätzen wusste und sorgsam gebrauchte.

Vorsichtig zog er den zusammengerollten, in ein Tuch eingehüllten Bogen aus dem mitgebrachten Korb. Die Gaben für die Klosterküche, die seine Stiefmutter zu Martini zusammengepackt hatte, würde er nachher am Eingang der Küche abliefern. Seine Hände zitterten ein wenig, als Bruder Johannes ihm bedeutete, den Bogen auf seinem Schreibpult auszubreiten. Seit ihrem Gespräch im Schilf, seit Jakob ihm von seinem Traum erzählt hatte, war diese Idee in Merten gereift: das Gildezeichen der Schlachter – die Männergestalt mit dem blanken, erhobenen Schlachtermesser neben dem Ochsen – immer und immer wieder zu zeichnen, doch es bei jeder Zeichnung ein wenig zu verändern, bis schließlich das Schwert in der Hand des Mannes sich in einen Schreibgriffel verwandelt hatte, der Ochse in ein Pult mit aufgeschlagenem Buch. Unzählige Male hatte er diese Abfolge der sich langsam verändernden Bilder auf seiner Schiefertafel skizziert, bevor er gewagt hatte, mit Tinte und Feder auf das Palimpsest zu zeichnen.

Der Dominikaner betrachtete die Zeichnung eingehend. Dann sah er Merten an und nickte schweigend. Es lag so viel Anerkennung und Ermutigung in seinem Blick, dass Merten spürte, wie ihm das Blut in die Wangen stieg. Für einen kurzen Moment erwog er, ob er nicht doch von seinem Versuch erzählen sollte, Naomi zu zeichnen. Aber das konnte er immer noch tun, eines Tages, wenn es ihm gelungen sein sollte.

„Es ist für meinen besten Freund. Ihr kennt ihn wohl nicht, aber Ihr kennt seinen Onkel, den Schreiber Simson ben Rabbi Meir. Im Sommer durfte ich in seiner Werkstatt die Tierleiber betrachten, mit denen er vor einigen Jahren eine Bibel geschmückt hat. Er hat mir auch den Löwen gezeigt, den Ihr ihm geschenkt habt."

Der Dominikaner blickte noch einmal nachdenklich auf Mertens Zeichnung. Mit einem Mal wirkten seine Gesichtszüge müde und erschöpft. Behutsam zeichneten seine Finger die Umrisse des jungen Mannes nach, der die Schreibfeder in Händen hielt. „Dein bester Freund ...", seine Stimme war nur mehr ein Flüstern. Schließlich hob er den Kopf und sah Merten an: „Du weißt, dass ich für dich da sein werde, wenn du dich entschließen solltest, einer der unseren zu werden. Ich fühle, dass meine Tage gezählt sind. Das erschreckt mich nicht. Doch sollte ich nicht mehr da sein, wenn du in den ersten Jahren des Noviziats hier in Erfurt bist, bevor man dich vielleicht nach Köln schickt oder nach Paris ...", der Mönch verstummte.

Schließlich hub er erneut an. „Seit nunmehr drei Jahren ist Walter Kerlinger der Lektor an unserem Studienseminar. Ich weiß nicht, ob er von meinem Austausch mit Simson, von meinem Respekt für ihn weiß, aber ich weiß, dass er die Juden ebenso hasst wie die Beginen, die Bruder Eckhart als Gesprächspartnerinnen geachtet hat. Und ich weiß auch, dass der wichtigste Geldgeber unseres Erfurter Konvents ihm in diesem Hass in nichts nachsteht. Hugo Longus mag seine Interessen haben, uns so großzügig zu unterstützen und gegen die Juden in unserer Stadt zu hetzen. Ich selbst bin gottlob zu alt, um mich zu fürchten. Ich kann so frei sein, wie es unser HERR von uns fordert. Aber ich weiß, dass viele meiner Brüder, und nicht nur Walter Kerlinger, mehr darauf bedacht sind, Hugo Longus zu gefallen, als ihrem Gewissen zu folgen. Oder ...", nun klang seine Stimme spöttisch, „oder gar den Zehn Geboten. Du sollst nicht begehren. Du sollst nicht töten."

Der Mönch schwieg. Hugo Longus. Merten wehrte sich gegen das unbestimmte Gefühl der Angst, das in ihm aufstieg. *Sie waren zu fünft. Nur einen davon habe ich erkannt. Es war einer der Söhne des Hugo Longus.*

Bruder Johannes blickte ihn prüfend an. Nachdenklich und leise klang seine Stimme, als er schließlich sagte: „Ich wollte dich nicht verunsichern, Merten. Ich kann dir keinen Rat geben, was du zu tun hast. Aber vielleicht den Trost, der auch mich tröstet: *Das Gute ist nicht minder mächtig zum Guten als das Böse zum Bösen.*

Dominica, 16. November 1348, St. Eucherius
Jom Rischon, 16. Kislev 5109

DER NACHRUF

Nach dem frühen Frost, der im Oktober über das Land gekommen war, hatte das Wetter seit Martini umgeschlagen. Obgleich es schon auf St. Elisabeth zuging, wehte nun beständig ein warmer, böiger Westwind, der immer wieder heftige Regenschauer mit sich brachte. Nachts heulte er über die Dächer der Stadt und riss die welken Blätter von den Bäumen. Merten fand in diesen Nächten wenig Schlaf. Oft lag er stundenlang wach und horchte auf die Stimme des Sturms.

Die Entscheidung, von der er wusste, dass er sie nicht länger aufschieben durfte, empfand er wie ein bleiernes Gewicht auf seinem Herzen. Wenn er morgens nach einer unruhigen Nacht aufstand, fühlte er sich wie zerschlagen. Die Arbeiten, die er in der Werkstatt des Vaters zu verrichten hatte, gingen ihm schwer von der Hand. Und obgleich ihm Bruder Johannes bei seinem letzten Besuch noch einmal zwei Bögen Palimpsest zugesteckt hatte, hatte er nicht weiter an Naomis Zeichnung gearbeitet.

So heftig wie noch nie vermisste er die Mutter und ihren Rat. Natürlich musste er mit dem Vater sprechen, wenn er sich zum Eintritt ins Predigerkloster entschließen sollte. Aber der würde seinen Entschluss lediglich zur Kenntnis nehmen. Die Erwägungen des Vaters, dessen Für und Wider konnte er sich vorstellen: Ein Sohn im einflussreichen Konvent der Dominikaner, ein Kostgänger weniger – doch zugleich auch der Verlust einer unbezahlten Arbeitskraft, so unbefriedigend diese auch sein mochte. Letztlich würde der Vater einwilligen und womöglich sogar erleichtert sein.

Nach dem Kirchgang war er nicht mit den anderen nach Hause zurückgekehrt. Er wollte den freien Tag nutzen, um oben in der Klosterkirche auf dem Petersberg eine Kerze für die Mutter zu entzünden. Gerne hätte er Jakob gefragt, ob er ihn auf diesem Gang begleiten wolle. Doch es hatte keinen Sinn, ihn an den Schlachtbänken aufzusuchen. Merten wusste, dass Jakob versuchte, seinem Vater so viel an Arbeit abzunehmen, wie er nur konnte.

Jener Sommerabend im Schilf nahe des jüdischen Tanzhauses, jene nächtliche Unterredung im Hof schienen ihm nun, seit die Tage kürzer wurden, fern und unwirklich. Vielleicht war nicht nur der nahende Winter daran schuld, dass Jakob und er sich seit Wochen nicht mehr verabredet hatten. Merten spürte, dass ihn die Angst, von der sein Freund gesprochen hatte, erschreckte und verunsicherte. Vielleicht erging es Jakob genauso.

Der Wind zerrte an seinen Haaren und an seinem Mantel, als er die Krautgasse und den Benediktsplatz hinter sich gelassen hatte und auf den Fischmarkt hinaustrat. Vor dem Hospital und der angrenzenden Martinikapelle drängten sich zahlreiche zerlumpte Gestalten, in der Hoffnung auf ein Almosen der Vorübergehenden oder auf Linderung ihrer Leiden. Abwesend warf Merten einigen von ihnen ein paar Münzen zu und ging weiter. Es geschah selten genug, dass er weitere Wege durch die Stadt auf sich nahm. Er musste geduldig sein – der Weg bis zur Peterskirche würde ihn viel Zeit und Kraft kosten.

Vom heftigen Wind getrieben, jagten schwere Wolken tief über die Türme der Stadt, die seinen Weg durch die Gassen säumten: Martini auf dem Fischmarkt, der Turm von St. Paul jenseits des Heidentores, nur wenige Schritte weiter, nahe der Großen Archegasse, der kleine Dachreiter der Magdalenenkapelle. Schließlich ragte die schlanke Silhouette der Allerheiligenkirche vor ihm auf. Als Merten endlich den Platz erreicht hatte, der sich zu Füßen des Domes ausdehnte, blieb er stehen.

Immer wieder war er von dem Anblick fasziniert, der sich ihm bot. Vor ihm lag, getragen von mächtigen Kavatenbögen, der Dom, das Wahrzeichen der Stadt. An seiner nördlichen Flanke stand die beinahe ebenso gewaltige Kirche des heiligen Severus. Obgleich sich am Mariendom und an Severi zahlreiche Gerüstbauten befanden, die von den beständigen Erweiterungen, Umbauten und Ausbesserungsarbeiten zeugten, war der

Eindruck der beiden Kirchen auf dem Berg dennoch überwältigend. Nördlich des Dombergs, jenseits einer schmalen Talschneise, erhob sich der Petersberg. Hier hatte der Orden der Benediktiner seinen Sitz. Könige und Kaiser hatten hier Quartier genommen. Die Bedeutung der Stadt verdankte sich nicht allein ihren Handelsbeziehungen, die auf den belebten Märkten und Plätzen geknüpft wurden. Dort oben auf dem Petersberg waren Entscheidungen getroffen worden, die dem Wohl der Stadt und auch dem des ganzen Reiches dienten.

Merten überquerte den von schmalen Handwerkerhäusern umsäumten Großen Markt. Heute, am Sonntag, waren nur wenige Menschen unterwegs. Noch lag der Anstieg zum Petersberg vor ihm, doch schon jetzt spürte er die ungewohnte Anstrengung. Das, was er zu Hause in der Krautgasse, in seinem vertrauten Viertel, zu vergessen vermochte – sein viel zu kurzes linkes Bein, sein Humpeln –, hier war er sich dessen in jedem Blick eines Vorübergehenden, der ihn zu mustern schien, bewusst. Der Wind hatte noch einmal an Stärke zugenommen. Bei seinem langsamen Aufstieg peitschte er ihm unbarmherzig ins Gesicht. Auf dem Plateau angekommen, blieb er für einen Moment stehen und schöpfte Atem. Er wandte sich um und blickte auf die Stadt hinunter, die ihm zu Füßen lag.

Unter dem schweren Himmel lagen die vor Nässe glänzenden Straßen in sonntäglichem Frieden. Sein Blick suchte den hoch aufragenden silbrigen Turm der Allerheiligenkirche. Folgte man an der Weggabelung nicht der *Via Regia*, die auf den Fischmarkt zuführte, sondern wählte den nördlichen Straßenverlauf, so war man in wenigen Schritten mitten in seinem Viertel. Hinter Allerheiligen konnte er den Turm der Benediktskirche sehen, in deren Schatten er lebte, deren Geläut seinen Tag bestimmte. Nur einen Steinwurf davon entfernt lagen die Synagoge, die Mikwe und ein wenig abseits, in Richtung der Wallengasse, der jüdische Friedhof. Dort, am westlichen Ufer der Gera, lag sein Erfurt. Heute hatte er sich danach gesehnt, das Vertraute aus einer anderen Perspektive zu sehen.

Merten ließ seinen Blick nach Süden schweifen. Von hier oben war das Predigerkloster mit dem bereits fertiggestellten Hohen Chor nicht zu erkennen, lediglich die Gerüstaufbauten an der gewaltigen Baustelle des Langhauses. Bruder Johannes hatte bei seinem letzten Besuch gemeint, er hoffe, dass die jüngeren Brüder die Fertigstellung dieses gewaltigen Kirchenbaus noch erleben würden. Ohne die tatkräftige Hilfe der Handwerksgilden war dieses Meisterwerk nicht zu schaffen. Merten wusste, dass auch die Gilde der Schlachter Unsummen für die Errichtung eines einzigen Kreuzgewölbes aufgebracht hatte. Der Vater wurde nicht müde zu berichten, wie das Gildezeichen seiner Zunft am Ende der Bauarbeiten als Schlussstein dieses Gewölbe schmücken werde. Freilich, auch die anderen Zünfte gedächten, sich auf gleiche Weise dort zu verewigen, wo sich Himmel und Erde berührten. Aber er sei zuversichtlich, dass der goldene Ochse, das goldene Schlachtermesser alle Augen auf sich ziehen würden. Als Caspar schalkhaft erwidert hatte, auch die Zunft der Schneider könne wohl mit gekreuzten goldenen Scheren aufwarten, hatte der Vater nur gelacht: Die Scheider würde man schon auf einen der hinteren Plätze zu verweisen wissen.

Damals, während des kurzen Wortgefechts zwischen Caspar und dem Vater, hatte Merten nur wieder die alte Eifersucht gespürt, den uneingestandenen Ärger darüber, dass der Bruder sich dem Vater gegenüber Freiheiten herausnehmen konnte, die für ihn undenkbar waren. Jetzt jedoch musste er wie mit leisem Triumph an seine eigenen Zeichnungen jenes Gildezeichens denken, an seine Verwandlung der Wirklichkeit, die Bruder Johannes mit so viel Anerkennung betrachtet hatte. Er brannte darauf, sie Jakob endlich zu schenken. Das baldige Chanukkafest wäre dafür ein guter Anlass.

Gedankenverloren blickte er auf die regennassen Holzverstrebungen des Gerüstes auf der Dombaustelle. In den Strahlen der Novembersonne, die immer wieder für kurze Augenblicke zwischen den jagenden Wolken hervorbrach, leuchteten sie wie riesenhafte Fäden eines Spinnennetzes. Es müsste eine Herausforderung sein, dies zu zeichnen: die sich kreuzenden Gestrebe, vielleicht sogar die Arbeiter, das Werkzeug, die Seilwinden, die Berge von grob behauenen Steinen.

Ein plötzlicher Regenschauer riss ihn aus seinen Gedanken. Eilig strebte er dem südlichen Nebenportal der Peterskirche zu. Erleichtert atmete er auf, als er endlich im Inneren des Gotteshauses stand. Sein schulterlanges Haar war vom Wind und Regen feucht geworden und hing ihm wirr in die Stirn.

Seit Monaten war er nicht mehr hier gewesen. Das Spiel von Licht und Schatten, das sich draußen abspielte, ließ die schlichten Pfeiler des Langhauses wie sich im Wind wiegende Bäume erscheinen. Merten trat an den eisenbeschlagenen Opferkasten und holte die mitgebrachten Münzen aus seinem Mantelsack. Als vom Ostchor her der Gesang der Mönche zu ihm herüberdrang, zögerte er. Er wollte warten, bis die Sext vorüber war, ehe er die Kerze für die Mutter entzündete. Er sehnte sich danach, einen Augenblick ganz für sich allein zu sein, wenn er für sie betete.

Langsam schritt er durch das Langhaus gen Westen. Die hiesigen Benediktiner hatten sich der Hirsauer Reformbewegung angeschlossen – reiche Bildwerke oder aufwändige Schnitzereien lehnten sie streng ab. Nichts sollte die Mönche von ihrer Hinwendung zu einem Leben in Armut und Einfachheit ablenken. Und dennoch gab es dort, nahe des Westportals, etwas, das er jedes Mal von Neuem bewundern musste. Auf zwei gegenüberliegenden Säulen blickten zwei Apostelgestalten auf die Gläubigen herab. Riesenhaft und ernst schienen sie ihm zur Seite zu stehen. Doch ihr Blick, mit dem sie ihr steinernes Gegenüber umfingen, ging über ihn hinweg. Merten blieb zwischen den beiden Wandgemälden stehen. Er betrachtete die verschlungenen Linien, mit denen die Gewänder dunkel auf den rötlichen Stein gemalt waren. Mühsam ging er in die Knie und begann, mit dem Finger jene nur scheinbar ungeordnete Ordnung auf dem steinernen Fußboden nachzuzeichnen. Der Faltenwurf der Gewänder, das Ineinander der Gestänge des Baugerüstes – hätte er nur eine Schiefertafel und einen Griffel mitgenommen ...

Als er hinter sich leichte Schritte hörte, fuhr er wie ertappt herum. Ein Benediktinermönch stand vor ihm. Er beugte sich zu Merten nieder und reichte ihm die Hand. Sein eisgrauer Haarkranz, die tiefen Falten in seinem Gesicht verrieten sein hohes Alter, und dennoch bewegte er sich so geschmeidig und mühelos, als sei er ein junger Mann. Merten konnte seinen Blick nicht recht deuten. Glaubte der Mönch, er habe sich ungehörig verhalten oder hielt er ihn wegen seines verkrüppelten Beines gar für einen Bettler?

Unwillkürlich spürte er, wie die Hitze ihm ins Gesicht schoss. Aber das konnte schließlich niemand von ihm denken – werk-

tags nicht und schon gar nicht heute, in seiner Sonntagsklei-
dung, auch wenn er vielleicht durch Regen und Wind zerzaust
und unordentlich wirken mochte. Bevor der Mönch eine Frage
an ihn richten konnte, sagte er rasch: „Ich bin der Sohn des
Gildemeisters Albert Schwanring. Wir gehören zu St. Benedikt.
Unser Hof Michael steht gleich neben der Mikwe."

„*Requiescant in inferno.*" Die Worte des Mönches klangen
wie eine verbindliche Erwiderung, liebenswürdig und freundlich. Mertens Augen verengten sich. Er konnte kein Latein. Noch
nicht. Wenn er sich zur Profess entschlösse, würde das Erlernen
der lateinischen Sprache ebenso sein Leben bestimmen wie das
Studium der sieben freien Künste. Bildung war neben dem Gebet das höchste Ideal der Predigerbrüder. Auf seiner städtischen
Schule waren freilich andere Dinge wichtig gewesen. Und dennoch. *Inferno* – dieses Wort kannte er natürlich. *Infernum.* Die
Hölle.

Merten spürte etwas wie Erschrecken, eine Art innere Kälte,
in sich aufsteigen. *Requiescant,* auch dieses Wort kannte er. Nur
ging es doch anders weiter. *Requiescant, requiescant – in pace!*
Mögen sie ruhen – in Frieden! In der Hölle? Merten blickte sein
Gegenüber fragend und verwirrt an.

Der Benediktiner lächelte ihm zu. „Du sagtest, du wohnest
neben der Mikwe, und ich sagte: *Requiescant in inferno.* ‚Mögen
sie in der Hölle ruhen.'" Er hob die Schultern und fuhr immer
noch lächelnd fort: „Niemand weiß, wie lange uns der Himmel
noch diese Prüfung auferlegen mag, Haus an Haus mit den Kindern der Finsternis leben zu müssen. Doch wenn der Tag des
Gerichts kommt, wenn erst einmal die jüdische Schlangenbrut
aus unserer Stadt vertilgt ist, werden wir in St. Peter als Chronis-
ten unserer Stadt gerne diesen Nachruf niederschreiben: *Requiescant in inferno.* Er mag etwas knapp geraten erscheinen –
aber passend."

Sein Lächeln vertiefte sich, als habe er gerade einen guten
Scherz gemacht und würde nur darauf warten, dass Merten in
sein Lachen einstimmte. Doch gleich darauf wurde das Gesicht
des Mannes wieder ernst und gleichmütig. „Ich wollte dich nicht
in deinem Gebet stören, mein Sohn."

Merten schüttelte den Kopf, er wich einen Schritt zurück. Seine
Kehle war wie zugeschnürt, doch der andere schien gar keine

Antwort zu erwarten. Eine warme Hand legte sich kurz, wie zum Segen, auf seine Schulter. Dann nickte ihm der Mönch noch einmal zu und ging mit leichten Schritten durch das Langhaus in Richtung des Chores.

Merten stand wie versteinert. *Es wohnen dort auch Juden, ein schlimmer Volksstamm.* Jakob! Der *Occultus Erfordensis.* Er, Merten, hatte die Ängste des Freundes lediglich als Widerhall auf eine alte Schrift verstanden, um die sich kein vernünftiger Mensch kümmern musste. Warum sollte man auch? Und der Stein, der Jakob getroffen hatte? Merten hatte in all den vergangenen Wochen nach jenem ersten Erschrecken immer wieder neue Erklärungen gesucht, um auch dies als harmlosen Jungenstreich, als unglücklichen Unfall ansehen zu können. Die Unruhe tief innen war dennoch geblieben, auch wenn er sie sorgsam zu hüten versuchte. Sie war aufgebrochen, als Johannes von Hugo Longus gesprochen hatte, von seinem Mitbruder Walter Kerlinger und ihrem gemeinsam gehegten Hass auf die Juden. Und dennoch hatte er es nicht wahrhaben wollen, was er nun mit einer solch überwältigenden Gewalttätigkeit begriff, dass es ihm den Atem nahm: *Requiescant in inferno.*

Eine seltsame Übelkeit stieg in ihm hoch. Er musste ins Freie. Er musste hinab in die Stadt. Er musste zu Jakob.

10. KAPITEL

NAOMI

Jom Chamischi, 20. Kislev 5109
Dies Iovis, 20. November 1348, St. Bernward

VERLOREN

Als Naomi auf den Benediktsplatz hinaustrat, war es schon später Nachmittag. Ein scharfer Ostwind wehte, der neue Schneewolken auf die Stadt zutrieb. Die wenigen Schritte quer über den Platz bis zum Eingang der Frauensynagoge sollte sie trockenen Fußes schaffen. Merav hatte sie die Stufen hinabbegleitet und ihr mit einer Lampe geleuchtet, damit sie mit ihrer Last nicht stolpere. Naomi hielt das in eine warme Wolldecke eingehüllte Instrument an sich geschmiegt. Trotz des schneidenden Windes und der späten Stunde waren noch viele Menschen unterwegs. Noch ehe der Schnee kam, wollten sie mit ihren Einkäufen, die sie auf dem Großen Markt zu Füßen des Domes oder östlich der Krämerbrücke auf dem Wenigemarkt getätigt hatten, zu Hause sein. Seit der Rat in einem neuen Gesetz der „Erfurter Willkür" angeordnet hatte, dass alle jüdischen Kaufleute ihre Geschäfte außerhalb der Läden unter freiem Himmel abzuwickeln hätten, um Betrug und Wucher zu verhindern, herrschte auf dem Benediktsplatz noch mehr Gedränge als früher.

Simson hatte ihr angeboten, sie zu begleiten, doch sie hatte lachend abgewehrt. Er solle lieber in der Wärme bleiben. Das kurze Wegstück sollte sie allein bewältigen können. Nun bereute sie es, die Hilfe des Onkels so leichtfertig abgelehnt zu haben. Die Pflastersteine waren vereist und rutschig. Naomi packte die Harfe noch fester und verlangsamte ihre Schritte. Sie durfte nicht ausgleiten.

Seit dem Mittagsmahl hatte sie in der kleinen Kammer im Obergeschoss neben ihrer Tante gesessen und wieder und wieder jene Passagen geübt, die ihr immer noch schwerfielen. Trotz ihrer Aufregung fühlte sie vor allem Freude und ein wenig Stolz. Zum ersten Mal würde sie in der Synagoge für die Frauen der Gemeinde spielen. Heute schon, am Vortag, musste die Harfe hinübergeschafft werden, um die Gebote des Feiertages nicht zu verletzen.

Nur noch wenige Schritte lagen vor ihr. Der scharfe Wind zwang sie, mit gesenktem Kopf weiterzugehen. Der unsanfte Stoß eines vorbeieilenden Händlers ließ sie taumeln und hätte sie beinah zu Fall gebracht. Im letzten Moment fand sie ihr Gleichgewicht wieder. Dem Instrument war nichts geschehen. Zitternd erreichte sie die andere Seite des Platzes – und erschrak: der Harfenschlüssel! Merav hatte ihn ihr an der Haustür im letzten Augenblick in die Hand gedrückt. Und sie hatte ihn in der Eile nicht wie sonst mit der silbernen Anhängerkette um den Hals gehängt, sondern ihn für die wenigen Schritte in der Hand behalten. Er musste ihr bei dem Zusammenstoß heruntergefallen sein. Das Herz schlug ihr bis zum Hals, als sie ihre Last vorsichtig absetzte und versuchte, die aufsteigenden Tränen zurückzuhalten. Der Schlüssel musste irgendwo hier liegen. Vielleicht konnte sie ihn zwischen den Füßen der Vorübereilenden entdecken. Sie kauerte sich nieder. Als sich ihr plötzlich eine Hand auf die Schulter legte, fuhr sie erschrocken herum. Merten. Naomi blickte zu ihm auf.

„Ist dir etwas passiert?" Er beugte sich zu ihr herab.

Beinahe schroff wandte sie sich von ihm ab und wies mit der Hand auf die Pflastersteine. „Mein Harfenschlüssel. Ich habe ihn verloren."

„Ich habe den Mann gesehen, der dich zur Seite gestoßen hat, aber ...", Merten stockte. Dann fuhr er fort: „Lass mich auf die Harfe achtgeben – dann kannst du besser suchen."

Naomi nickte. Sie ärgerte sich über ihre Unbeholfenheit, aber sie konnte ihm nicht mit herzlichen Worten danken. Es war nicht leicht, zwischen den Menschen, die ihr keinerlei Beachtung schenkten, den Weg zurückzugehen, den sie gekommen war. Vielleicht hatte sie ihn schon vorher, noch an der Haustür des Onkels verloren? Was, wenn einer der Vorübereilenden den silbernen Gegenstand dort auf den Steinen entdeckt und ihn eingesteckt hatte? Sicher hatte derjenige ihn für ein Schmuckstück gehalten. Man *musste* ihn für ein Schmuckstück halten, so war es schließlich gedacht! Naomi fühlte, wie die Tränen ihr in die Augen schossen. Die Abenddämmerung war hereingebrochen, nun war es fast vollständig dunkel. Ein letztes Mal ging sie den Weg ab, aber es war vergebens. Der Schlüssel war fort.

Als sie zu Merten zurückkehrte, der am Eingang der Frauensynagoge auf sie wartete, wich sie seinem Blick aus. Er sollte nicht sehen, dass sie beinahe weinte.

„Soll ich noch einmal nach ihm suchen?"

Naomi schüttelte stumm den Kopf. Es lag so viel Mitgefühl in Mertens Stimme, dass es sie alle Kraft kostete, die Tränen zurückzuhalten.

„Wie sieht er aus? Kannst du ihn mir beschreiben?" Mertens Stimme klang so mitfühlend, dass sie noch einmal Hoffnung schöpfte.

„Der Schlüssel ist aus Silber und so klein, dass er in meine Handfläche passt. Oben hat er einen gebogenen Griff, am Schaft ist eine kunstvoll geschwungene Verzierung. Ein wenig wie ein Schneckenhaus. Du könntest ihn für einen Truhenschlüssel halten, nur dass er tatsächlich wie ein Schmuckstück aussieht. Oben, in der Mitte des Griffs, ist eine winzige Öse, mit der er an einer silbernen Kette befestigt ist." Naomi schluckte. „Ich weiß nicht, was ich meiner Tante sagen soll. Sie hat mir diesen Schlüssel geschenkt, erst vor ein Tagen. Sie wollte, dass ich nicht nur bei ihr zu Hause, sondern auch in der Synagoge spielen kann."

Merten blickte sie fragend an. „Das verstehe ich nicht. Braucht es denn für das Spiel in der Synagoge einen eigenen, einen anderen Schlüssel?"

„Eigentlich nicht. Nur ...", sie zögerte. Aber Merten hatte noch nie über ihre Bräuche und Gebote gelacht, auch wenn ihm manches davon vielleicht fremd erscheinen mochte. „Ich werde jetzt rasch die Harfe hineinbringen." Zu ihrem Unwillen merkte sie, dass sie rot wurde, als sie leise hinzufügte: „Möchtest du auf mich warten? Vielleicht können wir gemeinsam nach Hause gehen und ich versuche es zu erklären."

Als Naomi nach wenigen Augenblicken wieder aus der niedrigen Pforte trat, die Zugang zum Gebetsraum der Frauen gewährte, hatte es begonnen zu schneien. Merten löste sich von der Mauer, an der er auf sie gewartet hatte. Nach ein paar

Schritten sagte Naomi mit erstickter Stimme: „Eigentlich müsste ich jetzt sofort zu meiner Tante gehen und ihr von dem Verlust erzählen. Ich muss ihr auch sagen, dass es nun ungewiss ist, ob ich morgen im Gottesdienst spielen kann. Die Nacht wird kalt werden. Morgen wird die Harfe so verstimmt sein, dass an Spielen nicht zu denken ist. Aber ich darf meinen Vater nicht länger warten lassen. Jakob und er werden schon in Sorge sein, weil ich noch nicht zurück bin.“

Merten warf ihr einen raschen Seitenblick zu. „Wenn du ohne mich schneller zu Hause bist, dann lauf, Naomi. Ich möchte auch nicht, dass sich dein Vater sorgt.“

Naomi schüttelte den Kopf. Trotz ihres warmen Mantels drang ihr die Kälte durch Mark und Bein. Sie hätte so gerne den Tränen freien Lauf gelassen, aber sie musste sich zusammennehmen. Sie fürchtete sich vor ihrem Wunsch, Merten solle sie in den Arm nehmen.

Das Portal der Benedikstkirche lag nur noch wenige Schritte entfernt, als Merten das Schweigen brach. „Der besondere Schlüssel? Warum brauchst du diesen besonderen Schlüssel für das Spiel in der Synagoge?“ Naomi holte tief Atem. Sie wollte keine Angst davor haben, dass er sie auslachen könnte. Merten hatte noch nie über sie gelacht.

„Du weißt, dass wir Juden den Schabbat als Ruhetag des HÖCHSTEN heiligen. Alle Arbeit, alle Anstrengung ist uns an diesem Tag untersagt. Die Regeln sind streng, sie müssen streng sein, denn du weißt selbst, wie schwer es ist, alle Aufgaben, alle Pflichten ruhen zu lassen. Vieles lässt sich jedoch einrichten. Das Essen, das ich am Vortag vorkoche, so dass es bis zum Ende des Feiertages reicht. Das Licht, das ich während des Schabbats nicht neu entzünden darf. Anders fänden wir wohl keine Ruhe, um Gottes Schöpfung, seinen Ratschluss und seine Hinwendung zu uns zu feiern.“ Sie hielt inne. Merten wusste dies doch alles. Vielleicht war es dumm von ihr, so zu tun, als müsse sie ihn belehren. Aber er hatte sie nach dem Schlüssel gefragt. Unsicher sah sie ihn von der Seite an. „Sicher fragst du dich, warum ich nicht morgen auf meinem Weg zum Gottesdienst rasch noch den anderen Schlüssel holen kann, der in diesem Moment an seinem Platz liegt, an dem er immer liegt: auf dem Tischchen in der Kammer meiner Tante. Du weißt sicher, dass wir am Schabbat keine Werkzeuge außerhalb des Hauses mit uns tragen dürfen." Merten nickte. „Und ein Stimmschlüssel zählt zu den Werkzeugen. Allerdings", es lag ein leises Lachen in ihrer Stimme, als sie weitersprach, „eine ungestimmte Harfe sollte man nicht einmal seinem ärgsten Feind zumuten! Also muss man sich zu helfen wissen. Und es gibt eine Lösung, gegen die auch unser Rabbi Alexander keine Einwände hat. Als meine Tante mir den wundervollen Schlüssel anfertigen ließ, hat sie diesen Ausweg, diese Möglichkeit bedacht. Das Verbot, das für Gegenstände wie Werkzeuge gilt, gilt nicht für das, was man als Teil unserer Kleidung ansehen kann, wie etwa Schmuck. Mein Vater sähe es sicher nicht gerne, wenn ich am Schabbat alle nur erdenklichen Schmuckstücke trüge, selbst wenn ich welche besäße." Naomi stockte. Wenn Merten wüsste, was sie seit jener Leil Schabbat im Elul Tag und Nacht unter ihrem Kleid trug. Rasch sprach sie weiter: „Aber erlaubt ist es, Schmuck zu tragen, und also hat meine Tante mir diesen Schlüssel wie einen Anhänger anfertigen lassen, den ich um den Hals tragen kann. Wenn ich das nur heute auch getan hätte ..."

„Also hast du ihn heute mitgenommen, um die Harfe schon einmal zu stimmen, du hättest ihn aber wieder mit nach Hause gebracht und morgen mit in den Gottesdienst genommen?"

Naomi nickte. „Den neuen Schlüssel heute in der Synagoge zu lassen, hätte ich mich nicht getraut – ich hatte Angst, er könne verloren gehen." Naomi biss sich auf die Lippen. Sie hatte Meravs Geschenk verloren.

Der Schnee fiel nun in dichten Flocken und dämpfte das Geräusch ihrer Schritte auf dem Pflaster. Schon hatten sie den Abzweig der Waagegasse hinter sich gelassen. Ohne dass sie sich abgesprochen hatten, hatten sie den längeren Heimweg eingeschlagen, der durch die Michaelisstraße und den Hohen Weg auf die Krautgasse führte. Die Häuser wirkten in der Dunkelheit wie geduckte Tiere, dicht aneinandergedrängt im Schneegestöber, als würden sie aneinander Schutz suchen. Nun waren sie in den Hohen Weg eingebogen, der von den Höfen des Johannes von Kölleda und des Meir gesäumt wurde. In wenigen Schritten würden sie zu Hause sein.

Als sie schließlich vor dem schmalen Giebel des Michaelhofes in der Krautgasse standen, nahm Merten für einen kurzen Moment ihre Hand in die seine. „Könntest du nicht morgen, bevor der Schabbat beginnt, den Schlüssel deiner Tante holen und in die Synagoge bringen?"

Naomi sah ihn an. „Merten, daran habe ich vorhin in meinem ersten Schrecken gar nicht gedacht. Du hast recht. Sicher wird sie das erlauben." Zögernd entzog sie ihre Hand seinem Griff. In der Tür drehte sie sich noch einmal um. „Ihr Geschenk ist dennoch verloren. Auch wenn sie mir nicht böse sein wird – ich bin zornig genug auf mich selbst." Erst als die Tür hinter ihr ins Schloss fiel und die Wärme der Herdglut ihr entgegenschlug, erschrak sie: Sie hatte vergessen, Merten für seine Hilfe und seinen Trost zu danken. Ohne sich zu besinnen, machte sie kehrt und lief noch einmal hinaus in Dunkelheit und Kälte. Doch der Hof war leer.

11. KAPITEL

MERTEN

Dominica, 23. November 1348, St. Felicitas
Jom Rischon, 23. Kislev 5109

DAS ANGEBOT

Merten rieb sich den schmerzenden Nacken. Seit dem frühen Nachmittag hatte er in der Küche gesessen und im schwachen Licht, das aus den Ritzen der Herdklappe drang, gezeichnet. Der Bruder und die Stiefmutter waren gegen Mittag zur Familie von Caspars Verlobter Johanna aufgebrochen. Das Haus ihres Vaters, Hartung Vitztum, lag flussabwärts, unweit des Augustinerklosters. Obwohl es schon auf die Vesper zuging, waren sie noch nicht zurückgekehrt. Der Vater war in einer Unterredung mit einem Kunden in der Stube, die an die Küche angrenzte. Immer wieder drangen einzelne Gesprächsfetzen und Gelächter an sein Ohr. Doch Merten war zu vertieft gewesen in seine Arbeit, um darauf zu achten.

Anfangs hatte ihre Magd Katharina den Männern mit Wein und etwas zu Essen aufgewartet. Dann wollte der Vater wohl nicht mehr gestört werden und hatte sie zurück in die Küche geschickt. Merten blickte auf. Er hatte die Magd eigentlich fragen wollen, wer dort bei ihnen zu Gast in der Stube saß. Aber Katharina lag bereits auf ihrer Bettstatt in einem Winkel der Küche. Er hörte ihre tiefen, gleichmäßigen Atemzüge. Mühsam erhob er sich von seinem unbequemen Sitz am Herd und legte die neue Zeichnung auf den Küchentisch. Mit einem Kienspan entzündete er die kleine Öllampe, die Katharina vor dem Schlafengehen gelöscht hatte. Eingehend betrachtete er das Bild. Eine Mischung aus Erleichterung und Stolz erfüllte ihn. Nach all den Monaten hatte er sich endlich an die Vollendung dieses Vorhabens gewagt. Seit Mariä Himmelfahrt hatte ihn der Wunsch umgetrieben, Naomi zu zeichnen. Heute, am Tag der heiligen Felicitas, war es ihm gelungen. Obgleich Bruder Johannes ihm an Martini noch einmal Bögen von Palimpsest geschenkt hatte, hatte er immer wieder gezögert, auch nur eines der beiden kostbaren Blätter zu benutzen. Erst nach unzähligen Versuchen auf der Schiefertafel hatte er sich daran gewagt, die Zeichnung zu Papier zu bringen. Natürlich hätte er gewünscht, das Abbild farbig ausführen zu können, aber das musste ein Traum bleiben.

Merten war dennoch glücklich. Vielleicht hatte ihm ihre kurze Begegnung im Schneegestöber auf dem Benediktsplatz geholfen, jenen fernen Moment damals im Sommer doch noch einzufangen. Die Art und Weise, wie sie den Kopf neigte, der Schwung ihrer Wangen, der Faltenwurf ihres Gewandes – es war ihm geglückt. Das Zeichnen des Instrumentes hatte er als Herausforderung empfunden, obgleich er alle Vorbilder aufgesucht hatte, die er kannte. Nicht allein die Tafelbilder in den Kirchen, auch die steinernen Figuren am Portal des Doms hatte er studiert und Skizzen angefertigt. Er hatte sogar noch einmal Bruder Johannes besucht, um sich von ihm eine Psalterhandschrift zeigen zu lassen. Johannes hatte nicht nachgefragt, warum er nach dem Abbild einer Harfe suche, aber er hatte ihm alle Illustrationen gezeigt, die er kannte. Nun war er halbwegs zufrieden mit seinen Bemühungen. Aber wirklich glücklich war er darüber, dass es ihm gelungen war, Naomi selbst in seinem Abbild einzufangen. Oder schien ihm das nur so?

In diesem Augenblick öffnete sich die Verbindungstür zur Stube. Merten drehte sich erstaunt um. Sein Vater pflegte so gut wie nie die Küche zu betreten. Jetzt stand er dort auf der Schwelle. Hinter ihm, im Schatten, stand sein Gast, dessen Gesicht Merten im Dämmerlicht nicht erkennen konnte. „Wenn Ihr es für ratsam haltet, Albert Schwanring, werde ich Euer Haus über den Küchenausgang verlassen", hörte Merten eine spöttische Stimme sagen. „Aber ich will Euch nicht widersprechen. Wenn Ihr nur nicht vergesst, worüber wir gesprochen haben. St. Marien – St. Georg. Wenn wir hier in Erfurt ebenso entschlossen handeln, sollten wir das glückliche Geschick der Augsburger und der Nördlinger bald schon teilen! Albert Schwanring – ich brauche Euch. Ich zähle auf Euch. Aber vergesst nicht, dass auch Ihr mich braucht. Mehr, als Euch lieb sein mag."

Der Vater war wortlos einen Schritt zur Seite getreten und nun konnte Merten den abendlichen Besucher sehen. Und Hugo Longus sah ihn. In seinem Blick konnte Merten lesen, dass er sich mit dem Vater allein gewähnt hatte.

Auch wenn das weitläufige Anwesen des Hugo Longus im Schatten der Predigerkirche lag und somit nicht in ihrer unmittelbaren Nachbarschaft, kannte Merten den einflussreichen Ratsherren, der als einer der reichsten Tuchhändler der Stadt galt. Auch wenn Longus zu den Kunden des Vaters zählte – warum kam er persönlich in ihr Haus? So leichthin seine letzten Worte geklungen hatten, so unmissverständlich war die in ihnen enthaltene Drohung.

Einen Moment herrschte betretenes Schweigen in dem halbdunklen, rußgeschwärzten Raum. Auch der Vater schien nicht damit gerechnet zu haben, außer der schlafenden Magd noch jemanden in der Küche anzutreffen. Täuschte sich Merten, oder lag etwas wie leise Erleichterung in seiner Stimme, als er sich an seinen Besuch und an ihn gleichermaßen wandte: „Dies ist mein Sohn. Ich dachte, du wärest längst zu Bett gegangen, Merten. Aber wenn du schon einmal hier bist, begleite unseren Gast doch bitte hinaus. Mein Sohn wird die Lampe mitnehmen, damit Ihr auf unserem Hof in der Dunkelheit nicht stolpert. Lebt wohl."

Damit drehte sich der Vater um und schloss ohne einen weiteren Gruß die Tür hinter sich. Merten hörte, wie sich seine Schritte rasch entfernten. Nun war er mit dem Ratsherren allein. Unsicher griff er nach der Lampe, die neben Naomis Zeichnung auf dem Tisch stand. Doch der andere gab ihm mit einem Wink zu verstehen, er solle das Licht stehen lassen. Hugo Longus beugte sich über die Tischplatte und griff nach dem Palimpsest. Merten sog scharf die Luft ein. Er bezwang sich – so sehr er wünschte, sein Gegenüber würde die Zeichnung zurücklegen, er konnte ihn nicht daran hindern, er konnte ihm keine Anweisungen geben. Aber er hatte einen Auftrag, den ihm der Vater erteilt hatte: Er sollte Hugo Longus aus dem Haus begleiten. Noch einmal griff er nach der Lampe. Diesmal ließ ihn der Ratsherr gewähren. „Ich begleite Sie hinaus, Herr." Merten hörte zu seinem Ärger, wie unsicher seine Stimme klang.

Hugo Longus machte keine Anstalten, ihm zu folgen. Sein Gesicht lag im Schatten, so dass Merten dessen Ausdruck nicht erkennen konnte. Seine Stimme klang merkwürdig ausdruckslos, als er sagte: „Du hast das gezeichnet, nicht wahr?" Merten nickte stumm. „Es gefällt mir. Es gefällt mir außerordentlich. Du weißt sicher, dass ich ein Förderer der Künste bin. Das Skriptorium der Dominikaner lebt von meiner Großherzigkeit. Bist du in einer unserer Erfurter Werkstätten zur Lehre?"

Wieder klang Mertens Stimme fremd und unsicher: „Davon weiß ich, Herr. Bruder Johannes hat es mir erzählt. Und ich bin bei keinem Maler in der Lehre. Mein Vater braucht mich bei den Schlachtbänken."

„Umso erstaunlicher. Und wie betrüblich. Ich sollte einmal mit deinem Vater sprechen."

Hugo Longus musterte ihn von Kopf bis Fuß. „Eine große Hilfe scheinst du ihm ja nicht sein zu können, in seinem Gewerbe. Aber wenn du etwa bei Meister Nikolaus in seiner Werkstatt am Fischmarkt lernen könntest – ich werde bei meinem nächsten Besuch deinen Vater darauf ansprechen. Du kennst ja sicher das Wort der Heiligen Schrift. Seine Talente zu verbergen, ist eine große Sünde." Merten wusste nichts zu erwidern, aber der Ratsherr sprach bereits weiter: „Vielleicht denkt dein Vater, die Malerei sei eine brotlose Kunst, aber du kannst ihm beweisen, dass dies nicht der Fall ist. Ich kaufe dir diese Zeichnung ab und biete dir dafür ...", Hugo Longus ließ die Hand in die Innentasche seines kostbar gefütterten Überwurfs gleiten und ließ nachlässig einige Breite Groschen auf die Tischplatte fallen. Merten beobachte ihn sprachlos. Was sein Gegenüber dort so achtlos auf den Tisch warf, mochte der Monatslohn eines Gesellen sein!

Tausend Gedanken auf einmal schossen ihm durch den Kopf. *Nur einen von ihnen habe ich erkannt ... Naomi, niemandem wollte ich dich zeigen! Wenn ich das Angebot annehme, hätte ich genug Geld, dir einen neuen Schlüssel zu schenken ... Und müsste ihn nur noch an die Halskette fädeln, die Mutter mir überlassen hat ... Es war einer der Söhne des Hugo Longus ...*

„Nun, Merten Schwanring, werden wir handelseinig?" Hugo Longus Stimme klang nun ungeduldig. „Wäre es nicht in deinem Sinne, wenn ich bei deinem Vater ein gutes Wort einlegte? Und bei Meister Nikolaus. Ich bin sein wichtigster Auftraggeber, er würde dich sicherlich zur Probe aufnehmen, wenn ich ihm das nahelege. Zu deinem Schaden würde es nicht sein."

Merten schlug die Augen nieder. Seine Hand schloss sich unwillkürlich um den Rosenkranz seiner Mutter, den er am Gürtel trug. Heilige Gottesmutter, hilf! Hugo Longus hatte bereits begonnen, die Münzen wieder einzustreichen, als er den Kopf hob. Seine Hände zitterten. „Ich danke Euch für dieses Angebot, Hugo Longus. Ich möchte Euch das Bild gerne verkaufen. Morgen. Noch ist es nicht fertig."

Jom Schlischi, 25. Kislew 5109
Dies Martis, 25. November 1348, St. Katharina

NES GADOL HAJA SCHAM

„**Giselbert von gegenüber,** Konrad von Hersfeld hinter der Mikwe, Konrad von Weißensee, Walter von Utzberg, Jakob vom See, Johannes Melchendorf, Thomas von Arnstadt, Thomas von Weißensee am Kreuzsteg, Johannes von Kölleda am Hohen Weg und natürlich unser Hofnachbar Albert Schwanring – habe ich jemand vergessen?"

Naomi stand am Fenster der Wohnstube und hatte sich zu ihm umgewendet. Mit jedem Jahr wurde Naomi ihrer Mutter ähnlicher. Auch wenn es nicht ihr Haar oder ihre Augen waren, so war es wohl die Art und Weise, wie sie lachte, wie sie sich bewegte. Jakob lächelte seiner Schwester zu. „Ich glaube, du hast an alle gedacht. In diesem Jahr willst du offenbar alle unsere Nachbarn beschenken, unabhängig davon, ob sie arm sind oder reich?"

Naomi wurde rot. Sie lachte. „Du hast recht. Aber es ist nur eine Kleinigkeit. Die richtigen Geschenke werde ich für Purim aufsparen. Meinst du, Vater wird damit einverstanden sein? Schließlich haben uns viele unserer Nachbarn im Lauf des letzten Jahres geholfen und ich dachte, es wäre ihm lieb ..."

Jakob stand auf und trat zu Naomi ans Fenster. Er legte den Arm um sie und blickte hinaus in die Winternacht. „Wie schade, dass wir von unserem Fenster aus nicht sehen können, ob das erste Licht in den Chanukka-Leuchtern bei den anderen schon brennt", sagte sie leise. „Wenn du möchtest, gehen wir nachher vor dem Zubettgehen gemeinsam hinunter auf die Gasse und schauen uns wenigstens die Lichter von Guta und Belkind an."

Naomi schmiegte sich in seinen Arm. Dann schüttelte sie den Kopf. „Wir sollten Vater nicht allein lassen. Wo bleibt er nur?" Jakob blickte zur Tür. „Er wollte nur noch rasch den Dreidel aus der Truhe holen, ehe wir mit dem Essen beginnen. Hast du an die Schale mit den Nüssen gedacht?"

Schritte näherten sich, und wenige Augenblicke später stand der Vater auf der Türschwelle. Trotz der Erschöpfung, die in seinen Zügen zu lesen war, leuchteten seine Augen. Jakob trat auf ihn zu und reichte ihm den Arm. Naomi machte sich am reich gedeckten Tisch zu schaffen, sie rückte die Lieblingsspeisen des Vaters noch ein wenig näher an seinen Platz. Schließlich stellte sie auch die Schale mit den Nüssen ans Tischende. Jakob beobachtete seine Schwester aus den Augenwinkeln. Trotz des eleganten Kleides mit der hohen Taille und dem weiten, bodenlangen Rock wirkte sie mit einem Mal wieder wie ein Kind. Es mochte an der Festfreude liegen, an der Erwartung des gemeinsamen Spiels. Er verspürte einen leisen Stich. Heute würde der Vater ihr sagen, was er, Jakob, schon wusste. Würzburg.

Draußen war es vollständig dunkel geworden. Der Himmel war mit schweren Schneewolken bedeckt. Gemeinsam mit dem Vater traten die Geschwister wieder ans Fenster, in dessen Wölbung bereits die Menora mit dem entzündeten Schamasch-Licht stand. Naomi nahm das Licht vorsichtig aus seiner Halterung. *Baruch ata adonai elohenu mäläch ha'olam ascher kiddeschanu bemizwotaw weziwwanu le'hadlik ner schel chanukkah. Baruch ata adonai elohenu mäläch ha'olam sche'asah nissim la'avotenu bajamim hahem baseman hasäh. Gelobt seist du, Ewiger, unser Gott, König der Welt, der uns durch Seine Gebote geheiligt hat und uns befohlen hat, das Chanukka-Licht anzuzünden. Gelobt seist du, Ewiger, unser Gott. König der Welt, der unseren Vätern Wunder getan hat in jenen Tagen, zu dieser Zeit.* War dies Naomis Stimme? War es die Stimme der Mutter?

Naomis Gesicht leuchtete im Widerschein des Lichtes. Sie zögerte einen Augenblick, dann stimmte sie den dritten Lobpreis an, der nur am ersten Tag des Chanukkafestes erklang: *Baruch ata adonai elohenu mäläch ha'olam schähächäjanu wekijemanu wehigi'anu laseman hasäh. Gelobt seist du, Ewiger, unser Gott, König der Welt, der du uns hast Leben und Erhaltung gegeben und hast uns diese Zeit erreichen lassen.* Sie drehte sich zu den Männern um. Das Licht leuchtete hinaus auf die dunkle Gasse.

Heute hatten Jakob die alten Worte bis in die Tiefe seines Herzens berührt. Leben und Erhaltung. Er drückte rasch die Hand der Schwester, ehe er dem Vater half, seinen Platz am Kopfende des Tisches einzunehmen. Bevor sie mit der Mahlzeit begannen, stimmten sie im Wechsel jene Psalmworte an, die Jakob seit seiner Kindheit liebte: *Wer ist wie der HERR, unser Gott, der oben thront in der Höhe, der niederschaut in die Tiefe, der den Geringen aufrichtet aus dem Staube und erhöht den Armen aus dem Schmutz.*

Jakob hatte die Augen geschlossen. Das Wechselspiel der unterschiedlichen Stimmen, Helles und Tiefes erfüllte ihn mit einer Weite, für die es keine Worte gab. *Der Himmel ist der Himmel des HERRN; aber die Erde hat er den Menschenkindern gegeben. Nicht die Toten loben den HERRN, keiner, der hinunterfährt in die Stille; wir aber, wir loben den HERRN von nun an bis in Ewigkeit. Halleluja!*

Erst nach einer ganzen Weile vermochte Jakob es, sich an dem heiteren Gespräch, das sich während des Essens entspann, zu beteiligen. Naomis Augen blitzten, als sie sich nach beendeter Mahlzeit an den Vater wandte. „Ihr habt es versprochen, Vater – Ihr werdet mitspielen, nicht wahr?"

Michael von Hanau lächelte ihr zu. „Natürlich, Neshumele. Wie in all den Jahren. Lasst uns die Teller beiseiteschieben und gib mir den Dreidel!"

„Lass mich die Schale mit den Nüssen verwalten, Vater!", sagte Jakob mit hochgezogenen Brauen. „Ich bin nicht sicher, ob Ihr bei dieser Beleuchtung genug sehen könnt! Außerdem: Ich kenne Euch! Sicher würdet Ihr Naomi wieder mehr Nüsse geben, als ihr zustehen!" Damit teilte er jedem von ihnen die gleiche Anzahl Nüsse aus und stellte die Schale wieder neben sich. Es tat gut, den Vater lachen zu sehen. Für einen Moment fühlte er sich getrost. Abschiede und Neubeginn – alles lag in der Hand des HÖCHSTEN.

Naomi griff als Erste nach dem Dreidel. Jakob meinte, die alte Spannung zu spüren, die er als Kind empfunden hatte, wenn sich der kleine, viereckige Kreisel in Bewegung setzte, wenn die eingravierten Buchstaben vor den Augen verschwammen und erst beim Verlangsamen des Schwungs wieder lesbar wurden. Als der Kreisel ausrollte und schließlich liegen blieb, lachte Naomi ihm zu. In ihren Augen tanzte der Schalk: *Nes gadol haja scham!* Auch wenn die Buchstaben des Würfels das bedeuten, sag du nur nicht, hier sei ein großes Wunder geschehen! Das Wunder geschah unseren Vorvätern! Hier bei mir geht alles mit rechten Dingen zu! Dies ist eindeutig ein ‚He'! Jakob, selbst du musst mir nun die Hälfte der Nüsse aushändigen!"

Draußen hatte es wieder zu schneien begonnen. Wieder und wieder reichten sie einander den Kreisel. Naomi schalt Jakob spielerisch für jeden Glückstreffer und freute sich über jeden Gewinn des Vaters. Dieser strich ihr immer wieder liebevoll über das zu Ehren des Festtages kunstvoll eingeflochtene Haar. Erneut setzte der Vater den Kreisel in Schwung.

„Ein ‚Schin'! Stellt ein, Vater!", rief Jakob.

„Aber es ist die letzte Nuss, die er hat, Jakob!", wandte Naomi bittend ein. „Wollen wir da nicht gnädig sein?"

„Das macht nichts, Neshumele. Hier." Michael von Hanau nahm rasch die Hand seiner Tochter, dann rollte er die letzte Nuss über den Tisch. „Ich will gerne dieses Spiel verlieren, wenn ich es nur mit euch spielen kann."

Ein tiefer Atemzug, beinah ein Schluchzen, hob seine Brust. Naomi drückte seine Hand, es war, als wollte sie etwas fragen, etwas erwidern. Aber der Vater wehrte mit einem Lächeln ab. Einen Moment war es still in der Stube. Die Stadt schien zu schlafen, auch wenn Jakob wusste, dass in den jüdischen Häusern der Nachbarschaft genau wie bei ihnen die Menschen beim Schein des ersten Chanukka-Lichtes noch beieinander waren, um zu spielen und zu feiern.

Schließlich begann der Vater zu sprechen, bedächtig, als suche er nach jedem Wort. „Der heutige Festtag verbietet uns Juden alle Trauer und Sorge! Ich will deswegen weder traurig sein noch sorgenvoll. Ich möchte mich freuen und wünsche mir so sehr, dass auch ihr froh sein könnt. Heute Abend feiern wir eines der Wunder, das der HÖCHSTE an unseren Vätern getan hat, um unser Volk zu retten und zu bewahren. Das kommende Chanukkafest werden wir wohl nicht mehr zusammen feiern. Nicht in diesem Haus."

Jakob blickte Naomi an. Er wusste, wie schwer dem Vater die nächsten Worte fallen mussten. Nun wandte sich Michael von Hanau seiner Tochter zu. „Wenn meine Kräfte es wieder erlauben, wenn der Winter vorbei ist, werde ich zusammen mit meinem Bruder nach Würzburg reisen. Du weißt, dass eure Tante Merav noch Verwandtschaft im Fränkischen hat. Ich werde dort ihren Neffen Joslin treffen. Er ist nur ein paar Jahre älter als du, Neshumele, etwa in Jakobs Alter. Ich wünsche mir, dass ich in ihm einen Schwiegersohn finde, der gut für dich sorgen wird. Der dich liebt und in Ehren hält, dem du so zugetan sein kannst, wie deine Mutter und ich es einander waren."

Michael von Hanau schwieg. Naomi hatte den Kopf gesenkt und blickte den Vater nicht an. „Du wirst in Würzburg nicht allein sein", fuhr er sanft fort. „Jakob wird mit dir gehen. Joslins jüngste Schwester soll einen guten Mann bekommen, und ihr Vater ist vermögend. Er wird deinem Bruder ein Studium bei Rabbi Moshe ha-Darshan ermöglichen, ehe er Meitin zur Frau nimmt."

„Und du, Vater?" Naomi stieß heftig ihren Stuhl zurück. In ihren Augen standen Tränen. „Wo wirst du sein?"

Dies Veneris, 28. November 1348, St. Gregor
Jom Schischi, 28. Kislew 5109

MISCHLOACH MANOT

Vorsichtig tastete sich Merten über das vereiste Pflaster. Zum Glück war es von den Schlachtbänken bis zu ihrem Hof nicht weit. Der Korb mit den geschlachteten Hühnern, den er der Stiefmutter in die Küche bringen musste, hing schwer an seinem Arm. Vor der in zwei Tagen beginnenden Fastenzeit sollte noch einmal ein Braten auf den Tisch kommen.

Eine blasse Wintersonne stand über dem Turm der Ägidienkirche. Vom Fluss stieg Nebel auf. Er verhüllte das Quartier, das von morgendlicher Geschäftigkeit erfüllt war. Kinder rannten durch die engen Gassen, Frauen, die auf dem Weg zum Einkauf waren, standen in kleinen Gruppen zusammen und redeten. Merten wich einem Bauer aus, der einen Kastenwagen voller Gänse hinter sich herzog. Das aufgeregte Schnattern der Tiere erfüllte die Krautgasse.

Merten packte den Korb fester und mühte sich, die wenigen Stufen, die vom Innenhof direkt zur Küche führten, zu erklimmen, ohne das Gleichgewicht zu verlieren. Unwillkürlich drehte er sich auf der obersten Stufe noch einmal um und blickte zu den kleinen Fenstern des Hofflügels hinauf, hinter denen Naomi wohnte. Niemand war zu sehen. Er wollte gerade seine Last abstellen, um die Tür zu öffnen, als diese aufschwang. Er hatte erwartet, Katharina anzutreffen. Doch dort stand die Stiefmutter und hinter ihr Naomi.

„Schau, Merten, was uns Naomi gerade gebracht hat. Ein Geschenk zu Chanukka!" Margarete Schwanring drehte sich lächelnd zu Naomi um. Der Duft des feinen Backwerks, das sie in

103

ein Leintuch eingehüllt in den Händen hielt, erfüllte die ganze Küche.

Merten sah die beiden jungen Frauen an. Nur wenige Jahre Altersunterschied lagen zwischen ihnen. Und doch wirkte die Stiefmutter um vieles älter, nicht allein wegen der Haube, die sie als verheiratete Frau auswies. Auch die Schatten unter ihren Augen, die Müdigkeit in ihrem Gesicht und der nun schon deutlich gewölbte Bauch verstärkten diesen Eindruck. Um Ostern herum sollte ihr erstes Kind auf die Welt kommen. „Wie sagtest du, nennt ihr diese Gabe?", fragte sie.

Naomi lächelte ein wenig verlegen. „Wir nennen sie *Mischloach Manot*. Eigentlich beschenken wir damit unsere Nachbarn erst zum Purimfest. Aber dieses Jahr wollte ich nicht so lange warten. Ich hatte Lust, etwas Gutes zu backen, und meinem Vater war es recht."

Naomi war aus dem Schatten der niedrigen Küche hinaus auf die Schwelle getreten und reichte ihrer Nachbarin zum Abschied die Hand. Margarete erwiderte ihren Händedruck. „Ich werde dir auch etwas zum Neujahrsfest bringen. Hab einstweilen vielen Dank, Naomi, für deine Gabe." Margarete Schwanring griff nach dem Korb, den Merten zu ihren Füßen abgestellt hatte. „Grüße den Vater!" Sie nickte ihm kurz zu, dann schloss sie die Tür.

Nun standen sie allein im Innenhof. Merten tastete nach der feingliedrigen Kette, die er seit gestern Nachmittag um seinen Hals trug. Er hatte es sich so fest vorgenommen. Wann, wenn nicht jetzt, zu Chanukka?

Keine Woche war vergangen seit jenem seltsamen Zusammentreffen mit Hugo Longus. Schon seit dem Abend, als Naomi den Stimmschlüssel verloren hatte, hatte sich jener verrückte Gedanke in ihm eingenistet: Ich schenke ihr einen neuen. Einen Schlüssel, der wie ein Schmuckstück zu tragen ist. Die Kette, um ihn um den Hals zu tragen, besaß er ja von der Mutter, doch die Groschen, die ihm Longus für seine Zeichnung zahlen wollte, hatten den Ausschlag gegeben. Nun sollte er genug Mittel zur Verfügung haben, um bei Peter Aurifaber am Benediktsplatz einen neuen Schlüssel anfertigen zu lassen. Es mochte ein verrückter Plan sein. Ebenso verrückt, wie sich weit nach Mitternacht noch einmal heimlich hinab in die Küche zu stehlen, um dort beim schwachen Schein der Herdglut auf dem letzten, kostbaren Stück Palimpsest, das er noch besaß, eine weitere Zeichnung anzufertigen, die der ersten aufs Haar zu gleichen schien.

Nur er selbst sah, dass dieses junge Mädchen an der Harfe nicht Naomi war. Es war einfach nur eine schöne Frauengestalt, namenlos und ohne jede Bedeutung. Longus, dessen war er gewiss, würde den Unterschied nicht erkennen. Und er hatte Recht behalten. Als er dem Ratsherren am nächsten Morgen die Zeichnung in seinen Hof nahe der Dominikanerkirche gebracht hatte, hatte dieser die Zeichnung flüchtig betrachtet und noch einmal sein Talent gelobt. Den Betrug hatte er nicht entdeckt.

Nun, da Naomi vor ihm stand und ihm das Herz bis zum Hals schlug, wusste er, dass alles, was er getan hatte und tun würde, nicht nur verrückt war, sondern zugleich richtig. Dennoch war es jetzt, da sich die Gelegenheit bot, ihr den Schlüssel zu geben, viel schwerer, als er es sich ausgemalt hatte. Was, wenn sie sein Geschenk nicht annahm? Vielleicht sollte er besser noch warten? Das Chanukkafest dauerte schließlich noch vier weitere Tage. Vielleicht ließ es sich einrichten, sie mit Jakob gemeinsam anzutreffen. Schließlich hatte er auch für den Freund ein Geschenk. Er brannte darauf, Jakob die Zeichnung seines Traumes zu zeigen: die Verwandlung des Schlachters in einen Gelehrten.

Und doch musste er eine Entscheidung treffen. Sie konnten hier nicht einfach stumm nebeneinanderstehen. Entweder verabschiedete er sich und kehrte zur Arbeit zurück – oder er wagte es. „Konntest du an jenem Abend doch noch in der Synagoge spielen?"

Naomi blickte ihn überrascht an, als wäre sie erstaunt, dass er noch an ihren Verlust dachte. Sie nickte. „Ja, ich habe deinen Rat befolgt und habe Meravs Schlüssel kurz vor Schabbatbeginn in die Synagoge gebracht. Aber es war mir nicht wohl dabei, ihn dort zu lassen. Ich werde wohl so bald nicht mehr spielen, nun, da ich keinen eigenen Schlüssel mehr habe."

Merten holte tief Luft. Eigentlich konnte er nichts verlieren. Schließlich gab es nichts zu gewinnen. Mit zitternden Fingern griff er nach der Halskette und zog den kleinen silbernen Schlüssel unter seinem Kittel hervor. Wortlos nahm er die Kette ab und streifte sie ihr vorsichtig über den Kopf. Seine Hand berührte ihr weiches Haar. Naomi schoss das Blut in die Wangen. Ehe sie etwas sagen konnte, begann Merten zu sprechen. Die Worte überstürzten sich, er war sich nicht sicher, ob Naomi begreifen konnte, was er ihr sagen wollte. „Kennst du die Geschichte des Heiligen Franz von Assisi? Als er sich entschloss, ein einfacher Bettelmönch zu werden und die Schwester Armut zu ehelichen? Damals hat er sich auf dem Rathausplatz seiner Heimatstadt in aller Öffentlichkeit seiner kostbaren Kleider entledigt. Sie waren tatsächlich kostbar, war doch sein Vater einer der reichsten Tuchhändler dieser Gegend. Er wollte Ernst machen mit dem Evangelium Christi. Denn dort heißt es doch, dass eher ein Kamel durch ein Nadelöhr geht, als dass ein Reicher ins Himmelreich kommen kann." Merten sah Naomi nicht an, als er fortfuhr: „Mein Vater ist kein reicher Tuchhändler, und es gibt nicht viel, was ich mein Eigentum nennen kann. Aber wenn ich wirklich ins Kloster gehen möchte, ein Bettelmönch werden, dann sollte ich, so dachte ich mir ..."

Er hielt hilflos inne. Naomis Wangen brannten. Den Schlüssel hielt sie behutsam in ihrer Rechten umschlossen, als sei er ein kleiner Vogel, den sie in ihrer Hand bergen wollte. Merten schluckte, dann fuhr er fort. „Ich dachte mir, dass es gut wäre, wenn du wieder in der Synagoge spielen könntest. Mit einem Schlüssel, den du bei dir tragen kannst, auch am Schabbat. Und was wäre mir Geld oder Schmuck nütze, wenn ich in den Klosterstand trete?"

Naomi schwieg noch immer. „Aber selbst, wenn ich nicht ins Kloster ginge, soll es einfach eine Chanukkagabe sein, eine – ich habe das Wort vergessen. Aber wenn du ihn nicht annehmen möchtest ..."

Jetzt hob Naomi den Kopf. In ihrem Blick las Merten seine eigene Freude und seine eigene Traurigkeit. *„Mischloach Manot",* sagte sie leise. „Er ist wunderschön. Ich werde ihn immer in Ehren halten. Jeder Ton, den ich auf der Harfe spielen werden, wird mich an dich erinnern. Selbst wenn wir nicht mehr jeden Tag auf die gleiche Gasse hinaustreten und im selben Hof wohnen."

Naomi schob ihren wollenen Überwurf zur Seite und ließ den Schlüssel unter ihr Kleid gleiten. Für den Bruchteil eines Augenblicks sah Merten nahe an ihrem Halsausschnitt etwas aufblitzen. Ohne Vorwarnung, wie eine gewaltige Woge, kam die Erinnerung zurück. Der Ring. Der Ring aus Gras. Er hätte es niemandem begreiflich machen können und doch war es die

Wahrheit: Er hatte den Ring all die Jahre vergessen. Er hatte all die Jahre an ihn gedacht.

Naomi mochte nichts von seiner Entdeckung bemerkt haben. Und er mochte nicht darüber nachdenken, was sie bedeutete.

Das Mädchen legte ihm für einen kurzen Augenblick die Hand auf die Schulter. „Möchtest du noch ein Wort lernen? Denn besser kann ich dir nicht sagen, wie dankbar ich dir bin. *Hakarat hatov.* Das bedeutet: Das Gute erkennen. Nichts für selbstverständlich halten. Merten, du hast das Gute für mich getan. Wie könnte ich dein Geschenk zurückweisen? Was könnte ich anderes in ihm erkennen als das Gute?"

14. KAPITEL

MERTEN

Dominica, 14. Dezember 1348, Bertholdstag
Jom Rischon, 14. Tebet 5109

DIE HERBERGE DER SEELE

Merten stand an der kleinen Fensteröffnung, die zur Krautgasse wies. Hinter ihm kniete die kleine Schwester auf den Dielen und spielte mit dem Holzpferd, das er ihr an einem der langen Sommerabende geschnitzt hatte. Sie summte ein Lied vor sich hin. Leise und monoton, immer und immer wieder dieselben Töne, in endloser Folge.

Er versuchte, einen Blick auf ein Stück Himmel zu erhaschen. Seit sieben Tagen schien die Stadt unter einer Decke aus Blei zu liegen. Es gab keine Tageszeiten – nur die Dunkelheit der langen Winternächte und jenes seltsam lichtlose Licht, das die Terz ebenso erscheinen ließ wie die Sext, die Non ebenso wie die Vesper. Niemand außer ihm schien zu merken, dass die Zeit selbst aus Blei war, denn das Leben im Quartier nahm seinen Lauf, die Glocke von St. Benedikt verkündete die verrinnenden Stunden. Ein Teil von ihm nahm Teil an dieser Geschäftigkeit, erfüllte die Aufgaben, die man ihm auftrug, aß, trank und schlief. Ein anderer Merten jedoch saß dort drüben im anderen Flügel des Hofes. Ein Teil von ihm saß neben Jakob und Naomi auf dem blanken Boden ihrer Stube. Er verließ das Haus nicht, um zu beten oder zu arbeiten. Er saß nur da und fühlte, wie er darauf wartete, dass der Schmerz in seiner Brust kleiner werden würde. Ihm war, als könne er am eigenen Leib die Kälte spüren, die durch die Haustür drang, die in den Tagen der Trauer nicht verschlossen werden durfte.

Beinahe teilnahmslos hatte er in den vergangenen Tagen oben von seiner Hofseite aus die Besucher beobachtet, die durch diese

offene Tür eintraten. Es verging kein Tag, an dem Simson und
Merav nicht den Michaelshof aufsuchten. Manchmal kamen die
Besucher allein, oft waren sie zu mehreren. Einige von ihnen
kannte er aus der Nachbarschaft, andere hatte er noch nie zuvor
gesehen. Er hatte nicht gewusst, welch bedeutsame Persönlich-
keit Michael von Hanau für seine Gemeinde gewesen sein musste.
Viele hatten Körbe oder andere Behältnisse bei sich. Aber Merten wusste, dass die Lebensmittel nicht das Wichtigste waren,
was die Gäste ins Haus trugen.

Er stützte den Kopf gegen die Fensterleibung. Der Himmel
und die Zeit waren aus Blei. Auch er selbst fühlte sich schwer
wie Blei. Nur in seinem Kopf herrschte unerträgliche Eile. Tausend Gedanken, Erinnerungsfetzen und Bilder drängten sich,
rangen miteinander, übertönten sich. ‚Und wenn ich unrecht
schwöre, möge mich die Erde verschlingen.‘ Naomis Gesicht,
wie sie lächelte, wenn sie von ihrem Vater sprach: ‚Und meinem
Vater war es recht.‘ ‚Erfurt ist sein Jerusalem. Hier möchte er
sterben.‘ ‚Vielleicht wäre es das Wichtigste, dass Naomi versorgt
ist, wenn unserem Vater etwas zustößt.‘

Gerade verließ Samuel, der in der großen Straße im Hof des
Abraham wohnte, das Trauerhaus. Merten schloss die Hände so
fest um das Fenstersims, dass die Knöchel weiß hervortraten.
Wäre er nur einer von ihnen. Wüsste er nur, welche Worte zu
sprechen waren, welche Segenswünsche, welche Gebete. Wann
er zu reden hatte und wann zu schweigen. Aber er kannte die
Sprache nicht. Er war einer von den anderen. Und doch wusste
er, dass Naomi und Jakob auf ihn warteten.

Mit einem Mal spürte er Elisabeths kleine Hand, die sich in
die seine schob. Er hatte nicht einmal bemerkt, dass sie ihr Spiel
unterbrochen hatte und zu ihm ans Fenster gekommen war.
Merten schaute zu ihr hinab. Ihre dunklen Augen suchten fragend und bekümmert die seinen. Er hätte sie so gerne auf den
Arm genommen, aber seit sie so groß geworden war, wagte er es
nicht mehr, aus Angst, sie nicht festhalten zu können. Elisabeth
zog sanft an seiner Hand und er ließ sie gewähren. Er setzte sich
neben sie auf die Holzdielen und zog sie auf den Schoß. Eine
ganze Weile hielt er sie stumm umschlungen. Schließlich löste
sich Elisabeth aus seiner Umarmung. „Unsere Mutter ist auch
gestorben. Aber wir haben einen Vater. Und eine neue Mutter.“

Elisabeth spielte mit einer seiner Haarsträhnen, die ihm in den Nacken fielen. Plötzlich hellte sich ihr Gesicht auf. „Aber sie sind schon groß." Die kleine Schwester legte den Kopf schief, als warte sie auf eine Antwort, eine Bestätigung.

Merten streichelte ihr über das helle Haar. Er schluckte. „Ja, sie sind schon groß. Aber das macht das Traurigsein nicht kleiner." Elisabeth löste sich aus seiner Umarmung und lief durch die Stube. Mit dem kleinen Pferdchen in der Hand kam sie zu ihm zurück. „Sie bringen ihnen Sachen, den ganzen Tag. Du solltest auch hingehen und ihnen etwas bringen."

Merten sah Elisabeth an. Gegen seinen Willen musste er lächeln. Es war offensichtlich, dass sie ihn am liebsten an seinem Kittel gezerrt hätte, um ihn dadurch zum Aufstehen zu drängen. Mühsam erhob er sich. Vielleicht hatte es keinen anderen Weg gegeben, als diese sieben Tage aus Blei zu ertragen. Aber heute am Morgen des siebten Tages endete die Trauerzeit, in der Naomi und Jakob das Haus nicht verlassen durften. Mit einem Mal hatte er das Gefühl, keinen Moment länger warten zu dürfen. Er schickte Elisabeth hinunter zur Stiefmutter in die Küche und ging dann ebenfalls langsam die schmale Stiege hinunter. Seine Beine zitterten.

Als er aus dem Haus auf die Gasse trat, kam leichter Wind auf. Noch immer lag der Himmel wie eine schwere Last über den Dächern der Stadt, und doch hatte Merten das Gefühl, als habe die Zeit ihren Lauf zurückgewonnen. Als er sah, dass die Haustür der Geschwister verschlossen war, zögerte er kurz. Er war bereit. Aber zuvor musste er noch einen Gang tun. Merten schlug den Mantelkragen hoch. Er musste sich Zeit lassen. Er schlug den langen Weg über den Kreuzsteg in Richtung des Augustinerklosters ein. Die Gassen waren nicht vereist, er kam gut voran. Als der schmale Dachreiter des Klosters vor ihm auftauchte, bog er ab und wählte den Weg durch die Wallengasse. Nur wenig Menschen waren hier am Feiertag um diese Stunde unterwegs. Er überquerte den Fluss an der Stelle, an der sich die Gera in zwei Arme teilte, um schließlich jenseits der Mauern wieder zusammenzufinden zu einem immer mächtiger anschwellenden Strom. Bald würde das Moritztor vor ihm liegen, durch welches er die Stadtumfriedung verlassen konnte. Dahinter, auf einem schmalen, lang gestreckten Streifen, lag, im Schatten der Stadtmauer, zwischen Moritztor und Andreastor, der Friedhof der Juden.

Merten war nicht zum ersten Mal an diesem Ort. Jakob hatte ihn einmal, am Jahrestag des Todes seiner Mutter, mit zum Friedhof genommen. Es war ein Frühlingsabend gewesen. Hell und durchsichtig hatte der Himmel über der Stadt gelegen, der Duft der blühenden Linden hatte sie eingehüllt. Der Freund hatte ihm damals die Grabstätte seiner Mutter gezeigt.

Merten stand zögernd am Eingangstor des Friedhofes. Keine Menschenseele war zu sehen. Kein Laut war zu hören. Ob er das Grab von Recha wiederfinden würde? Dort drüben stand eine Gruppe von Birken, an die er sich zu erinnern meinte. Dort musste das Grab sein. Merten ging zwischen den Grabhügeln hindurch. Die kahlen Zweige der Bäume hingen wie ein Vorhang auf Rechas Grabstein hinab. Merten betrachtete die fremdartigen Schriftzeichen. Jakob hatte ihm die Inschrift vorgelesen, die Michael von Hanau für seine geliebte Frau gewählt hatte. Das meiste hatte Merten vergessen. Doch manche der Worte hatten sich ihm ins Gedächtnis eingebrannt. *Im Garten Eden möge ihre Ruhe sein, Herberge ihrer Seele. Wohin sie geht, ist sie eine Perle. Ich bin verbannt, doch meine Seele ist heiter.*

Er warf einen letzten Blick auf Rechas Grab. Ohne nachzudenken, tat er, was Jakob damals getan hatte. Er las einen Stein vom Boden auf und legte ihn auf das Grabmal. Dann ging er hinüber zu dem einzigen frischen Grab, dessen dunkler Erdhügel weithin zu leuchten schien. Der Wind hatte an Stärke zugenommen und wehte ungehindert von Norden auf das Gräberfeld. Er zerrte an seinem Mantel, er trieb die Wolken auseinander. Merten kauerte sich hinab und berührte die noch frische Erde mit seinen Händen. Sie war nicht gefroren. Als er sich bekreuzigte, fühlte er, wie die Tränen in ihm aufstiegen. Er wusste nicht, um wen er weinte. Um seine Mutter? Um Michael von Hanau? Um Naomi und Jakob? Eine lange Zeit saß er dort und rührte sich nicht. Seine Hand hielt den Rosenkranz umschlossen, den er in seiner Tasche trug. Schließlich richtete er sich auf. Jetzt war er bereit.

15. KAPITEL

JAKOB

Jom Scheni, 14. Shebat 5109
Dies Lune, 12. Januar 1349

GIFT

Es dämmerte bereits, als Jakob sich auf den Weg machte. Kaum jemand war noch auf den Gassen unterwegs. Der eisige Wind, der seit vielen Tagen aus Nordost wehte, trieb die Menschen in ihre Häuser.

Vor fünf Tagen war die *Sch'loschim* zu Ende gegangen. Sein Haar war in diesen dreißig Tagen gewachsen, ebenso sein Bart. Nun hatte das Trauerjahr begonnen, das bis zum ersten Jahrzeittag dauern würde. Jeden Morgen würde er nun das Kaddisch für den Vater sprechen. Es fiel ihm schwer, sich an die einzelnen Tage dieses vergangenen Monats klar und deutlich zu erinnern. Aber er wusste, wie er begonnen hatte: mit jenem Besuch von Merten. Um die Mittagszeit, am letzten Tag der *Schiv'a*, hatte er plötzlich in ihrer Stube gestanden. Sie hatten kein Wort miteinander gesprochen. Der Freund hatte ihn stumm in den Arm genommen, und er hatte sich an ihm festgehalten.

In diesem Augenblick hatte er den Mut gefunden, noch einmal alles Geschehene in sich wachzurufen. Wie der Vater während der letzten Tage des Chanukkafestes das Lager nicht mehr verlassen konnte. Wie er nach Rabbi Alexander gerufen hatte und dieser gekommen war, gemeinsam mit Onkel Simson und sieben weiteren Männern aus der Gemeinde. Als es zu Ende ging, hatten sie gemeinsam für den Vater jene Worte gesprochen, die er selbst nicht mehr zu sprechen vermochte: *Gott ist in mir, ich fürchte mich nicht. Höre Israel, Gott unser Herr, Gott ist ein einiger, einziger Gott.*

Sie hatten ihn in seinen Gebetsmantel gehüllt, von dem Naomi die *Atara* und die *Zizijot* abgeschnitten hatte. Zu Lebzeiten hatten jene Verzierungen den Vater an die Gebote des HÖCHSTEN erinnern sollen. Er bedurfte ihrer nicht mehr. Noch einmal schien der lange Zug der Trauernden an ihm vorüberzuziehen, der den Sarg durch die Michaelisstraße bis zum Moritztor begleitet hatte. Naomi an seiner Seite, ihre kalte Hand in der seinen.

Jakob trat aus der Krautgasse auf den Benediktsplatz. Ein blasser, abnehmender Mond stand über der Pfarrkirche, die den Platz nach Osten begrenzte. Die Pflastersteine, die in sanftem Schwung die Krämerbrücke hinaufführten, lagen unter einer dünnen Schneedecke, die vom Wind verweht wurde. Durch die enge Quartiersgasse kamen ihm ein paar Betrunkene entgegen. Jakob trat rasch in den Schatten des Kirchenportals und wartete, bis die grölenden Männer in die Michaelisstraße eingebogen waren. Er blickte hinauf zum Obergeschoss des Hofes Bendel. Ein schwacher Lichtschein drang durch die beiden kleinen Fenster hinaus auf den Platz. Jakob beschleunigte seine Schritte. Der Onkel erwartete ihn sicher schon. Aber es war ihm heute Abend schwergefallen, Naomi mit Marei zurückzulassen.

Vorsichtig tastete er sich die dunkle Treppenstiege nach oben. Als er die Tür zu Simsons Werkstatt öffnete, schloss er für einen Moment geblendet die Augen. Merav musste alle im Haus verfügbaren Lampen in die Werkstatt gebracht und entzündet haben. Jetzt sah er, dass seine Verwandten nicht allein waren. Rabbi Alexander stand über den Arbeitstisch des Onkels gebeugt und schien in einem Brief zu lesen. Ein niedriges Tischchen und vier Hocker standen in der Mitte des Zimmers bereit.

Die Tante kam ihm ein paar Schritte entgegen und schloss ihn warm in die Arme. „Setz dich zu uns, Jakob."

Simson wies mit einer Handbewegung auf einen der Hocker. Seit der Vater tot war, fiel ihm auf, wie ähnlich der Onkel seinem Bruder war. Simson setzte sich. „Du wunderst dich vielleicht, warum ich dich gebeten habe, heute allein zu uns zu kommen, ohne Naomi. Und warum ich Rabbi Alexander ebenfalls zu dieser Unterredung gebeten habe."

Jakob blickte ein wenig scheu seinen verehrten Lehrer an, der sich nun ebenfalls zu ihnen setzte. Für den Bruchteil eines Augenblicks kam die Erinnerung zurück. Wie er damals als Knabe im Morgengrauen des ersten Festtages des Wochenfestes auf den Schultern des Vaters zur Synagoge getragen worden war. Fest eingehüllt in dessen bergenden Mantel war er wie blind ge-

wesen. Er hatte nur den Schwung der väterlichen Schritte gespürt, er erinnerte sich an die gedämpften Geräusche der Straße,
die bergende Dunkelheit. Dann, in der Synagoge, hatte der Vater
ihn aus dem Mantel gehüllt und auf den Schoß des Rabbis gesetzt. Auch damals hatte es einen Augenblick gedauert, bis sich
seine Augen an die Helligkeit gewöhnt und er Alexander erkannt
hatte. Der Rabbi hatte eine Schiefertafel in den Händen gehalten. Langsam und bedächtig hatte er die Buchstaben des Alphabetes vorgelesen und er, Jakob, hatte sie ihm nachgesprochen.
Alexander hatte ein wenig Honig auf die Tafel geträufelt und er
hatte davon gekostet. Die Süße der Thora hatte auf seiner Zunge
gelegen.

Rabbi Alexander lächelte ihm zu, aber er schwieg. Einen Augenblick war es still in der Werkstatt. Dann fuhr Simson leise fort:
„Dein Vater hat kurz vor seinem Tod mit dir über Naomis Bräutigam gesprochen. Über seine geplante Reise nach Würzburg, wo
er nicht nur Joslin, sondern auch dessen Schwester Meitin aufsuchen wollte, die er dir zur Frau bestimmt hat. Auch wollte er
mit dem Vater der beiden, mit Meravs Cousin, wegen deines Stu-
diums bei Rabbi Moshe ha-Darshan sprechen."

Ein schwerer Atemzug hob Simsons Brust. Merav, die schweigend zugehört hatte, nahm die Hand ihres Mannes und drückte
sie rasch. „Ich hatte ihm versprochen, ihn zu begleiten. Nun werde ich allein reisen. Rabbi Alexander und ich haben bereits darüber gesprochen – es gibt viele Gründe, warum ich mit meinem
Aufbruch nicht mehr lange warten sollte. Gleich nach Purim,
wenn die Witterung es erlaubt, werde ich mich auf den Weg
machen." Jakob sah den Onkel fragend an. „Du möchtest wissen,
warum du und Naomi nicht gleich mit mir reist? Ob das nicht
das Einfachste wäre?" Simson sah nachdenklich zu Rabbi Alexander, als könne dieser Jakobs unausgesprochene Frage besser
beantworten als er selbst.

Die Stimme des Rabbiners klang so ruhig wie stets, als er sich
nun direkt an Jakob wandte: „Dein Vater hat mit dir über seinen
Wunsch für Naomi und dich gesprochen. Er wusste seit vielen
Wochen, dass seine Stunde nah war. Das Einzige, was ihn
schmerzte und beunruhigte, war der Gedanke an euer Geschick.
Seit jener ungerechtfertigten Anklage gegen ihn durch den Pleban
von St. Benedikt hat euer Vater nicht mehr daran glauben können,

dass für seine Kinder in dieser Stadt ein Leben in Frieden und ohne Angst möglich sein würde. Er fürchtete, man werde gegen euch noch unbarmherziger vorgehen. Er selbst, das hat er mir in den letzten Wochen immer und immer wieder gesagt, er selbst wolle hier sterben, sei es einen friedlichen oder einen gewaltsamen Tod. Er könne seine Heimatstadt nicht verlassen. Und dennoch hatte er den inständigen Wunsch, euch in Würzburg zu wissen, aufgehoben und behütet bei Meravs großer Verwandtschaft. Ich habe ihn damals, im Spätsommer, in diesem Wunsch bestärkt. Auch ich sehe das Unheil, das sich über unseren Häuptern hier in Erfurt zusammenzieht."

Der Rabbi schwieg. Seine Hände spielten wie abwesend an der kleinen Öllampe, die vor ihm auf dem Tischchen stand. Die Schatten an den Wänden begannen zu tanzen. Als er wieder aufblickte, waren seine Augen dunkel: „Aber es mag sein, dass sich der Wunsch deines Vaters nicht erfüllt. Jakob, wir sitzen in der Falle. Wir wissen nicht, ob Simson noch sicher nach Würzburg gelangen kann. Wir wissen nicht, ob Naomi und du die Stadt gefahrlos verlassen könnt. Aber ebenso wenig wissen wir, wie lange Erfurt selbst noch ein sicherer Ort für uns ist."

Jakob suchte den Blick des Onkels. Aber Simson hielt den Kopf gesenkt und streichelte nur wortlos Meravs Hand, die in der seinen lag.

„Ich habe Nachrichten", fuhr Alexander leise fort, „sie kommen aus dem Süden. Am Schabbat vor dem Chanukkafest gab es einen Angriff auf die Gemeinde in Augsburg. Dann, wenige Tage nach Chanukka, in zwei weiteren Städten, weiter im Westen: in Reutlingen und Lindau. In Augsburg hat man über hundert Juden erschlagen, weil ein Mann, Heinrich Portner, die Leute dazu angestachelt hat. Er muss hoch verschuldet gewesen sein." Alexander lachte bitter. „Wie heißt es doch: ‚Ein toter Hund bellt nicht mehr.'"

Jakob konnte nicht mehr an sich halten. „Ist es nur wegen der Schulden? Immer gibt es doch Menschen, die hoch verschuldet sind – sei es nun bei einem jüdischen oder christlichen Schuldner!"

Rabbi Alexander schüttelte langsam den Kopf. „Nein. Du hast recht. Diesmal ist es wohl noch etwas anderes. Etwas Schlimmeres. Nicht Geldnot. Todesangst." Der Rabbi stand auf und trat an Simsons Arbeitstisch. Er nahm ein zusammengefaltetes Schreiben in die Hand und kehrte dann zu den anderen zurück. Seine Hand, die das Papier hielt, zitterte beinahe unmerklich.

„Du hast sicher gehört, Jakob, dass im Süden des Reiches und in vielen unserer Nachbarländern die Pest wütet. Auf der Suche nach den Schuldigen hat man wohl einige Synagogenmitglieder gefangen gesetzt. Man hat sie gefoltert. Unter der Folter haben sie Dinge gestanden, nein, Jakob, nicht gestanden, geschrien. Ein spanischer Jude habe gemeinsam mit einem Rabbiner aus der Grafschaft Savoyen ein Gift gebraut. Und das hätten sie an die Juden in allen Ländern verteilt. Damit sollen wir Juden die Brunnen vergiftet und die Pest über das Land gebracht haben."

„Aber Rabbi Alexander", begehrte Jakob auf, „auch wir Juden trinken doch aus den Brunnen der Städte!"

„Oh, es gibt für alles eine Erklärung, und für jede erzwungene Erklärung gibt es eine Foltermethode. Ein Mann aus der Gemeinde Freiburg muss gestanden haben, ein Jude aus Ihringen habe eigens die Reise nach Jerusalem angetreten, um dort ein Gift zu erhalten, das so beschaffen sei, dass es für Christen tödlich, für Juden jedoch völlig unschädlich sei."

Jakob starrte seinen Lehrer an. Er musste sich mühen, das in ihm aufsteigende, verzweifelte Gelächter zu bezwingen. Gleich würde er anfangen zu lachen, und alle würden in sein Lachen einstimmen. Gleich. Er spürte, wie seine Kehle trocken wurde. Simson nahm seine Hand. Bitterkeit schwang in seiner Stimme, als er sagte: „Wer könnte glauben, dass wir, denen jeder Umgang mit Blut streng untersagt ist, die Kinder von Christen fingen und töteten, um ihr Blut für unser Pessach-Mahl zu verwenden? Jakob – du solltest es begriffen haben. Diese Geschichten benötigen keine Erklärungen, keinen Sinn. Sie benötigen nichts anderes als Angst. Wenn sie einmal in der Welt sind, *sind* sie die Welt."

„Aber warum sollten wir unsere christlichen Nachbarn dem Tod durch die Pest anheimgeben? Warum sollten wir sie vergiften wollen?" Jakob war es, als stünde er neben sich und hörte sich selbst zu. Schlüpfte er nun mit einem Mal in jene Rolle, die damals im Herbst Merten eingenommen hatte? Die Rolle desjenigen, der sich weigert, an die Ungeheuerlichkeiten zu glauben? Und auf diese Weise glaubte, er könne die Ungeheuerlichkeiten durch sein Nichtglauben wieder aus der Welt schaffen?

Alexander sah auf den Brief in seiner Hand. „Oh, es ist alles bewiesen und äußerst stichhaltig. Zwar kenne ich nicht viele Mitglieder der Synagoge, die Latein beherrschen, aber seltsamerweise muss ein Glaubensbruder in Lausanne – noch dazu unter der Folter – ein grammatikalisch vollkommen richtiges Latein beherrscht haben. Denn angeblich habe er zu Protokoll gegeben, die Juden hätten sich gerüstet *ad interficiendam et destruendam totam legem Christianam ... das ganze christliche Gesetz umzubringen und zu zerstören.*“ Der Rabbi schüttelte den Kopf. „Auch wenn ich das große Glück hatte, Latein zu erlernen, ich hätte einen solchen Satz unter diesen Umständen nicht zu Wege gebracht, es sei denn, der Inquisitor hätte ihn mir zuvor Wort für Wort diktiert, ehe der Protokollant meiner Folterung ihn hätte zu Papier bringen können.“ Er verstummte.

Endlich sprach er weiter: „Jakob, danach hat man natürlich die Häuser sämtlicher jüdischer Ärzte durchsucht. Bei wem sollte man auch sonst ‚Gift‘ suchen und fündig werden? Jedes Mittel, das auch nur irgendwie verdächtig schien, ist ein weiteres Glied in der Kette der Beweise. Und so verbreitet sich nicht nur das Todesurteil der Pest nordwärts. Ebenso rasch läuft auch das Todesurteil der Verleumdung. Und nach jeder Wegbiegung ist diese Verleumdung noch farbiger, noch mehr dazu angetan, Furcht und Schrecken zu verbreiten. Juden hätten dieses Gift zunächst an Schweinen und Hühnern erprobt. Sehr glaubhaft, nicht wahr? Kennst nicht auch du Leute unter eurer Kundschaft, die unter rätselhaften Umständen über Nacht ihre Tiere verlieren?“

Alexander war aufgestanden und begann, im Zimmer auf und abzugehen. Jakob saß reglos auf seinem Platz. Er sah, dass seiner Tante Tränen über die Wangen liefen. Sie gab keinen Laut von sich. Jakob hätte gewünscht, dass sie geschluchzt hätte, geschrien.

„Vielleicht mag es für einige von uns Hoffnung geben. In diesem Schreiben, das mich aus Frankfurt erreicht hat, heißt es ganz am Ende, dass man aus Basel gehört habe, der Rat habe sich schützend vor die Juden der Stadt gestellt und einige Adlige, die sie angegriffen hatten, aus der Stadt verwiesen. Der Zerstörung des Basler Friedhofs jedoch ...“, Rabbi Alexander blieb stehen und schwieg. Er legte Jakob schwer eine Hand auf die Schulter. Jakob wusste, wie der Satz enden würde. Aber er wollte ihn nicht hören. Dort, eng an die Stadtmauer geschmiegt, lag sein Vater im *Bet-olam*. Im Haus der Ewigkeit. „Der Zerstörung des Friedhofs kurz vor dem Weihnachtsfest hat der Rat keinen Einhalt geboten."

„Vielleicht ist dieser Frevel nachts verübt worden? In aller Heimlichkeit?", wandte Simson so zögerlich ein, als könne er es selbst nicht glauben. Dann straffte er den Rücken. „Ich will die Hoffnung nicht aufgeben, dass der Rat sich hier ebenso entschieden zu seiner Pflicht bekennt, die jüdischen Mitbürger zu schützen. So wie es in Basel geschehen ist. Und ich will glauben und hoffen, dass es für dich und Naomi in Würzburg eine friedliche und glückliche Zukunft geben kann." Jakob sah den Onkel an, und unwillkürlich musste er an das denken, was Alexander am Anfang gesagt hatte: ‚Wir sitzen in der Falle. Wir wissen nicht, ob Simson noch sicher nach Würzburg gelangen kann.'

Er bemühte sich, dem Zittern in seiner Stimme Herr zu werden. „Aber wenn es so gefährlich ist, zumal im Süden, wie könnte ich es zulassen, Onkel, dass du allein die sicheren Stadtmauern verlässt? Dass du dich auf eine solch lange und gefährliche Reise begibst – um unseretwillen!"

„Es wäre nicht nur Michaels Wunsch. Auch ich bitte dich, hierzubleiben und Merav und Naomi zu beschützen. Auch möchte ich Merav nicht ohne Beistand wissen. Du kannst und darfst sie nicht allein lassen, nur um mich zu begleiten. Und Naomi können wir in dieser Lage den Gefahren einer Reise nicht aussetzen. Alle Welt kennt den Hass des Thüringer Landgrafen auf uns Juden. Wenn, dann sind wir in den kommenden Monaten am ehesten noch hier, in unserer Heimatstadt, unter dem Schutz des Rates und des Mainzer Bischofs, in Sicherheit. Vielleicht. Aber ich werde mich beeilen und ich werde Joslins Vater darum bitten, dass er mir auf meiner Rückreise so viel Männer zum Geleit mitgibt, dass ich euch, wenn ihr euch gen Würzburg aufmachen werdet, in sicherer Obhut wissen darf."

Er lächelte Jakob zu. „Nach Purim werde ich aufbrechen. Wenn alles gut geht, Jakob, feiert ihr Pessach in diesem Jahr schon in der neuen Heimat.

16. KAPITEL

Jom Rischon, 18. Adar 5109
Dominica „Exsurge", 15. Februar 1349

KUMMER IN FREUDE, DIE TRAUER ZUM FEST

Kurz nach Sonnenaufgang hatten sie sich auf den Weg gemacht. Auch wenn der Himmel noch verhangen und dunstig war, schien es ein sonniger Tag zu werden. Jakob nahm wortlos Naomis Hand. Seit sie Simson und Merav am Eingang der Quartiersgasse getroffen hatten, hatten sie nur wenige Worte miteinander gewechselt. Aus der Martinikirche auf dem Fischmarkt drang der Gesang der Frühmette. *Wache auf, Hüter Israels, schlafe nicht!* Jakob fühlte, wie sich etwas in ihm zusammenzog.

Immer wieder hatten Rabbi Alexander, Simson und er die Route durchgesprochen, die nun vor dem Onkel lag. Am sichersten, so hatte Alexander gemeint, war es wohl, auf der *Via Regia* zu reisen. Hier lagen die einzelnen Wegstationen aufgereiht wie auf einer Perlenkette. Simson sollte es gelingen, jeden Tag eine Etappe zu bewältigen und immer wieder sichere Unterkunft zu finden. Außerdem waren hier sogar in dieser Jahreszeit viele Reisende unterwegs. Jakob schluckte. Dies konnte einen gewissen Schutz bedeuten. Oder das Gegenteil. Auch für Christen barg eine solch lange Reise unzählige Gefahren. Aber für einen allein reisenden Juden war es ungleich gefährlicher. Jakob kannte Geschichten, in denen jüdische Reisenden umgebracht worden waren, weil sie den Forderungen nach Spielwürfeln nicht nachkommen konnten! Doch es hatte keinen Sinn, sich alle Gefahren auszumalen, die Simson begegnen konnten. Wenn alles gut ging, würde der Onkel heute Abend in Gotha ankommen. In der nahe am Marktplatz gelegenen Judengasse würde er ein sicheres Nachtquartier erhalten.

Sie hatten die Allerheiligenkirche hinter sich gelassen, und nun lag der weite Platz unterhalb des Domes vor ihm. Simson blieb stehen. Jenseits der schmalen Talschneise, die zwischen Domberg und Petersberg hindurchführte, lag bereits das Lauentor. Die Morgensonne war über der Gera aufgegangen und zeichnete die Umrisse der gewaltigen Kirchen und des mächtigen Klosters dunkel gegen den hellen Himmel.

Jakob sog die kalte Morgenluft tief in seine Lungen. Er wünschte sich, die Ängste abschütteln zu können, die ihn jede Nacht heimsuchten. Vor allem in den Nächten des Purimfestes hatte er oft viele Stunden keinen Schlaf gefunden. Auch wenn es ihnen trotz der Trauer um den Vater erlaubt gewesen wäre, an der übermütigen Ausgelassenheit des Festes teilzuhaben, hatten sie sich dieses Jahr von den Feiern ferngehalten. Freilich hatte die Schwester sich, wie es Pflicht und Brauch war, auch in diesem Jahr um die Gaben für die Bedürftigen gekümmert. An den Spielen und den Trinkgelagen, mit denen die gleichaltrigen Burschen wie jedes Jahr zu Purim die wundersame Errettung vor der Auslöschung feierten, hatte Jakob nicht teilzunehmen vermocht. Er hatte die Männer auf den Gassen gehört: „Verflucht sei Haman!" In diesem Jahr hatten die Jubelrufe seine Sorgen und Ängste nur verstärkt.

Er wusste, wie töricht und unsinnig es war, und doch hatte sich seiner seit jenem Abend in der Werkstatt des Onkels, an dem Alexander von den Ereignissen in Basel berichtet hatte, ein Gedanke bemächtigt: Wenn den Juden in Basel kein Leid geschieht – wenn ihnen nichts geschieht, dann gibt es auch Hoffnung für uns ...

Es war anders gekommen. Kurz vor Purim hatte Rabbi Alexander noch einmal einen Brief aus dem Süden erhalten. Diesmal kam er aus Worms. Nur einen Tag nachdem er ihnen von seiner Hoffnung erzählt hatte, der Rat würde die Gemeinde in Basel beschützen, am 18. Schebat, hatte man die Basler Juden auf einer Insel im Rhein zusammengetrieben, in eine Holzhütte, die eigens dafür errichtet worden war. Der Rat hatte tatenlos zugesehen, als das Volk und die Anführer, unter ihnen etliche Adlige, die Hütte in Brand gesteckt hatten. Wie viele Menschen dort im Feuer erstickt waren, wusste man nicht. Aber das Verbrechen hatte zahlreiche Nachahmer in den benachbarten Städten gefunden.

Rabbi Alexander hatte geweint, als er ihnen den Brief vorgelesen hatte. Vielleicht waren es jene Tränen, die ihn so sehr erschreckt hatten, dass die Bilder in seinem Kopf begannen, ihn auch des Nachts heimzusuchen. Von den Kindern, deren Eltern man ermordet hatte. Man hatte sie getauft und christlichen Familien übergeben. Aus Basel habe der Rat Warnungen an Straßburg und Köln entsandt. Man möge mit den jüdischen Giftmischern nur ja ebenso verfahren, wie dies in der eigenen Stadt geschehen sei. Einige der gefolterten Juden hätten vor ihrem Tod gestanden, nicht nur das Brunnenwasser, sondern auch Butter und Wein vergiftet zu haben.

Naomi war ein paar Schritte zurückgeblieben. Jakob blieb stehen und wartete auf sie. Als er ihr blasses Gesicht sah, versetzte es ihm einen Stich. Er war so gefangen gewesen in seinen eigenen Ängsten, dass er für die Angst der Schwester keinen Blick mehr gehabt hatte. „Lass uns die beiden einholen", sagte er und streckte ihr die Hand entgegen. „Damit Simson heute vor Einbruch der Nacht in Gotha sein kann. Ich bin sicher, man wird ihn dort mit allen Ehren empfangen!" Er versuchte ein Lächeln. „Immerhin: Besuch aus Erfurt!"

Naomi nahm seine Hand und drückte sie. Er spürte die frischen Schwielen auf ihren Handflächen. In den Tagen vor Purim hatten sie gemeinsam alles vorbereitet, um für die Zeit von Simsons Abwesenheit in den Hof Bendel zu ziehen. Der Onkel hatte es sich so gewünscht: Er wollte Merav nicht ganz allein wissen. Jakob streichelte abwesend die Hand der Schwester. Simson hatte an alles gedacht. Es würde auch Naomi trösten, Tag und Nacht mit der geliebten Tante unter einem Dach zu sein. Sie würden sich die Arbeit teilen und gemeinsam an der Harfe sitzen.

Vom Dom war der tiefe Klang der Gloriosa zu hören, die das Ende der Frühmette einläutete. Nur wenige Schritte entfernt lag das Lauentor, der westliche Ausgang aus der Stadt. Schmiera, Frienstedt, Tüttleben. Diese Orte musste Simson heute durchqueren, ehe er Gotha erreichte. Der Weg dorthin führte beständig bergauf.

Merav und Simson waren stehen geblieben und drehten sich nach ihnen um. Als der Onkel die Arme ausbreitete, flog Naomi an seine Brust und schlang die Arme um seinen Hals. Immer wieder streichelte er ihr hellbraunes Haar. Dann hielt er sie ein

Stückchen von sich ab und sah sie voller Zuneigung an. „Weine nicht, Neshumele!", flüsterte er. Seine Stimme war voller Wärme. „Was ist der wichtigste Vers der Megillat Esther? Erinnere dich, was in der Synagoge verlesen wurde!"

Naomi zögerte. *Und es schrieb Mordechai diese Dinge auf ...*, begann sie, aber der Onkel unterbrach sie lächelnd.

„Ich wusste doch, dass du den ganzen Text im Herzen behalten hast und ihn mir sicherlich bis zum letzten Wort vorsprechen könntest. Aber es ist nur ein Vers, den ich dich bitte, im Herzen zu bewahren, bis wir uns wiedersehen: *Der HÖCHSTE hat unseren Kummer in Freude verwandelt, unsere Trauer in ein Fest.*"

Simson ließ Naomi los. Jakob konnte sehen, wie die Schwester mit den Tränen kämpfte. „Ich verlasse mich auf dich, Naomi. Gib gut auf meine geliebte Merav acht." Die Fältchen um seine Augen vertieften sich. „Ich weiß, dass ihr euch um mich sorgt. Aber auch Rabbi Alexander und Bruder Johannes haben in ihrer Sorge um mich für mich gesorgt."

„Bruder Johannes? Der Dominikaner?" Jakob sah den Onkel erstaunt an.

„Rabbi Alexander rief mich vor ein paar Tagen zu sich. Ihr wisst ja, dass es uns eigentlich untersagt ist, uns zu verkleiden – Purim ausgenommen! Aber manchmal erfordert eine Notlage auch Ausnahmen. Alexander hat mir ausdrücklich erlaubt, Etappen meiner Reise, wenn es nötig sein sollte, als ein anderer zu gehen: als Erfurter Maler der Mikrographien!"

„Und der Freund eures Onkels, Bruder Johannes vom Orden der Prediger, hat seinen Anteil dazu beigetragen, dass aus meinem geliebten Gatten im Notfall ein Miniaturenmaler aus dem Orden der Prediger werden kann."

Simson klopfte auf sein Bündel, das er geschultert hatte. „Eure Gaben aus der Küche, Merav, Naomi, und die Gabe aus der Kleiderkammer des Klosters – damit sollte diese Reise zu wagen sein!" Er lächelte verschmitzt. „Ich werde nur daran denken müssen, die Kapuze aufzulassen, damit der Schwindel gelingt."

Er ließ das Bündel fallen und schloss seine Frau heftig in die Arme. Jakob sah, wie sich Meravs Lippen lautlos bewegten. Der Onkel, Naomi und er stimmten leise in ihr Gebet ein, das seit jeher jedem Reisenden das Geleit gab: *Jadejnu wetitnejnu lechen*

ulechesed ulrachamim be-ejnejcha uwejnej chol roejnu, weti-
schma kol tachanunejnu. Lass uns Gnade und Barmherzigkeit
vor deinen Augen finden; Verständnis und Freundlichkeit bei
allen, die uns begegnen.

Dominica „Invokavit", 1. März 1349
Jom Rischon, 2. We-Adar 5109

DAS SPIEL

„**Kommst du?**" In Caspars Stimme lag leise Ungeduld. Merten drehte sich vom Fenster um. Er fühlte sich ertappt. Aber das war natürlich Unsinn. Oder konnte der Bruder ahnen, dass er jeden Tag immer wieder zum Nachbarflügel hinübersah, als könne er nicht glauben, dass dieser Teil des Hofes Michael wirklich verwaist war?

Vor beinahe zwei Wochen hatte er Jakob und Naomi geholfen, ihre wichtigsten Habseligkeiten hinüber zum Haus am Benediktsplatz zu tragen. Sie hatten stets die frühen Morgenstunden genutzt, aus Angst, ein leichtes Ziel für die Trunkenbolde zu bieten, deren Treiben die Gassen der Stadt immer mehr in ein Tollhaus verwandelte, je näher der St.-Matthias-Tag heranrückte. Merten hatte keine Lust, seinem Vater zu begegnen, der als Gildemeister der Schlachter natürlich bei der Fastnacht mittat.

„Merten, kommst du endlich?" Caspars Stimme riss ihn aus seinen Gedanken. Obgleich ihm bei der ganzen Unternehmung unwohl zumute war, versuchte er, so schnell es ihm sein Hinken erlaubte, mit dem Bruder Schritt zu halten, als sie gemeinsam hinaus auf die Krautgasse traten. Er hatte eigentlich nicht mitmachen wollen, aber der Vater hatte ihn gedrängt: Es wäre doch mehr als befremdlich, wenn nur einer der beiden Söhne des Albert Schwanring, eines der wichtigsten Zunftmeister der Stadt, das ehrenvolle Angebot annahm, beim diesjährigen Passionsspiel mitzumachen. Also hatte er schließlich eingewilligt. Oder vielleicht war es Caspar gewesen, der ihn schließlich umgestimmt hatte. Jetzt, wo dieser bald heiraten würde, musste sich Merten eingestehen, wie sehr er den Zwillingsbruder vermissen würde. Auch wenn ihm eigentlich nicht danach zumute war, auf der Bühne zu stehen, hatte er sich über die Bitte des Bruders gefreut, ihn nicht im Stich zu lassen.

„Was werden wir spielen, Caspar?", fragte er etwas atemlos, als sie durch die Judengasse den Weg zum Hof des Hugo Longus einschlugen. Caspar zuckte die Achseln. „Ich weiß es nicht. Wohl kaum eine der stummen Rollen, sonst müssten wir uns sicherlich heute noch nicht bei Longus einfinden. Dann würde es ausreichen, wenn wir erst kurz vor Ostern bei den großen Proben dabei wären."

Merten nickte. Zum ersten Mal in diesem Jahr wärmte die Frühlingssonne. Er spürte, wie sich sein ganzer Körper leichter und freier anfühlte. Er wäre gerne stehen geblieben, dort, mitten vor dem Rathaus, und hätte sein Gesicht den Strahlen entgegengehalten. Aber Caspar hatte ihn am Ärmel gepackt und zog ihn weiter. „Wir sollten nicht zu spät kommen", murmelte er. Kurz danach standen sie vor dem breiten Eingangstor, das zum mächtigen Anwesen der Familie Longus führte.

Auf Caspars Klopfen öffnete ihnen eine junge Magd. Es war dieselbe, die Merten damals kurz in das Kontor im Erdgeschoss geführt hatte, als er Hugo Longus Naomis Bild gebracht hatte. Nein, nicht Naomis Bild. Die Fälschung. Eigentlich hatte er beschlossen, auch die Zeichnung von Naomi Jakob zu schenken. Er würde das Bild dem Freund schenken. Aber er wollte damit noch warten. Bis zum Tag seines Eintritts ins Kloster. Der Entschluss dazu war in den letzten Wochen gereift. Seit Simson die Stadt verlassen hatte, hatte er gemeint, die letzten Zweifel abgestreift zu haben. Aber vielleicht würde er sich niemals sicher sein.

Geleitet von der Magd gingen sie durch einen Hausflur und eine breite Stiege hinauf ins Obergeschoss. Das Geräusch seiner unregelmäßigen Schritte kam ihm viel zu laut vor. Als sie oben auf dem Treppenabsatz angelangt waren, stockte Merten der Atem. Er hatte nicht gewusst, dass es in Erfurt Menschen gab, die in solchen Räumen lebten! Das beinahe quadratische Zimmer mit den schimmernden Holzbohlen und drei Fenstern, die gen Süden zur Straße hinausführten, war erfüllt von lebhaftem Stimmengewirr. Etwa zwanzig oder fünfundzwanzig Männer, junge und ältere, Handwerker und Patrizier, waren hier versammelt. Auch einige Mönche in der Ordenstracht der Dominikaner, in weißem Habit und schwarzem Chormantel, sah Merten unter den Anwesenden.

Der Gastgeber selbst saß auf einem Sessel mit breiten, geschwungenen Armlehnen. Obgleich die Fastenzeit nach Aschermittwoch längst angebrochen war, trug Hugo Longus eine Houche aus einem leichten Seidenstoff, der aus Italien stammen mochte. Sein Überwurf aus kostbarem, englischem Tuch war mit Fehpelz gefüttert. Sie schienen die letzten Geladenen zu sein, die eingetroffen waren, denn hinter ihnen wurde die Tür geschlossen.

Hugo Longus erhob sich von seinem mit rötlicher Seide bespannten Sitz und hob die Hand. Sofort wurde es still. Mit einem Mal war Merten froh, sich hinter Caspar, der ihn um Haupteslänge überragte, verstecken zu können. Während er den Begrüßungsworten des Ratsherren folgte, fühlte er, wie die Aufregung nach ihm griff. Natürlich hatte er von Kindesbeinen an den verschiedenen geistlichen Schauspielen beigewohnt, die zu Füßen des Domes dem Volk zur Belehrung und zur Unterhaltung vorgeführt wurden. Dieses Mal würde er gemeinsam mit Caspar auf der Bühne stehen. Mit einem Mal schoss ihm das Blut ins Gesicht. Es war nur zu verständlich, dass man Caspar auserwählt hatte, eine der wichtigen Rollen zu spielen! Er war nicht nur der Sohn des Gildemeisters der Schlachter. Er war groß und kräftig, ein junger Mann, nach dem sich die Leute auf der Straße anerkennend umblickten. Aber – weshalb hatte er darüber nicht vorher nachgedacht! – warum hatte Longus ihn ebenfalls ausgewählt? Merten wünschte, er hätte diesen Raum ohne Aufsehen zu erregen verlassen können. Dazu war es nun zu spät.

Hugo Longus schien seine Begrüßung beendet zu haben. Er wies auf den ältesten der anwesenden Mönche: „Bruder Walter wird Euch nun in Eure Rollen einweisen. Er ist vielen von Euch als Lehrmeister der Dominikanernovizen sicherlich bekannt. Ich könnte mir keinen besseren Mann für diese Aufgabe wünschen."

Merten trat einen Schritt zur Seite. Nun hatte er einen ungehinderten Blick auf Walter Kerlinger. Was hatte Johannes damals über den Mitbruder gesagt? Er hatte ihn und Longus im selben Atemzug genannt. Er versuchte, sich an den genauen Wortlaut zu erinnern, aber die Stimme Kerlingers erzwang seine Aufmerksamkeit: „Für all jene unter Euch, die zum ersten Mal bei unserem Spiel mitwirken: Ich werde an allen Spieltagen mit der Dirigierrolle in der Hand Euer Spiel leiten. Ich werde Euch sagen, wann Ihr die Bühne zu betreten habt und wann Ihr sie verlassen dürft. Ihr müsst also lernen, auf meine Anweisungen zu hören – selbst dann, wenn Ihr weit entfernt von mir am anderen Ende der Bühne spielt. Das werden wir dann, wenn es auf Ostern zugeht, alles vor Ort proben. Die meisten von Euch haben ja schon einmal mitgespielt und kennen ihre Rollen."

Walter Kerlinger machte eine kleine Pause, dann verneigte er sich leicht in Richtung eines älteren Herren, der zuvorderst in der Reihe stand. Merten meinte, in ihm Werner von Witzleben zu erkennen. Er gehörte, ebenso wie Longus, zu den einflussreichsten Männern der Stadt. „Mein verehrter ‚Augustinus'! Auch in diesem Jahr werdet Ihr uns als heiliger Kirchenvater zum wahren Heil geleiten und die Hauptlast des Stückes zu tragen haben. Ebenso wie Euer Sohn."

Merten sah, wie der junge, hochgewachsene Mann, der neben Werner von Witzleben stand, errötete. Hatte er diesen nicht schon im letzten Jahr in der Rolle des Herrn Jesus gesehen? Aber ihm fiel es stets schwer, kleingewachsen, wie er war, inmitten der Menge, die sich auf dem Gradenmarkt drängte, eine gute Sicht auf die Bühne zu erhaschen.

Der ältere der beiden Witzleben verbeugte sich leicht vor Walter Kerlinger und begann langsam und mit lauter Stimme zu deklamieren:

Ihr habet lange wohl vernommen,
dass unser Herre wollte kommen
und geboren werden,
menschlich hier auf Erden ...
Auch sagten sie in jenen Zeiten,
wie unser Herre leiden wollt,
an seiner Menschlichkeit, Angst und Jammerkeit,
Pein und große Not.
Und wie er den bittern Tod
menschlich leiden sollte,
damit er erlösen wollte
uns alle von des Todes Kraft ...

Das Gesicht des Novizenmeisters verzog sich zu einem knappen Lächeln. „Ich sehe, dass Ihr übers Jahr Eure Rolle nicht vergessen habt! *Incepit laudus de passione domini Ihesu Christi* – so *beginnt das Spiel der Passion unseres Herrn Jesus Christus!"* Er ließ seinen Blick über die Anwesenden schweifen. „Die meisten von Euch werden, wie schon in den letzten Jahren, mehrere Rollen zu spielen haben. Für einige Rollen brauchen wir in diesem Jahr neue Darsteller. Caspar Schwanring habe ich für den Apostel Petrus vorgesehen. Ich erwarte von Euch, dass Ihr die Rolle bis zur nächsten Probe auswendig wisst. Und Euer Bruder Merten wurde mir ebenfalls von unserem verehrten Gönner und Förderer unseres Klosters und dieses Spieles empfohlen. Er wird die Rolle des Blinden, des Wassersüchtigen und des Leprakranken spielen – das ist nicht sehr viel Text, aber es sind wichtige Szenen, in denen unser Heiland seine göttliche Wunderkraft zu heilen offenbart. Das muss natürlich ordentlich gesprochen werden."

Merten hörte das Blut in seinen Ohren rauschen. Alle Blicke schienen auf ihn gerichtet zu sein. Er hatte gedacht, er hätte längst gelernt, mit diesen Blicken zu leben. Aber auf den Gassen, auf dem Marktplatz. Nicht auf einer Bühne. Erst dann wurde ihm etwas anderes bewusst. Walter Kerlinger hatte ihn – aus Gründen, die er nicht recht verstand – für alle Heilungsszenen ausgewählt. Mit einer Ausnahme. Er würde nicht die Rolle des Lahmen spielen. Das freilich verstand er. Schließlich sah das Stück vor, dass der ehemals Gelähmte frei von seinem Los die Bühne verließ. *Diese* Passage des Stückes hatte sich ihm eingebrannt, er hätte sie aus dem Stehgreif spielen können. Hier und jetzt.

O lieber Herr, ich bin nicht rein
und dazu lahm an einem Bein.
Auch ist mir der Rücken krumm ...

Und er kannte auch die Erwiderung des HERRN:

Nun steh auf, Freund, und tu den Gang,
und sage ewiglichen Dank,
Gott und seiner Mildigkeit, die allen Leuten sei bereit.

Er fühlte, wie er gegen einen plötzlichen Schwindel kämpfen musste. Ein fester, beinahe schmerzhafter Händedruck brachte ihn wieder zur Besinnung. Caspar hatte, ohne ihn anzusehen, seine Hand genommen. Es war wie damals, als sie sich an die Hauswände geschmiegt hatten, um den Peitschenhieben der erbosten Waidhändler zu entgehen, vor deren Wagen sie sich gegenseitig stets im letzten Augenblick auf die Kratzsteine geholfen hatten.

Im Raum entstand plötzliche Geschäftigkeit. Offenbar hatte er eine Anweisung des Dominikaners versäumt, aber Caspar hatte ihn bereits in den angrenzenden Raum gezogen, der durch eine Tür mit dem ersten verbunden war und ebenso hell und einladend wirkte wie jener. In der Mitte des Zimmers stand ein schwerer Tisch, als erwartete ihr Gastgeber eine Gesellschaft zum Gelage. Aber es gab keine Sitzbänke, und auf dem Tisch stand kein reichhaltiges Mahl, sondern dort lagen ein großes, in Leder gebundenes Manuskript und eine gewaltige Pergamentrolle. Merten stand wie benommen neben Caspar an einer der Längsseiten der Tafel. Walter Kerlinger hatte den Platz am Tischende eingenommen. Seine Hände glitten wie liebkosend über die vor ihm liegende Rolle, als er seine Blicke über die Männer schweifen ließ, die ihn erwartungsvoll ansahen. „Wie jedes Jahr werden wir heute zur Probe ein paar Szenen gemeinsam lesen. Dann erwarte ich von Euch, eure Textabschriften bis zu den großen Proben zu studieren – oder", er nickte Merten und Caspar und einem anderen jungen Mann kurz zu, „diese Abschriften in den kommenden Tagen anzufertigen. Ihr könnt mich dazu im Kloster aufsuchen. Die Mittel, die dazu nötig sind, verdanken wir wie stets Hugo Longus." Beifälliges Gemurmel erhob sich, dem Hugo Longus mit einem Lächeln und einer knappen Handbewegung Einhalt gebot.

„Wir beginnen ganz vorne, gleich nach dem Gesang der Engel, mit dem Auftritt der Propheten. Der ehrwürdige Augustinus, König David, Rabbi Isaak, Salomon, Rabbi Sandir und Rabbi Joseph, der Prophet Daniel und der Prophet Jeremia und schließlich Rabbi Liebermann." Merten sah voller Staunen, wie auf diese Worte des Dominikaners verschiedene Männer ihre Plätze verließen, um sich gemeinsam in der Nähe des Novizenmeisters einzufinden. Einige der Männer kannte er aus dem Viertel. Dort waren der Goldschmied Aurifaber, in dessen Werkstatt er den Harfenschlüssel hatte anfertigen lassen, Jakob vom See, dem mehrere Anwesen im Stadtzentrum gehörten, Johannes Melchendorf, Rüdiger Kesselborn. Der Patrizier Titzel von Weißensee, Caspars zukünftiger Schwiegervater Hartung Vitztum und Werner von Witzleben. Die anderen beiden Männer waren ihm unbekannt.

Er selbst und Caspar wurden in der allgemeinen Unruhe genötigt, ebenfalls die Plätze zu wechseln. Jetzt fanden sie sich am anderen Ende des Tisches wieder, weiter entfernt von Walter Kerlinger und ihrem Gastgeber. Merten atmete auf. Er wusste nicht wie, aber vielleicht gab es doch noch einen Weg, diesem Spiel zu entrinnen. Vielleicht konnte er den Vater bitten, ihn bei Longus zu entschuldigen, auch wenn er nicht wusste, wie dies möglich sein sollte, ohne die Ehre des Ratsherren oder die seines Vaters zu verletzen. Hier mitspielen zu dürfen, das verstand er wohl, war eine Auszeichnung. Oder gab es einen anderen Grund dafür, dass Hugo Longus in diesem Jahr Caspar und ihn ausgewählt und dem Dominikaner empfohlen hatte?

Walter Kerlinger hatte der Gruppe der aufgerufenen Männer ein umfangreiches Manuskript vorgelegt. Merten versuchte, seine Gedanken in Zaum zu halten. Die meisten der Darsteller sprachen ihre Texte frei und sicher. Andere stockten und mussten sich von ihrem Nachbarn immer wieder das Buch reichen lassen. Oft genügte jedoch ein ungeduldiger Einwurf Walter Kerlingers, ein Stichwort, ein Halbsatz. Merten traute seinen Ohren nicht. Dieser Mönch schien nicht allein die Szenenanweisungen zu kennen, die er ja von der Dirigierrolle in seinen Händen ablesen konnte – er schien vielmehr das ganze Stück auswendig zu können!

Soeben war Titzel von Weißensee vorgetreten. Er brauchte kein Textbuch, um die Zeilen des Propheten Daniel laut und vernehmlich zu sprechen, Merten hörte nur mit einem halben Ohr zu. Immer wieder fiel sein Blick auf Hugo Longus, der den Vortragenden voller Aufmerksamkeit zu lauschen schien. ‚Mehr als Euch lieb sein mag ...' Immer wieder hatte sich Merten diese Worte in Erinnerung gerufen, auch wenn er sie nicht recht verstand. Hier, im Haus des Ratsherren, meinte er, sie zu begreifen. Ihm war, als empfänden alle Anwesenden, vielleicht mit Ausnahme Kerlingers, Hugo Longus gegenüber Furcht ...

Titzel von Weißensee trat einen Schritt zurück. Walter Kerlinger warf mit tonloser Stimme ein: *Der Rabbi Joseph antwortet ...* Einer der beiden Männer, die Merten nicht kannte, nickte Kerlinger zu. Sein Gesicht war hochrot, aber mit jedem Wort schien er an Sicherheit zu gewinnen:

Schweig, Drecksack!
Was kläffst du so gut, du seist so früh auf deiner Hut!
Lern besser mehr: Leihe Pfennig und Pfand wie ich,
dieses wird machen reich dich,
so mag es dir besser gelingen
als immer nur zu singen
den lieben langen Mai:
Baruch otta adonay!

Die Männer lachten beifällig. ,Schweig, Drecksack.' Zum ersten Mal war es Merten, als verstünde er, was dort auf der Bühne vor sich ging: Die Juden lästerten ihren eigenen Propheten. Walter Kerlingers gleichmütige Stimme drang durch den Lärm: *Jetzt spricht Augustinus zum Propheten Jeremias ...* Werner von Witzleben und Johannes Melchendorf traten vor. Witzleben warf sich in Positur. Ihm schien das Ganze unerhörtes Vergnügen zu bereiten. Rede folgte auf Gegenrede, die Männer schienen sich gegenseitig anzustacheln.

Wieder unterbrach die tonlose Stimme Kerlingers das Spiel der Männer: *Der Rabbi Liebermann antwortet.* Nun war Jakob vom See an der Reihe. Als befände er sich bereits dort auf der Bühne im Schatten des Domes drängte er den Propheten Jeremias zur Seite. Seine Stimme war hoch, sie überschlug sich:

Schweig, dummer Mann!
Was nimmst du dich dieser Sache an!
Ich sag dir nützlichere Dinge:
Will jemand Pfennig auf Pfand,
der komme zu mir zuhand!
Dem will ich freundlich tun.

Wieder entstand Unruhe unter den Anwesenden. Merten blickte in die Gesichter der Männer. Er meinte, den Hass förmlich mit Händen greifen zu können. Dies hier war kein Spiel, dies war bitterer Ernst. Nun ließ sich erneut Werner von Witzleben vernehmen:

Ihr Juden! Ihr seid doch so versteinert blieben,
dass ihr ihn nicht erkennt,
den euch die Schrift doch nennt
Jesus Christ Messias ...

Die Stimmen um ihn herum schienen mit einem Mal weit entfernt und zugleich bedrohlich nah und überlaut. Merten rang nach Luft. Hier war keine Luft mehr. Die Stimmen. Er musste um Hilfe rufen. Caspar. Jakob. Er erschrak selbst vor seinem Schrei. Aber es konnte nicht mehr sein als ein tonloses Flüstern, das über seine Lippen kam. Denn niemand hörte auf ihn. Nun waren die Stimmen um ihn herum weit entfernt, wie rauschendes Wasser. Merten wurde schwarz vor den Augen.

18. KAPITEL

Dies Lune, 2. März 1349
Jom Scheni, 3. We-Adar 5109

VERSCHWOREN

Merten richtete sich auf. Draußen war es noch hell, aber bald würden Caspar und der Vater nach Hause kommen. Er war so unruhig, dass er am liebsten aufgestanden wäre, obgleich die Wunde an seinem Hinterkopf heftig pochte. Er hatte auf den Bruder gehört, als ihm dieser heute Morgen zugeraunt hatte, er solle liegen bleiben. Er würde dem Vater sagen, er sei noch immer krank. Es sei besser so. Merten hatte wie ein willenloses Kind gehorcht.

Er ließ sich zurück auf sein Lager sinken. Es hatte ihm Angst gemacht – das Gefühl, keine Luft mehr zu bekommen, ins Bodenlose zu fallen. Und dann war der Bruder bei ihm gewesen. Er hatte neben ihm gekniet und das Blut gestillt, das aus einer Wunde an seinem Hinterkopf tropfte. Er hatte mit den aufgeregten Männern, die sich im Zimmer drängten, gesprochen, so ruhig und mit solch großer Sicherheit, als wäre er der Vater, Albert Schwanring, der Gildemeister der Schlachter. Ein ungläubiges Lächeln huschte über sein Gesicht, als er an Caspars Geistesgegenwart dachte: Es sei dem Bruder schon die letzten Tage nicht gut gegangen. Dass er sich an der Tischplatte den Kopf aufgestoßen habe, sei ein Unglück, aber es habe ja bereits aufgehört zu bluten. Nein, man brauche keine Begleitung, er werde Merten rasch nach Hause bringen, die Mutter würde wissen, was zu tun sei. Dann hatte er ihn mit einer Binde, die Hugo Longus eilig hatte bringen lassen, notdürftig verbunden. Auf dem Heimweg hatte der Bruder keine Fragen gestellt, und Merten war froh gewesen, sich auf seinen Arm stützen zu können. Seit vielen Jahren hatte er sich Caspar nicht mehr so nah gefühlt. Zugleich hatte er etwas wie Scham empfunden: Wie oft hatte er in den vergangenen Jahren seinen Groll gegen den Vater an Caspar ausgelassen, indem er sich von dem Bruder zurückgezogen hatte? Erst auf der Schwelle ihres Hofes hatte der Bruder ihn zurückgehalten: Was eigentlich geschehen sei, hatte er leise gefragt. Aber als er stumm mit den Achseln gezuckt hatte, war Caspar nicht weiter in ihn gedrungen.

Merten drehte das Gesicht zu Wand. Er hätte sich dem Bruder anvertraut. Aber gestern hatte er auf Caspars Frage noch keine Antwort gehabt. Was war geschehen? Er hätte nicht zu erklären vermocht, warum ihm das Spiel so viel Schrecken eingejagt hatte, solche Beklommenheit. Er kannte doch diese Szene ebenso gut, wie er das ganze Spiel kannte. Von Kindesbeinen an hatte er es jedes Jahr aufs Neue atemlos verfolgt. Er hatte mit der leidenden Gottesmutter mitgelitten. Er hatte die Augen schließen müssen, wenn man Christus geißelte, er hatte Abscheu empfunden vor Judas dem Verräter, er hatte mit den Frauen unter dem Kreuz geweint. Und er hatte beim Osterspiel, wenige Tage später, bei den Worten des Engels neue Hoffnung geschöpft: *Ihr suchet ihn vergebens, er ist zu dem Leben von dem Tod erstanden.*

Aber gestern hatte er nur den Hass gespürt und die Anschuldigungen gehört, den Spott, und – Merten presste die Hände gegen die Augen. Immer noch schmerzte sein Kopf, vielleicht war er nicht imstande, klar zu denken? Er fand kein richtiges Wort dafür. Doch gestern hatte er sich zum ersten Mal gefragt, was Jakob und Naomi empfänden, wenn sie hörten, dass ein Rabbi, der nichts weiter zu sein schien als ein gieriger Wucherer, seine eigenen Propheten beschimpfte. *Dummer Mann. Drecksack.* Freilich, sie wussten davon nichts. Juden war es schließlich bei Strafe verboten, dem Passionsspiel beizuwohnen. Er hatte sie nie gefragt, ob sie sich je diesem Verbot widersetzt hatten. Hatten sie sich womöglich einmal unbemerkt unter die große Menge der Zuschauer mischen können?

Vielleicht sollte er sie fragen. Mertens Kehle wurde eng. Er hatte schließlich nach seiner Begegnung mit dem Benediktinermönch, damals kurz nach Martini, doch nicht gewagt, Jakob davon zu erzählen. Was half es, die Angst des Freundes zu vergrößern? Und schließlich musste er hoffen, dass Naomi und Jakob zu Ostern bereits im Süden sein würden, auch wenn sie noch keine Nachricht von Simson hatten. Er hoffte so sehr, dass dieser längst wohlbehalten bei Meravs Familie in Würzburg angekommen war. Trotz der Gerüchte, die aus den umgebenden Städten nach Erfurt drangen: Man habe an vielen Orten Juden umgebracht oder vertrieben. Merten biss sich auf die Lippen. Simson durfte nichts geschehen sein. Er hatte seine Freundlichkeit an jenem Gewitterabend im Sommer nicht vergessen, er trug die Bewunderung für seine fabelhaften Tiere aus Worten wie einen Schatz in seinem Herzen.

Aber wenn Simson aus Würzburg zurückkehrte, dann würden Jakob und Naomi Erfurt verlassen. Nach allen Schreckensnachrichten aus dem Thüringer Land war es sicherlich das Beste. Vielleicht bot Würzburg sichere Zuflucht? Dann, so hatte Merten es sich vorgenommen, würde er ebenfalls aufbrechen. Er würde seinen Entschluss endlich in die Tat umsetzen und die Welt verlassen, auch wenn er sich seit gestern, seit der Begegnung mit dem Novizenmeister, davor fürchtete.

Gedämpfte Stimmen drangen aus dem unteren Geschoss zu ihm hinauf. Kurz darauf hörte er Schritte auf der Stiege. Katharina kam in den Schlafraum und nickte ihm freundlich zu. Sie stellte ihm einen dampfenden Napf neben das Kopfende des Lagers. „Dein Bruder meinte, es sei wohl besser, wenn du liegen bleibst und hier oben die Suppe isst." Merten murmelte einen Dank. Er war froh, als die Magd die Schlafkammer wieder verlassen hatte.

Mit einem Mal spürte Merten die Müdigkeit. In der letzten Nacht hatte er wenig geschlafen. Den ganzen Tag hatte er in jenem seltsamen Zustand der Überwachheit verbracht. Jetzt wollte er ausruhen. Er zog die wollene Decke bis über die Schultern und schloss die Augen. Er war noch wach, als Katharina die kleine Schwester zu ihrer Bettstatt brachte. Elisabeth war bald darauf eingeschlafen. Draußen hatte es begonnen zu regnen. Das Geräusch war eintönig und friedvoll. Mertens Atemzüge wurden tiefer. Wo Caspar bleiben mochte? Ob er noch einmal ausgegangen war? Endlich umfing ihn der Schlaf.

Als Merten mitten in der Nacht erwachte, wusste er im ersten Augenblick nicht, wo er war und was ihn geweckt hatte. Schlaftrunken setzte er sich auf und erschrak. Neben seinem Lager kauerte Caspar. Er hatte eine Hand auf seinen Arm gelegt und bedeutete ihm, leise zu sein. Merten strich sich das verschwitzte Haar aus der Stirn. Sein Kopf schmerzte noch immer. Langsam gewöhnten sich seine Augen an die Dunkelheit. Caspar schien von draußen zu kommen, der Mantel um seine Schultern war nass vom Regen. Er hatte kein Licht entzündet, doch er beugte sich so nah über ihn, dass Merten sein Gesicht erkennen konnte. Ein seltsamer Ausdruck lag auf seinen Zügen. Noch immer sprach der Bruder kein Wort, er wies lediglich über die Schulter zur Tür, hinter der die Kammer lag, in der der Vater und die Stiefmutter schliefen. Merten richtete sich auf und sah zum Lager der kleinen Schwester hinüber. Elisabeth schien Caspars Kommen nicht gehört zu haben. Sie rührte sich nicht. Der Bruder griff nach seiner Hand, und Merten stand vorsichtig auf. Der andere zog ihn leise hinter sich her zu einer niedrigen Tür, die zu einem kleinen Verschlag unter der Dachschräge führte. Die Stiefmutter bewahrte dort in mehreren Truhen Decken und Kleider auf. Erst als sie sich beide in dem winzigen Raum befanden, wagte Merten zu flüstern: „Caspar. Was ist geschehen? Wo kommst du her?"

Der Bruder fuhr sich durch das durchnässte Haar. Er legte den Mantel ab und setzte sich auf eine der Truhen. Merten setzte sich neben ihn. Der Regen hatte an Stärke zugenommen und trommelte auf das Dach. Ihm war kalt. Hier war es noch dunkler als in der Schlafkammer. Er konnte kaum Caspars Gesicht erkennen, obgleich der Bruder direkt neben ihm saß. Er hörte, wie der andere tief Luft holte. „Merten, es ist etwas geschehen. Nein, es ist nichts geschehen, noch nicht. Aber ...", Caspar stockte. Merten spürte, wie der Bruder neben ihm langsam den Kopf schüttelte. Lange Zeit blieb er stumm.

Endlich begann er wieder zu sprechen, erst zögerlich, dann mit sich überstürzenden Worten. „Ich war heute nach Einbruch der Nacht bei Johanna. Es gibt eine Möglichkeit, sie in einer der oberen Kammern zu sehen. Allein. Solange ihr Vater noch im Erdgeschoss ist, ist das möglich. Wenn wir jemand die Stiege hochkommen hören, kann ich leicht über die Gesindetreppe nach draußen in den Hof hinunter. Ich weiß nicht, wie es eigentlich dazu kam. Johanna stand am Fenster und machte sich über einen Mann lustig, der dort draußen auf der Gasse auf und ab ging und offenbar den richtigen Moment abzuwarten schien, ehe er plötzlich eilig an die Tür klopfte. Es klang beinah wie ein verabredetes Zeichen. Wir hätten dem vielleicht keine weitere Beachtung geschenkt, aber dieselbe Szene wiederholte sich wenige Augenblicke später noch einmal. Diesmal war es ein Mann, der aus der Richtung des Augustinerklosters kam und sich ebenso vorsichtig verhielt. Als Johanna meinte, nun wollte sie doch gerne wissen, wer um diese Zeit in solch seltsamer Weise ihr Vaterhaus aufsuche, haben wir leise zusammen gelacht. Ich meinte, ich hätte immer gedacht, der Einzige zu sein, der um diese Zeit verstohlen ihr Haus betrete."

Caspar schwieg. Merten fühlte die Anspannung des Bruders. Nun war er hellwach. „Wir beschlossen, Johanna solle unter einem Vorwand noch einmal hinuntergehen und herausfinden, um was für Besucher es sich handelte. Ich selbst blieb oben am Fenster stehen und beobachtete weiter die Straße. Merten, es waren mehr als zehn Männer, die teils ohne Anzeichen von Vorsicht oder Furcht, teils darauf bedacht, nicht gesehen zu werden, das Haus meines künftigen Schwiegervaters betraten, jedoch nicht ohne zuvor jenes seltsame Signal geklopft zu haben. Es dauerte eine Weile, bis Johanna wieder zu mir heraufkam. Sie war kurz in der Stube gewesen, aber ihr Vater hatte sie recht verärgert wieder hinausgeschickt und ihr geheißen, sie solle sich endlich schlafen legen. Trotzdem konnte sie einen kurzen Blick auf die meisten der Besucher erhaschen, die dort zusammengedrängt saßen."

Caspar legte Merten kurz eine Hand auf die Schulter. Dann sprach er leise weiter: „Sie kannte nicht alle Männer, aber die meisten. Die Männer, die sie erkannte, waren Johann von Magdala, Rüdiger von Kesselborn, Rudolf und Gieseler Ziegler, Johann von Linde, Meldingk, Johann Treffurt, Sieghart Hottermann, Hugo Lange und sein Sohn. Auch Werner von Witzleben mit seinem Sohn war dort."

„Der ‚heilige Augustinus‘ und unser ‚Herr Jesus Christus‘", murmelte Merten. „Caspar, was ist das für eine seltsame Zusammenkunft? All diese Männer gehören doch nicht einer Zunft an, nicht einem gemeinsamen Stand? Die Namen, die du eben genannt hast. Das sind doch Patrizier und Ratsmeister, Kaufleute ebenso gut wie Ziechener und Wollweber, Lohgerber und Schlachter?"

„Ja. Genau das hat Johanna auch gesagt. Und wie eigenartig ihr Vater sie angesehen habe, als er sie hinausschickte." Wieder schwieg Caspar und dann fuhr er noch leiser und zögerlich fort: „Merten, mir war nicht wohl bei der Sache. Am liebsten hätte ich sofort und auf der Stelle das Haus verlassen. Aber das fand Johanna töricht. Sie lachte und meinte, die Gefahr, dem halben Stadtrat in die Arme zu laufen, wäre nie größer gewesen als an diesem Abend. Ich sollte besser bleiben, ihr Vater würde in der nächsten Stunde sicherlich nicht nach oben in die angrenzende Schlafkammer kommen. Und dann hatte sie einen verwegenen Plan. Sie erzählte mir, als Kind habe sie, als ihre Schwester noch lebte, mit dieser gemeinsam Gespräche belauscht, die unten in der Stube stattfanden. Hier von ihrer Kammer aus hätten sie nichts hören können. Aber wenn sie wagemutig genug gewesen seien und sich hinaus in die dunkle Diele gewagt hätten, das Ohr dicht an die Bodenbretter pressten, hatte es sein können, dass man etwas von unten verstand."

„Und das habt ihr getan?"

Caspar nickte. Er verzog das Gesicht. „Man hat es uns wahrhaftig nicht schwer gemacht. So heimlich die Männer ins Haus gegangen waren, so unheimlich ging es dort unten hinter verschlossenen Türen und Fenstern zu. Wir beide konnten deutlich hören, was gesprochen wurde. Jedenfalls das meiste."

Draußen begann ein Hund wild zu bellen. Als es wieder still wurde und sich auch im Haus nichts rührte, fuhr Caspar leise fort: „Das, was wir dort in der Diele zunächst zu hören bekamen, erschien mir wenig interessant, obwohl ich die Stimme des Redners sogar erkannte. Ich hatte sie einen Tag zuvor schließlich oft genug gehört: Es war der ‚heilige Augustinus' – oder besser Werner von Witzleben. Ich wollte Johanna schon bitten, wieder mit mir in ihre Kammer zurückzukehren. Um Witzleben zuzuhören, wie er mit den neuen Waffen prahlte, die er eigens für seinen Sohn habe schmieden lassen, musste ich nicht dort auf den kalten Dielen liegen. Von Schwertern sprach er und von prachtvollen neuen Eisenhüten. Man müsse schließlich gut ausgestattet sein, wenn einen der Vater an den Herrenhof sende. Daraufhin ertönte allgemeines lautes Gelächter und irgendjemand rief: ‚Zum Herrenhof! Das ist gut!' Merten, ich wusste nicht, was daran besonders erheiternd sein sollte, und Johanna machte mir ein Zeichen, die Herren seien wohl bereits nicht mehr nüchtern. Mit einem Mal brach das Gelächter ab, so, als habe jemand alle geheißen, still zu sein. Und dann hörte ich wieder Werner von Witzleben, aber diesmal klang seine Stimme ganz anders. Leiser, unheimlich ruhig. Er sagte ...", Caspar schluckte. „Er sagte: ‚Ich werde stolz auf meinen Sohn sein, denn er wird uns dabei helfen, sie alle totzuschlagen.' Daraufhin blieb es eine Weile still, als habe jemand einen Eimer Wasser über Betrunkene ausgeschüttet. Ich kann mich nicht dafür verbürgen, Merten, dass ich dir alles getreulich Wort für Wort und in der richtigen Reihenfolge wiedergeben kann, zumal ich die meisten anderen Stimmen nicht auseinanderhalten konnte. Aber ich will es versuchen. Nachdem es eine Weile still geblieben war, hörten wir einen anderen Mann sagen: ‚Können wir auch wirklich sicher sein, dass der Rat hinter uns steht? Ich habe keine Lust, am Galgen zu enden, auch wenn es immerhin für eine gute Sache wäre!' Darauf folgte ein unverständliches Stimmengewirr, bis es schließlich wieder einem gelang, die anderen zu übertönen: ‚Das haben wir doch alles bereits hier in diesem Hause besprochen! Hugo Longus, sein Sohn und Johannes von Treffurt haben uns doch zugesichert, dass der Rat unsere Pläne gutheißt! Longus könne dies vor allen Anwesenden sicherlich noch einmal wiederholen! Und auch Johannes von Trommsdorf hat uns sein Wort gegeben, dass es viele Leute im Rat gibt, denen es lieb ist, wenn wir mit den Juden abrechnen. Hindern wird uns daran niemand!' Merten, wieder gab es Erwiderungen, die wir nicht verstehen konnten, aber mit einem Mal schien nicht länger vom Rat die Rede zu sein, sondern vom Erzbischof von Mainz. Der wolle schließlich sein Geld haben – wer das bezahlen solle, wenn seine Schützlinge für ihren Schutz nicht mehr zahlen könnten. Aber gleich darauf rief ein anderer, vielleicht war es der Sohn des Werner von Witzleben: ‚Deswegen sollen wir Erfurter Judenfreunde sein? Nur weil Gerlach von Mainz sein Geld will? Wir wollen auch unser Geld! Wir wollen es zurück – ohne Schuldschein und Zinseszins!' Und dann ging es mit einem Mal um Briefe, die an den Markgrafen in Dresden geschickt werden sollten. Und Namen fielen, Namen von Städten, ich bin nicht sicher, ob ich sie mir richtig merken konnte: Gotha, Basel, Augsburg. Und dass Erfurt sich zum Gespött mache, wenn es den Schandfleck auf seinem Wappen noch länger dulde. Die großen Zünfte hätten allesamt ihren Schwur geleistet. Wenn auch die Mitglieder der kleinen

Zünfte zu gewinnen wären, sei dies gut, aber auch sie müssten dann einen Eid leisten, wie alle anderen auch. Sie müssten sich ebenfalls verschwören mit solch bindendem Schwur, wie die Anwesenden es auch getan hatten. Schließlich fragte einer nach dem Angriffsplan, und es war Johannas Vater Hartung Vitztum, der meinte, Hugo Longus würde beizeiten seine Pläne den Schwörern mitteilen. Je weniger bis kurz vor dem entscheidenden Tag bekannt sei, desto weniger könne verraten werden."

Wieder schwieg Caspar und starrte vor sich hin in die Dunkelheit. Jetzt war seine Stimme nur noch ein Flüstern. „Und dann, Merten, herrschte auf einmal großes Hallo. Es war offenbar noch ein Nachzügler in die Runde gekommen. Wir hörten, wie Johannas Vater um Ruhe bat und den Neuankömmling begrüßte. Er sagte ...", Caspar schlug die Hände vors Gesicht.

Merten schüttelte ihn leicht an der Schulter. „Er sagte?"

Caspar sprach so langsam, als wollte er sicher gehen, kein einziges Wort auszulassen: „Ihr, Hugo Longus, hattet Eure Zweifel, ob er noch kommen würde. Ich nicht! Sei uns willkommen, Albert Schwanring."

19. KAPITEL

JAKOB

Jom Schlischi, 4. We-Adar 5109
Dies Martis, 3. März 1349

AUSWEGE

„Es muss einen Weg geben, euch zu retten!" Merten sah die Geschwister an. Von draußen drangen die Geräusche der Stadt zu ihnen hinein. Das Wiehern der Pferde aus dem benachbarten Marstall, das Klappern des Mühlrades, das Rauschen der Gera, die seit dem Beginn der Schneeschmelze zu einem reißenden Fluss angeschwollen war. Obwohl draußen heller Tag war, herrschte drinnen in Mertens Werkstatt Dämmerlicht. Es war kalt und klamm in dem schmalen Verschlag hinter den Pferdeställen.

Seit sie seine kurze Nachricht erreicht hatte, er müsse sie in der geheimen Werkstatt treffen, hatten sie hier auf ihn gewartet. Als die Benediktskirche zur Non läutete, war er endlich zu ihnen ins Versteck gekommen, mit gerötetem Gesicht. Sein Vater dürfe auf keinen Fall misstrauisch werden, er habe nicht viel Zeit, er dürfe nicht zu lange von der Schlachtbank fortbleiben. Naomi hatte ihn erschrocken nach seiner Wunde am Kopf gefragt, aber Merten hatte abgewehrt. Dann hatte er ihnen erzählt, was er von Caspar erfahren hatte. Der Rat. Die Lohgerber. Hugo Longus. Die Briefe an den Markgrafen und der Bischof in Mainz. Und das Unfassbare, dass Merten so leise gesagt hatte, das Jakob nicht sicher war, ob er recht gehört hatte: Albert Schwanring.

„Es *muss* einen Weg geben!" Merten zog die Gugel vom Kopf und zerknüllte sie in den Händen. Jakob saß starr auf der niedrigen Bank. Wann hatte er hier das letzte Mal mit Merten zusammengesessen? Nein, nicht hier, draußen vor der Werkstatt im Schilf. Am Hochzeitsabend von Hannah und Kalmans Sohn Ruben. Warm und friedlich war dieser Abend gewesen, trotz seiner

Sorge um den Vater. Sie hatten der Musik gelauscht, er hatte Merten vom Ring der Braut erzählt, von ihrem Gürtel. Wie seltsam es war, jetzt daran zu denken.

Jakob suchte nach einer Antwort. Ihm war, als zögen sich die Fäden des unsichtbaren Netzes zusammen, von dem er all die Monate geahnt hatte, das es existierte. Er hatte nicht geahnt, wie anders es sein würde, zu begreifen, dass es dieses Netz tatsächlich gab. Die Gefahr zu kennen, die Namen, die Pläne – aber genau an diesem Punkt wurde ihm ihre Hilflosigkeit vollends bewusst. Denn was wussten sie eigentlich? Sie kannten weder das genaue Vorhaben noch den Tag des Angriffs.

Naomi war hinter ihn getreten und legte ihm leicht eine Hand auf die Schulter. Wie eine Welle schlug die Angst über ihm zusammen. Sie waren allein. Der Vater war tot. Der Onkel war fort. Sie hatten immer noch keine Nachricht, ob er gut in Würzburg angekommen war. Niemand von ihnen wagte es auszusprechen, doch die immer neuen Berichte, die aus dem Thüringer Land in die Stadt drangen, waren schrecklich. Zahlreiche Gemeinden hatte man zerstört, die Menschen vertrieben oder getötet. Sie hatten versucht, Merav so wenig wie möglich davon zu erzählen. Seit Simsons Abreise litt sie an immer wieder aufflammendem Fieber. An manchen Tagen konnte sie nicht von ihrem Lager aufstehen.

Er wusste, dass sie allein einen Ausweg finden mussten. Merten setzte sich neben ihn auf die Bank. „Jakob, was können wir tun? Ich habe seitdem nicht mehr geschlafen. Der Rat – wenn man sich doch an den Rat wendete! Er muss doch seiner Verpflichtung nachkommen, euch zu schützen! Ich habe gehört, dass der Rat von Köln den Angriffen auf die Juden erfolgreich gewehrt haben soll!"

Jakob wandte sich dem Freund zu. Ihre Blicke trafen sich. Nein, Naomi und er waren nicht allein. Und dennoch saßen sie in der Falle. „Hat Caspar nicht gehört, dass die Schwörer sich gegenseitig versichert haben, dass man sich des Beistands des Rates gewiss sein könne? Zumal wenn Hugo Longus als Einflussreichster des Rates der Kopf der Verschwörer zu sein scheint!" Jakob schüttelte müde den Kopf. Dann jedoch setzte er nachdenklich hinzu: „Aber der Mainzer Erzbischof Gerlach ..."

„Ja, wenn der Erzbischof sich seiner Macht und seines Einflusses sicher wäre – dann läge hier vielleicht tatsächlich unser

Ausweg", erwiderte Merten leise. „Aber nach alledem, was ich weiß, ist Gerlach von Nassau vor allem damit beschäftigt, sich gegen seinen Vorgänger Heinrich von Virneburg zur Wehr zu setzen. Dieser will offenbar seinen Anspruch auf die Bischofswürde nicht aufgeben, die der Papst ihm genommen hat, weil er Kaiser Ludwig den Bayern unterstützt hat. Und wenn die Gerüchte stimmen, ist Heinrich von Virneburg, auch wenn er nicht mehr unser Stadtherr ist, in zahlreichen Geldangelegenheiten mit den Erfurter Patriziern verbandelt. Mein Vater hat vor Kurzem davon erzählt. Johann von Salvelt und Caspars Schwiegervater Hartung Vitztum sollen Erbzinsen von Heinrich erworben haben – es geht wohl um zweihundert Mark Silber."

„Und du meinst, dass Bischof Gerlach zwar das Bischofsamt innehat, aber im Grunde ebenso machtlos ist wie wir?"

Merten nickte. Das Schweigen lag nun wie eine erstickende Decke über ihnen. Jakob legte seine Hand auf die Hand der Schwester, die noch immer auf seiner Schulter ruhte. Naomi erwiderte den Druck.

Dann begann sie zu sprechen, so ruhig, als gäbe sie der Magd Anweisungen für einen Einkauf. „Merten, wir danken dir. Dass du uns alles erzählt hast, ohne an dich selbst zu denken. Jakob wird mit Rabbi Alexander sprechen. Er wird zu entscheiden haben, was die Gemeinde zu tun hat. Wir wissen nicht, wann der Angriff erfolgen wird. Eine kopflose Flucht ist für uns undenkbar. Du hast gehört, was seit Tagen draußen vor den Stadtmauern geschieht. Und wenn ich nur an uns selbst denke: Unsere Tante wäre im Augenblick nicht imstande zu fliehen." Naomi schwieg, dann fuhr sie leise fort: „Wir müssen abwarten, wie Alexander entscheidet. Aber für unsere Familie wüsste ich, was zu tun ist. Wenn du, Merten, oder dein Bruder hören solltet, dass der Angriff unmittelbar bevorsteht, wird Jakob die Stadt verlassen und versuchen, nach Arnstadt zu gelangen. Allein. Ohne Merav und mich. Wir werden versuchen, uns zu verstecken."

Merten war aufgesprungen und hatte sich Naomi zugewendet. „Nein, nicht verstecken! Naomi, Du weißt doch, was andernorts geschehen ist! Sie zünden die Häuser an! Ihr werdet beide …"

Naomis Stimme war unverändert ruhig. „Ich weiß. Aber wenn du uns hilfst, Merten, werden wir uns hier verstecken. Hier in deinem Verschlag. Niemand wird die Pferdeställe in Brand setzen, niemand wird uns hier vermuten. Und der Weg vom Hof Bendel hierher ist kurz – selbst wenn Merav fiebert, sollten wir es schaffen. Wir werden so lange hierbleiben, bis Jakob in Arnstadt Hilfe geholt hat. Unser Vater war mit dem dortigen Rabbiner eng befreundet. Er stammt aus Erfurt. Rabbi Mosche wird ein Fuhrwerk schicken. Wir werden nachts zwischen die Ladung kriechen, und wenn der HÖCHSTE es will, werden wir uns retten können."

Jakob spürte, wie sein Herz schneller schlug. Er hielt noch immer Naomis Hand fest in der seinen. Er stand auf und zog die Schwester in seinen Arm. Ein Ausweg. Sie hatte die Worte gefunden, die ihm versagt gewesen waren. Sie machten die Angst in seinem Herzen nicht kleiner, aber alles war besser als jenes hilflose Gefühl des Gelähmtseins. Behutsam löste er sich aus der Umarmung und reichte Merten die Hand. Der Freund drückte sie, dann wandte er sich Naomi zu. „Ich werde hier für dich und eure Tante sorgen, bis ihr Erfurt heimlich verlassen könnt."

Naomi sah Merten an. Jakob vermochte ihren Blick nicht zu deuten. Dann schlug sie die Augen nieder und wandte sich an ihren Bruder: „Jakob, ich gehe zurück ins Haus. Ich möchte nicht, dass Merav erwacht und sich allein findet." Ohne ein Wort des Abschieds schlüpfte sie durch die Öffnung in der Bretterwand und war fort.

Die beiden Freunde schwiegen. Wie zu sich selbst sagte Merten schließlich leise: „Ihnen wird nichts geschehen. Niemand wird ihnen auch nur ein Haar krümmen." Es war, als wolle er noch etwas hinzufügen. Jakob sah den Freund bittend an. Merten hatte sich nicht geschont, er hatte alles, was er von Caspar erfahren hatte, bis zum bitteren Ende berichtet. Er hätte verschweigen können, dass ihr Vater zu den Verschwörern gehörte, aber er hatte es nicht getan. Um seinetwillen durfte er darüber kein weiteres Wort mehr verlieren.

Merten stand mit hängenden Schultern vor ihm. „Jakob. Du hattest recht. Damals, in jener Nacht in unserem Hof. Seitdem habe ich Dinge erlebt und gehört in dieser Stadt, von denen ich nicht weiß, ob sie immer schon da waren und ich es nur nicht sehen und hören wollte oder ...", er brach ab.

Jakob blickte ihn an. Seine Augen waren dunkel. „Ich weiß es ebenso wenig. Aber ich weiß, wem wir unsere Rettung verdanken, wenn sie nur gelingen möge."

Merten schüttelte den Kopf. Er lächelte. „Erinnere dich an das, was dein Vater sagte. Nicht Michael von Hanau schulde mein Vater sein Leben, sondern dem Erzengel Michael." Er zögerte kurz, dann fügte er mit fester Stimme hinzu: „Und ich schulde dir etwas, seit vielen Monaten. Nie hatte ich den Mut, es dir zu geben. Aber jetzt möchte ich es tun." Mertens Wangen brannten, als er ein zusammengerolltes Stück Palimpsest von der Arbeitsplatte nahm und es Jakob reichte. Als dieser es aufrollen wollte, hob er abwehrend die Hand. „Ich möchte nicht dabei sein, wenn du es ansiehst. Es soll dich an mich erinnern, solange wir getrennt sein müssen. Und an Naomi – bis ihr euch wiederfindet."

20. KAPITEL

Jom Chamischi, 13. We-Adar 5109
Dies Iovis, 12. März 1349, St. Gregorius

DAS UNTERPFAND

Naomi lauschte auf Meravs mühsame Atemzüge. Seit dem späten Nachmittag schien das Fieber erneut gestiegen zu sein. Immer wieder hatte sie versucht, der Kranken mit kühlenden Umschlägen Linderung zu verschaffen.

Sie erhob sich leise und trat von Meravs Lager an das winzige Fenster der Schlafkammer. Ein heller Abendhimmel wölbte sich wie eine blaue, schimmernde Kuppel über der Stadt. Sie hoffte, dass Jakob bald in den Hof Bendel zurückkehren würde. Er hatte noch einmal mit Alexander sprechen wollen. Am Schabbat hatte der Rabbi am Ende des Gottesdienstes mit den Männern der Gemeinde gesprochen. Er hatte ihnen das Wenige, das er von Jakob wusste, gesagt. Seither war die Anspannung, die über dem Viertel lag, mit Händen zu greifen. Manche Familien planten die Flucht. Andere waren entschlossen zu bleiben, abzuwarten. Der Rabbi selbst hatte seine Entscheidung getroffen: Er würde hierbleiben. Naomi hatte den Bruder gebeten, noch einmal mit Alexander zu sprechen – sie wusste, dass man ihn nicht umstimmen konnte. Aber vielleicht konnte er helfen, anderen die Flucht zu erleichtern.

Merav stöhnte im Schlaf. Naomi drehte sich erschrocken nach ihr um und griff zu dem Krug mit kühlem Wasser. Sie kauerte sich neben das Lager und tauchte ein Leinentuch in den Krug. Behutsam tupfte sie der Schlafenden den Schweiß von der Stirn. Sie ließ die Hand mit dem Tuch sinken.

Jakob und sie hatten seit ihrer Unterredung mit Merten mehr als einmal gestritten, wann sie Merav von der bevorstehenden Bedrohung erzählen sollten. Schließlich hatte sich Naomi durchgesetzt: Trotz ihrer Krankheit hatte die Tante ein Recht darauf zu erfahren, welche Gefahr ihnen allen drohte. Da sie nicht wussten, wann der Angriff erfolgen würde, durften sie keinen Tag verlieren. Sie musste vorbereitet sein, wenn die Rettung gelingen sollte. Gestern hatte Jakob ihrem Drängen nachgegeben. Gemeinsam hatten sie sich ans Krankenlager gesetzt und gewartet, bis Merav erwacht war. Die Tante hatte ihrem kurzen Bericht ruhig zugehört. „Also hatten mein lieber Mann und euer Vater recht, als sie sich um euch ängstigten. Aber ich danke dem HÖCHSTEN, dass ihr einen Freund wie Merten habt."

Naomi legte ihre kühle Wange an das glühende Gesicht der Schlafenden. War sie daran schuld, dass das Fieber gestiegen war? Hatte Jakob doch recht gehabt, als er die Tante schonen wollte, solange es nur möglich war?

Ein zaghaftes Klopfen an der Tür ließ sie zusammenzucken. Mit einem Mal wurde ihr bewusst, dass sie hier oben mit Merav ganz allein war. Jakob war noch nicht zurück und Marei musste unten in den Wirtschaftsräumen sein. Rasch richtete sie sich auf und ging zur Tür. Eine Frauenstimme flüsterte ihren Namen. Sie öffnete die Tür. Vor ihr stand Hannah. Ohne ein Wort zu sagen, schloss die Freundin sie in die Arme. Naomi schluckte. Seit ihrem Hochzeitstag in jenem Sommer, der ihr nun so unwirklich fern schien, hatte sie Hannah meist nur noch zufällig auf der Straße getroffen oder in der Frauensynagoge. Wann immer sie dort auf der Harfe gespielt hatte, war Hannah nach dem Ende des Gottesdienstes zu ihr gekommen, und sie hatten einige Augenblicke miteinander gesprochen, ehe Hannah hinausgeeilt war. Ruben wartete draußen auf sie.

Naomi hatte beobachtet, wie sich die andere in den letzten Monaten verändert hatte. Zunächst war es nicht mehr gewesen als ein neuer Ausdruck in ihrem Gesicht. Dann waren ihre Bewegungen langsamer geworden, vorsichtig und bedächtig. Ihr Leib hatte sich gerundet. Es würde sicher nicht mehr lange dauern bis zur Niederkunft. „Eure Magd hat mich eingelassen. Sie meinte, ich würde dich hier oben an Meravs Lager finden. Wie geht es ihr?" Hannahs Stimme klang atemlos.

Naomi nahm ihre Hand und zog sie zu sich in die Kammer. „Es geht ihr nicht gut", sagte sie leise. „Aber wir wissen nicht, was ihr fehlt, was die Ursache dieses Fiebers ist. Es kommt und geht und kommt. Mein Bruder meint, es könne die Sorge um ihren Mann sein. Wir haben seit Wochen keine Nachricht von unserem Onkel."

Hannah nickte. Ihre angeschwollenen Hände spielten mit den Falten ihres kostbaren Gewandes. „Die ganze Gemeinde ist wie im Fieber vor Sorge. Ich will nicht daran glauben, Naomi, aber Ruben und sein Vater Kalman nehmen die Vorwarnung aus dem Mund unseres Rabbis sehr ernst." Hannah schüttelte den Kopf. „Ich weigere mich, daran zu glauben, Naomi. Kurz nach Pessach soll unser Kind zur Welt kommen! Wir freuen uns so sehr darauf." Naomi sah, wie Hannahs Hände zitterten. Sie nötigte sie, sich auf den einzigen Hocker zu setzen, der in einem Winkel stand. Hannah blickte zu ihr empor. Nun klang ihre Stimme flehend: „Aber sag, Naomi. Es könnte doch sein, dass wir uns umsonst ängstigen. Es könnte doch sein, dass es nicht zum Schlimmsten kommt?"

Naomi schluckte. Sie nickte stumm. Dann kniete sie sich neben die Freundin und schlang die Arme um ihren Leib. Hannah streichelte ihr über das Haar. Naomi konnte spüren, wie das Kind sich bewegte. Worte stiegen in ihrem Herzen auf, Worte, die sie Simson hatte sagen hören. *HERR, wenn Trübsal da ist, so suchen wir dich; wenn du uns züchtigst, sind wir in Angst und Bedrängnis. Gleich wie eine Schwangere, wenn sie bald gebären soll, sich ängstigt und schreit in ihren Schmerzen, so geht's uns auch, HERR, vor deinem Angesicht. Wir sind auch schwanger und uns ist bange, und wenn wir gebären, so ist's Wind. Wir können dem Lande nicht helfen.*

Naomi war es, als stünde Simson neben ihr. Es war seine Stimme, die sie in ihrem Inneren hörte. *Aber deine Toten werden leben, deine Leichname werden auferstehen. Wachet auf und rühmet, die ihr liegt unter der Erde! Denn ein Tau der Lichter ist dein Tau, und die Erde wird die Toten herausgeben. Geh hin, mein Volk, in deine Kammer und schließ die Tür hinter dir zu! Verbirg dich einen kleinen Augenblick, bis der Zorn vorübergehe.*

Hannah straffte sich. „Ich weiß, dass ich nicht so ängstlich sein darf. Aber in den Nächten, wenn mich unser Kind nicht schlafen lässt, ist es schlimm." Sie hielt inne. Sie sah Naomi nicht an, als sie fortfuhr: „Ich habe in den letzten Wochen so viel an dich gedacht. Wie sehr du deinen Vater vermissen musst." Unvermittelt stand sie auf. „Ich muss gleich wieder nach Hause. Aber ich habe dir noch gar nicht gesagt, weshalb ich heute

Abend zu dir gekommen bin. Mein Schwiegervater – er ist davon überzeugt, dass der Angriff auf unsere Gemeinde unmittelbar bevorsteht. Heute Nacht will er hinter unserem Wohnhaus Dinge vergraben, die niemandem in die Hände fallen sollen." Sie wandte sich Naomi zu. Ihre Stimme zitterte. „Ich habe ihm meinen Hochzeitsring gegeben. Und ich habe geweint. Nicht wegen des Goldes, sondern weil es mir war, als gäbe ich die goldenen Tage preis, die ich mit diesem Ring verbinde. Die Tage und Nächte unserer Hochzeit und die Tage und Nächte unserer Ehe. Und schließlich habe ich Kalman auch den Gürtel gegeben, den ich bei der Hochzeit getragen habe."

„*Amor vincit omnia. Mit Liebe*", flüsterte Naomi leise.

Hannah nickte. „Ich will Ruben nicht noch mehr Kummer bereiten durch meine Tränen. Aber mir war, als blieben mir nun ohne diesen Gürtel nur noch das weiße Trauerkleid und die Klageworte: *Wenn ich dich je vergesse*." Hannah blickte Naomi an. In ihren Augen standen Tränen, aber sie versuchte zu lächeln. „Naomi, Liebe, ich bin so töricht. Ich bin ja nicht gekommen, um dir von meinem Kummer über meinen Ring oder meinem Gürtel zu erzählen! Ich habe mit meinem Schwiegervater gesprochen. Er weiß, dass ihr allein seid, du und Jakob und eure Tante. Er lässt dir sagen, dass, wenn es etwas gibt, das dir am Herzen liegt, etwas, das du geborgen wissen möchtest, so wird er es zu jenem Schatz legen, den er heute Nacht vergraben wird."

Naomis Blut rauschte in ihren Schläfen. Woran dein Herz hängt. Noch vor wenigen Wochen hätte sie nichts gewusst, was sie Kalman von Wiehe hätte anvertrauen wollen. Aber jetzt …

„Neshumele. Bist du hier?" Naomi drehte sich rasch um. Merav versuchte sich mühsam aufzurichten. Rasch wandte sich Naomi an Hannah: „Ich danke dir. Ich werde kommen. Aber ich kann erst fort, wenn Jakob wieder zu Hause ist und an meiner statt bei unserer Tante wachen kann. Werde ich dann zu spät sein?" Hannah schüttelte den Kopf. „Nein. Klopf einfach an der hinteren Eingangspforte. Du wirst das Haus dunkel finden. Aber wir werden alle wach sein. Bis Mitternacht ist Zeit."

Noch einmal drückte Hannah sie an sich, dann war sie fort. Kurz darauf hörte sie Jakobs Schritte auf der Treppe. Naomi ging ihm entgegen. Auf dem Stiegenabsatz erwartete sie ihn. Leise erzählte sie dem Bruder von Hannahs Besuch. Ob es etwas gäbe, das er verbergen wolle? Jakob überlegte kurz, dann schüttelte er langsam den Kopf. „Du weißt, wie viel wir an den Rat für Vaters Beerdigung zahlen mussten. Das, was uns an wertvollen Dingen geblieben ist, werde ich versuchen nach Arnstadt mitzunehmen. Ich werde es brauchen, um damit das Fuhrwerk bezahlen zu können. Und du, Naomi?" Sie spürte, wie sie gegen ihren Willen rot wurde. Sie war froh, dass es auf der Stiege so dunkel war. „Ja. Ich werde Kalmans Angebot annehmen."

Als Naomi schließlich aus der Pforte trat, war die Sonne längst untergegangen. Dennoch war es beinah taghell. Ein voller Mond tauchte alles in unwirkliches Licht. Sie zog das dunkle Tuch, das sie sich von Marei geborgt hatte, über das Haar. Sie wusste, wann der Nachtwächter auf seinem Gang durch die Stadt den Bene-diktsplatz kreuzen würde. Wenn sie einfach nur nach Norden in die Michaelisstraße einbog, waren es bis zum Anwesen des Kalman von Wiehe nur wenige Schritte. Dennoch erschien es ihr sicherer, den etwas längeren Weg durch die Krautgasse zu nehmen. Hier war die Gefahr, jemandem zu dieser Stunde zu begegnen, geringer als auf der stets belebten Michaelisstraße. Außerdem konnte sie auf diese Weise von der rückwärtigen Seite an Kalmans weitläufiges Anwesen gelangen.

Als sie den schmalen Zugang, der zur Haustür des Hofes Ben-del führte, verlassen hatte und der Platz vor der Benediktskirche vor ihr lag, blieb sie stehen. Sie wusste, dass es Jakob nicht recht war, dass sie allein diesen Gang tat. Aber schließlich hatte er ihren Bitten nachgegeben und war an Meravs Seite geblieben. Jetzt, wo sie tatsächlich allein draußen unterwegs war, spürte sie, wie die Angst nach ihr griff. *Der HERR behütet dich, der HERR ist dein Schatten über deiner rechten Hand, dass dich des Tages die Sonne nicht steche, noch der Mond des Nachts.*

Noch einmal blickte sie nach allen Seiten. Nichts war zu hören außer dem Rauschen des Flusses. Naomi lief über den Platz, den die hellen Flecken aus Mondlicht und die dunklen Schatten der Häuser wie ein Spielbrett aussehen ließen. Als sie die Krautgasse erreicht hatte, atmete sie erleichtert auf. Hier, in der Gasse, in der sie ihr ganzes Leben verbracht hatte, war ihr jeder Pflasterstein vertraut. Selbst in der Nacht, selbst in jenem seltsam unheimli-chen Licht des Frühlingsmondes fürchtete sie sich hier nicht. Dort, nur wenige Schritte entfernt, lag ihr Hof.

In den letzten Wochen hatte sie es vermieden, an ihrem Zuhause vorbeizugehen. Sie hatte Angst gehabt, dem Heimweh nichts entgegensetzen zu können, den Mut zu verlieren für den Abschied, der vollzogen werden musste. Nun jedoch war sie zurück. Naomi blickte zu den dunklen Fenstern der Hofseite, die seit all den Wochen verwaist waren. Dort hatte sie an jenem Schabbat im Herbst gestanden, als sie Mertens Ring wiedergefunden hatte. Dort hatte sie an Chanukka nach den Lichtern der Nachbarn Ausschau gehalten. Dort oben in der Stube hatten sie gemeinsam mit dem Dreidel gespielt. Und dort in der Kammer hatte der Vater seinen letzten Atemzug getan.

Das Geräusch näherkommender Schritte ließ sie für einen Moment vor Schreck erstarren. Ohne sich zu besinnen, floh sie durch den schmalen Torbogen, der in den Innenhof des Anwesens führte. Sie presste sich an einen Mauervorsprung. Die Schritte draußen auf der Gasse entfernten sich rasch, und doch wagte Naomi eine ganze Weile nicht, den schützenden Hof zu verlassen. Aus der Stube des Albert Schwanring drang ein schwacher Lichtschein. Dort oben mochte Merten sein. Oder vielleicht war es der Hausherr, der noch wach war? Vielleicht hatte er Gäste ... Naomi begann am ganzen Leib zu zittern. Hier durfte sie nicht bleiben.

Vorsichtig trat sie wieder auf die Gasse hinaus. *Der HERR behütet mich. Der HERR ist mein Schatten über meiner rechten Hand.* Auf einem schmalen Weg, der zwischen den Häusern hindurchführte, gelangte sie endlich zu Kalmans Hof. Düster und mächtig lag er vor ihr. Alles war dunkel, so als seien seine Bewohner längst zu Bett gegangen. Naomis Finger tasteten in ihren Ausschnitt. ‚Wenn es etwas gibt, das dir am Herzen liegt ...‘ Ihre Kehle schmerzte. Die brüchigen Halme des Ringes. Das glatte Silber des Harfenschlüssels.

Noch ehe sie die Hand hob, um bei Kalman zu klopfen, wusste sie, dass sie sich entschieden hatte. Es mochten Tage kommen, in denen sie auch jene andere Trennung vollziehen musste. In dieser Nacht jedoch würde sie nur einen der beiden Schätze preisgeben. Von dem anderen Unterpfand würde sie sich nicht trennen. Noch nicht.

Dies Veneris/Dies Sabbatinus 20./21. März 1349
St.-Benedicts-Abend/St. Benedikt
Leil Schabbat/Schabbat 21./22. We-Adar 5109

DER STURM

Seit Wochen hatte es nicht geregnet. Ein kalter Wind von Nordost trieb die Regenwolken fort von der Stadt, gen Westen, zu den Gebirgszügen, auf denen der Schnee zu schwinden begann. Trotz des fehlenden Regens führte die Gera so viel Schmelzwasser aus dem Thüringer Wald, dass viele der Bewohner, die unmittelbar am Fluss wohnten, zu bangen begannen. Immer wieder hatten sie erleben müssen, welche Gewalt der Fluss in sich barg.

Die Unwetter und die starken Regenfälle im letzten Jahr hatten mehr als einmal die Wasser über die Ufer treten lassen und eine Flut der Zerstörung mit sich gebracht.

Albert Schwanring wischte sich die blutigen Hände an seiner Arbeitsschürze sauber. Als kostete es ihn keinerlei Anstrengung, nahm er den schweren Bottich und goss ihn schwungvoll über der Schlachtbank aus. Ein Strom rötlich gefärbten Wassers ergoss sich über das blank gescheuerte Holz hinunter auf den Erdboden.

Merten stand reglos und beobachtete, wie die Rinnsale langsam in der vom Wind hart gewordenen Erde versickerten. Die Stiefmutter hatte ihn noch einmal zu den Schlachtbänken geschickt: Sicher wolle der Vater ihm noch etwas auftragen, ehe er sich auf den Weg zu Gertrud Schwanring machte. Merten verspürte wenig Lust, den weiten Weg bis zum Anwesen der Tante anzutreten, die jenseits des Löbertors wohnte. Er würde zwar den Wind im Rücken haben, aber das schwere Bündel, das die Stiefmutter ihm mitgegeben hatte, lastete schwer auf seiner

Schulter. Vor ein paar Wochen war Gertrud Witwe geworden. Außer ihrem Neffen Albert Schwanring gab es niemand in der Stadt, der sich um sie kümmerte.

Endlich blickte der Vater zu Merten hin. Er nickte ihm zu. Dann sah er zum Himmel hinauf und kniff die Augen zusammen. „Es wird Sturm aufkommen. Es wird besser sein, wenn du heute über Nacht bei Gertrud bleibst. Es wäre mir unrecht, wenn du bei diesem Wetter noch draußen unterwegs bist. Es reicht, wenn du morgen nach dem Aufstehen zurück an die Arbeit kommst. Es wird ihr guttun, wenn sie dich heute bei sich hat."

Merten sah den Vater erstaunt an. So sprach dieser sonst mit dem Bruder, nicht mit ihm. Aber ihm sollte es recht sein. Er war froh, fort zu können von zu Hause. Seit jener Nacht, in der Caspar ihm erzählt hatte, was er in Hartung Vitztums Haus belauscht hatte, war es ihm immer schwerer gefallen, Seite an Seite mit dem Vater zu arbeiten, mit ihm zu essen, unter einem Dach zu schlafen.

Er war des Zwiespalts seiner Gedanken so müde. Es hatte Tage gegeben, an denen er am Morgen davon überzeugt war, dass sein Vater nur zum Schein im Kreis der Verschwörer mitzutun versprochen hatte, nur um am Mittag voller Zorn die Gewissheit zu haben, dass Albert Schwanring gemeinsam mit Hugo Longus der eigentliche Anstifter sein musste. Oder war der Vater in seinen Entscheidungen nur eine willenlose Spielfigur in den Händen des Ratsherren? Aber war nicht Albert Schwanring als angesehener Gildemeister Herr über sein Handeln? Dennoch war mit jedem Tag, der ins Land ging, mit jedem Tag, an dem kein Unheil geschah, seine Angst um Jakob und Naomi kleiner geworden. Beinahe drei Wochen waren vergangen. Alles war ruhig geblieben. Und schließlich wollte er nicht mehr anders, als daran glauben: Weder der Vater noch die Stadt würden diese Schuld auf sich laden. War nicht sein Vater bereitwillig Michael von Hanau als Eidstaber beigesprungen? Freilich: Michael von Hanau war tot. Dennoch klammerte sich Merten an die Gerüchte, die an sein Ohr drangen: Zwar habe eine Gruppe von Verschwörern einen Angriff auf die Gemeinde geplant, der Rat habe sich jedoch zu seiner Verpflichtung bekannt, die Juden zu beschützen.

Trotzdem bereitete es ihm unsagbare Mühe, dem Vater so zu begegnen, als wisse er nichts von seiner Teilnahme an jenem nächtlichen Treffen im Haus von Johannas Vater. Er wusste nicht, wie Caspar zumute war. Er selbst fürchtete, es könne aus ihm herausbrechen, er könne den Vater zur Rede stellen. Es war ein undenkbarer Gedanke. Trotzdem hatte er manchmal das Gefühl, an den unausgesprochenen Worten zu ersticken. Er war froh, alldem für heute Nacht entfliehen zu können, ehe er in wenigen Wochen für immer davon befreit sein würde. Er hatte sich entschieden: Nach dem Pfingstfest würde er als Novize an die Pforte des Predigerklosters klopfen. Naomi und Jakob sollten dann sicher schon wohlbehalten in Würzburg angekommen sein.

„Du kannst jetzt gehen, Merten." Die Stimme des Vaters klang ungeduldig. Merten schrak zusammen. Er murmelte einen Abschiedsgruß und rückte sich das Bündel auf der Schulter zurecht. Dann machte er sich auf den Weg. Als er aus der Krautgasse hinaus auf den Benediktsplatz trat, blickte er unwillkürlich hinauf zu den kleinen Fenstern des Hofes Bendel. Noch war es heller Nachmittag. In wenigen Stunden, wenn die ersten Sterne am blank gewehten Himmel aufflammten, würden sie dort oben den Schabbat begrüßen. Ob es Merav besser ging? Ob sie mit den beiden zusammen am Tisch sitzen konnte?

Gestern hatte er sich bei Jakob nach dem Befinden seiner Tante erkundigt. Der Freund hatte hilflos abgewehrt: „Wenn wir nicht bald von Simson hören ... Naomi und ich wissen uns keinen Rat mehr, wie wir ihr Linderung verschaffen könnten."

Merten bog in die Judengasse ein. Hier, zwischen dem Durchgang, der vom steinernen Quartier und der Rückseite des Rathauses begrenzt wurde, hatte der Wind weniger Gewalt. Merten atmete auf. Der Weg, der vor ihm lag, war noch weit.

Merten stand am Fenster und lauschte auf den Sturm, der seit Mitternacht beständig an Stärke zugenommen hatte. Hier draußen vor den Mauern schien er noch unbarmherziger zu wüten als im Herzen der Stadt. Noch herrschte Dunkelheit, doch der Gesang der Vögel kündete den nahen Tag. Merten fühlte sich wie zerschlagen. Er hatte kaum geschlafen, obwohl das Lager, das ihm Getrud in der kleinen Kammer unter dem Dach bereitet hatte, bequem und warm gewesen war. Träume hatten ihn heimgesucht. Merten presste die Hände gegen die Schläfen. Er wollte nicht weiter daran denken. Aber er konnte den Traumbildern nicht entkommen.

Naomi an seiner Seite, in einem weißen Gewand, das ihr bis zu
den Füßen reicht. Um ihren schlanken Leib ein vielfach ge-
schlungener Gürtel mit silbergewirkten Fäden. Naomi dreht
sich im Kreis und er blickt sie an. ‚Amor vincit omnia. Mit Liebe.
Die Liebe besiegt alle Dinge. Mit Liebe.' An ihrer rechten Hand
sieht er den kostbaren Ring aus Gras. Auge in Auge stehen sie
dort, und er deckt sie mit dem Zipfel seines Gewandes. Niemand
wird sie dort finden, kein Leid wird ihr geschehen, niemand wir
sie ihm nehmen.

Er war schweißgebadet erwacht, er hatte Mühe gehabt, sich
aus der Decke zu befreien, die er sich im Schlaf um den Leib
geschlungen hatte.

Eine Böe wirbelte den Staub auf, der den freien Platz vor Ge-
truds Hof bedeckte. Merten ließ die Hände sinken. Im Heulen
des Windes meinte er mit einem Mal andere Geräusche zu hören.
Das Klirren von Waffen, raues Gelächter und Rufe, die immer
näher zu kommen schienen. Für einen Moment blieb Merten
wie erstarrt am Fenster stehen. Dann tastete er mit fliegenden
Händen nach seinen Sachen und fuhr in die Kleider. Dort am
winzigen Giebelfenster war nichts zu sehen als der freie Platz im
fahlen Licht der scheidenden Nacht. Er musste vors Haus. Auf
der Stiege, die zu seiner Kammer hinaufführte, hörte er Schritte.
Wenige Augenblicke später stand Gertrud Schwanring vor ihm.
Ihr Gesicht war kreidebleich, ihre gebeugte Gestalt zitterte. „Merten. Dein Bruder ist hier. Er ist unten. Er will mir nicht sagen, was
geschehen ist. Aber ich sollte dich wecken. Du sollst sofort nach
Hause kommen."

„Bruder, lauf!" Merten presste die Hand gegen seine rechte Seite.
Caspar und er hatten das Löbertor hinter sich gelassen. Es hatte
keinen Sinn. Noch nie hatte er sein krankes Bein so verflucht
wie an diesem Morgen. Die einzige Hoffnung bestand darin,
dass Caspar vorauslief. Merten rang nach Luft. Er bedeutete dem
Bruder, er solle nicht länger auf ihn warten. Caspar nickte, dann
rannte er allein weiter.

Der Lärm, den er bereits in Gertruds Haus gehört hatte, schien
von den nahen Lohbänken zu kommen. Er wusste nicht, was
dort vor sich ging, aber es klang, als träfen zwei verfeindete
Heerscharen aufeinander. Merten blickte sich um. Niemand war

zu sehen. Die ersten Strahlen der Morgensonne ließen die rötlichen Quadersteine der Stadtmauer aufleuchten wie die Schuppen eines gewaltigen Schlangenleibs.

Merten lief weiter, als liefe er im Traum. Er achtete nicht auf den Schmerz in seinem Bein, und dennoch ging es so langsam, so furchtbar langsam. Jakob. Naomi. Er meinte, ihre Namen im Pochen seines Herzens zu hören, im Takt seiner stolpernden Füße.

Mit jedem Steg, den er überquerte, mit jeder Biegung der verwinkelten Gassen wurden der Lärm und das Geschrei lauter. Die ganze Stadt schien in Aufruhr. Männer und Frauen strömten aus den Häusern, Kinder weinten nach ihren Müttern. Merten lief weiter. Vor ihm ragte die Südseite des Hohen Chores in den schimmernden Frühlingsmorgen. Rauch drang in seine Nase und nahm ihm den Atem. Nur noch einen Steinwurf entfernt lag das Heidentor. Bald würde er das Quartier erreicht haben.

Immer noch stürzten die Menschen aus ihren Häusern, aufgeschreckt vom Lärm und dem Geruch des Feuers. Niemand schien auf ihn zu achten. Merten lief. Weiter, nur weiter. Er musste das Versteck erreichen. Er musste mit eigenen Augen sehen, dass Naomi und Merav dort in Sicherheit waren.

Nun hatte er das Heidentor hinter sich gelassen. Der Platz vor dem Rathaus war voller Menschen. Hier war kein Weiterkommen. Merten zögerte keinen Augenblick. Er machte kehrt und schlug einen Bogen, der ihn zum Flussufer führte. Er konnte nur hoffen, dass es ihm trotz der gestiegenen Wasser gelingen würde, hier am Fluss bis zum Marstall zu gelangen.

Immer wieder rutschte er von der lehmigen Uferkante ab. Eiskalt strömte das Wasser um seine nackten Füße, es durchdrang seine Beinkleider. Er achtete nicht darauf. Endlich lag die südliche Flanke der Krämerbrücke vor ihm. Dort vorne hatte er mit Jakob im Schilf gesessen. Tausend Jahre war das her.

Kein Mensch war an der Rückseite des Marstalls zu sehen, niemand beobachtete ihn, als er endlich, endlich, das Brett zur Seite schob und in den schmalen Verschlag kroch. Merten fiel auf die Knie. Trotz des Dämmerlichtes, das im Versteck herrschte, wusste er, dass ihm niemand auf sein Flüstern antworten würde. Naomi. Merav.

Die Stimme des Flusses drang an sein Ohr, laut und bedrohlich. Oder war es etwas anderes? Merten zwang sich aufzustehen.

Er taumelte dem Durchschlupf entgegen. Er musste zu Simsons Haus. Nur wenige Schritte noch, vorbei an der Mühle, bis auf den Platz.

Dort kam etwas die Markstraße entlang. Männer, bewaffnet mit Spießen und Schwertern, mit blitzenden Hauben und ledernen Wämsen. Über ihnen Banner, flatternd im Sturm, selbst wie Sturmböen, die alles mit sich zu reißen drohten. In Rauch und Qualm blitzte ein goldenes Messer auf, ein goldener Ochse. Merten blieb wie angewurzelt stehen. Keine Luft, um zu atmen. Kein Schrei, der Gehör findet. Dann begriff er: Dies war nicht die Stimme des Flusses. Die Höfe brannten!

Merten kämpfte sich durch die Mauer aus menschlichen Leibern. Endlich hatte er den vorderen Eingang zum Hof Bendel erreicht. Er stieß die Tür auf. Die Stiege, die nach oben führte, war erfüllt von Rauch. Glut und Hitze schlugen ihm entgegen. Ihm war, als riefe ihn jemand beim Namen. War dies Naomis Stimme? Merten versuchte, die Stufen emporzusteigen. Plötzlich packte ihn jemand hart am Arm und riss ihn zurück. „Merten!" Es war wie ein erstickter Schrei. „Merten, mein Junge!"

* * *

Immer wieder war es Merten gewesen, als tauchte er aus der Tiefe an die Oberfläche. Aber es waren nur kurze Augenblicke gewesen, ehe das Fieber und die Schmerzen ihn wieder mit sich hinabzogen ins Dunkel. Er bemühte sich, sich zu erinnern, zu verstehen, was dort oben geschehen war. Es gelang ihm nicht.

Und doch fühlte er, dass er nicht allein war. Manchmal war da eine Hand, die ihm das nasse Haar aus dem Gesicht strich, sich kühl und beruhigend auf seine glühende Stirn legte.

„Merten." Er kannte diese Stimme. Er wollte nach ihr greifen, sich an ihr festhalten. Für einen kurzen Moment schlug er die Augen auf. Es war ihm, als blicke er in einen Spiegel: „Caspar."

22. KAPITEL

Dominica „Palmarum", 5. April 1349
Sonntag, 8. Nisan 5109

ENDET, WAS IHR ZU ENDEN HABT!

„Wirst du mir alles erzählen?" Merten hatte sich mühsam aufgestützt. Das Abendgeläut der Benediktskirche war verklungen. Nur der Gesang der Vögel drang in die winzige Kammer, in der er nun seit zwei Wochen kaum sein Lager verlassen hatte. Der stechende Schmerz zwang ihn, sich wieder hinzulegen. Es schien ihm, als könne er zusehen, wie die Schatten in den Winkeln wuchsen.

„Wirst du mir alles erzählen?", wiederholte er noch einmal mit trockenen Lippen. Caspar hatte den Kopf abgewendet und drehte den Becher, den er ihm gereicht hatte, in den Händen. Sein blondes Haar fiel ihm in die Stirn. Er nickte. Dann wandte er ihm das Gesicht zu. Merten erschrak, so verändert sah der Bruder aus.

Eine ganze Weile blieb Caspar still sitzen. Es war, als fände er keine Kraft zu beginnen. Dann begann er zu sprechen, langsam und zögerlich. „Jener Abend, als unser Vater dich zu unserer Tante schickte. Es muss jener Abend gewesen sein, an dem sich die Verschwörer noch einmal getroffen haben. Zu einem letzten, entscheidenden Treffen mit allen Anführern. Wo, das weiß ich nicht. Aber unter ihnen war auch Hugo Longus. Unter ihnen war auch unser Vater. Ich wusste davon nichts. Als ich am nächsten Morgen erwachte, war unsere Stiefmutter in heller Aufregung. Sie weinte, als sie in die Kammer kam, in der wir schlafen, du, Elisabeth und ich. Elisabeth begann auch zu weinen, und ich hatte Mühe zu verstehen, was sie mir zu sagen versuchte: Albert sei gestern erst nach Mitternacht nach Hause gekommen, und als sie lange vor Sonnenaufgang erwacht sei, wäre der Platz neben ihr leer gewesen. Sie hatte längst unsere Magd ausgeschickt, sie solle an den Fleischbänken nach ihm sehen, aber als Katharina zurückkam, hatte sie unseren Vater nicht gefunden. Dafür aber berichtete sie, dass sie draußen auf der Krautgasse an die fünfzig Lohgerber gesehen hätte, die in schweigendem Zug mit ihrem Zunftbanner zur Hohen Straße gelaufen wären. Merten, als ich das hörte, packte mich die Angst. Ich wusste, wo unser Vater war und was geschehen würde. Und ich wusste, warum er dich am Abend zuvor fortgeschickt hatte. Ohne mich weiter zu besinnen, bin ich in die Kleider gefahren und bin losgelaufen."

„Zu Jakob und Naomi?" Mertens Stimme war heiser.

Caspar nickte. „Ja. Sie schliefen noch. Ich habe sie wachgerüttelt und bin weitergelaufen. Hier und dort auf dem Weg sah ich Gruppen von Männern, Reiche und Handwerker verschiedener Zünfte. Manche der Zunftleute hatten sich zusammengerottet und trugen ihr Banner mit sich. Aber es schien keinen Angriff zu geben. Über allem lag eine unheimliche Ruhe, es war, als wäre die Stadt wie ein Raubtier, das zum Sprung ansetzt. Ich war so durcheinander, vielleicht hätte ich etwas anderes tun sollen, aber mein einziger Gedanke war, zu dir zu laufen, dich zu holen. Und dann, als wir zusammen zurückliefen und du mich vorausschicktest, hörte ich den Lärm. Er wurde immer lauter. Er kam von der Allerheiligenkirche. Ich rannte dorthin, vorbei an der Predigerkirche, vorbei am Haus von Hugo Longus und dann durch die Gasse, in der die Magdalenenkapelle steht. Der ganze Platz vor Allerheiligen war schwarz von Menschen. Viele hatten Waffen bei sich. Und über all diesen Menschen wehten die Banner der Zünfte. Ich kämpfte mich nach vorne, so gut ich es vermochte. Ich erkannte Titzel von Hottermann, den Sohn eines der Ratsmeister. Er stand auf der Schwelle eines Hauses und schrie etwas, immer wieder. ‚Greift es an! Ich will bei euch bleiben – auch wenn es mein Leben kostet!' Die Menge begann zu johlen, und doch war es seltsam. Sie rührten sich nicht. Es war, als warteten sie auf etwas Bestimmtes, auf ein geheimes Zeichen. Inmitten der Menge, die immer enger zusammenrückte, vermochte ich mich kaum zu rühren. Dann sah ich ganz vorn bei der Kirche ein Banner, das sich in den Sturmböen aufbäumte. Das goldene Schlachtermesser, der goldene Ochse. Plötzlich begann sich die

Menge umzudrehen, als wären sie wie Schilfhalme, die der Wind bewegt. Alles blickte sich um, alles blickte in jene Gasse, aus der ich gekommen war. Hinter mir hörte ich das Geräusch von Hufen. Und dann sah ich Hugo Longus, hoch zu Pferd. Als er dem Tier die Sporen gab, öffnete sich eine Gasse in der Menge, bis er den Eingang zur Allerheiligenkirche erreicht hatte. Es wurde totenstill dort auf der Straße. Ich konnte jedes einzelne Wort verstehen. ‚Was steht ihr hier herum? Ihr sollt hinter die Wallengasse laufen! Gebt acht, ob die Juden versuchen, aus der Stadt zu laufen. Falls sie das tun – erschlagt sie!' Es erhob sich Tumult. Einige der Männer schienen Hugos Befehl umgehend befolgen zu wollen, andere blieben zögernd stehen. Es schien, als würden die Zögerlichen in der Überzahl sein. Rufe wurden laut: Man brauche den Befehl des Rates ... Hugo Longus war auf dem Pferderücken sitzen geblieben. Er trug sein Wappenschild bei sich, den goldenen Löwen. Er hatte ein Schwert in der Hand und er schrie."

Caspars Stimme war immer lauter geworden, nun jedoch stockte er. Als er weitersprach, war seine Stimme nur noch ein Flüstern. „Merten, er schrie. ‚Rüstet euch. Endet, was ihr zu enden habt. Euch hindert daran niemand.' Es war, als sei dies das Zeichen gewesen, auf das alle gewartet hatten. Ich stand dort am Ausgang der Archengasse und sah, wie der Sturm losbrach. Ich hörte, wie das Holz von Eingangstüren zersplitterte. Ich hörte die Schreie von Männern, von Frauen, das Weinen und Schreien von Kindern. Ich sah, wie Menschen hinaus auf die Straße gezerrt wurden, wie man sie schlug. Mit Schwertern, mit Äxten, mit Steinen. Immer mehr Menschen kamen aus den Häusern und schienen mitzutun bei diesem Höllentanz dort inmitten der Stadt. Dann roch ich den Rauch. Ich sah, wie manche der Angreifer Fackeln in die Häuser schleuderten. Der Wind fachte die Flammen an, die Glut sprang über. Ich wusste nicht, was ich tun sollte. Ich wusste nicht, wo du warst, wo der Vater war, wo ich Jakob und Naomi und ihre Tante suchen sollte. Ich lief zurück, bis zur Barfüßerkirche, ich lief über den Junkersand bis zum Wenigemarkt. Hier brannten keine Häuser, aber auch hier strömten Menschen aus den Häusern, dem Lärm und Geschrei entgegen, das aus unserem Viertel weithin zu hören war. Am östlichen Ufer der Gera lief ich weiter, bis ich mich über den Kreuzsteg bis zu unserem Hof Michael durchschlug. Ich wartete. Auch hier brannten Häuser und ich sah, wie ..." Caspar brach ab. Er starrte mit brennenden Augen vor sich hin.

Nach einer ganzen Weile sagte er leise: „Guta und Belkind. Unsere Nachbarn. Sie sind tot." Merten hatte Caspars Hand ergriffen. Er wollte etwas sagen, aber er brachte kein Wort heraus.

Der Bruder schüttelte den Kopf. „Ich war hier. Ich tat – nichts. Ich wartete einfach nur. Und dann hörten wir draußen im Hof den Vater rufen, nein, er rief nicht, er schrie, er schrie immer nur deinen Namen. Wir stürzten alle aus dem Haus, ihm entgegen. Dort stand er, sein Gesicht war schwarz von Ruß, er zitterte am ganzen Körper. Er trug dich auf seinen Armen."

Caspar löste seine Hand aus der von Merten und stand auf. Er trat an das winzige Fensterchen und verbarg sein Gesicht in den Händen. Merten konnte kaum die Worte verstehen, als er weitersprach. „Da begriff ich, warum er dich am Abend zuvor unter einem Vorwand fortgeschickt hatte. Er wollte dich in Sicherheit bringen. Er wusste, was du tun würdest, wie du dich entscheiden würdest ... Er hat sich auch entschieden."

Caspar drehte sich um. Seine Augen waren dunkel. „Ich weiß, was du wissen möchtest. Als die Flammen gelöscht waren, bin ich zu ihrem Hof. Ich wollte jeden fragen, den ich nur fragen konnte. Aber Merten, es gibt niemanden, den man fragen kann. Sie sind alle ermordet oder geflohen. Ich weiß nicht, wer erschlagen wurde oder wer in seinem Haus verbrannt ist. Ich weiß nur, dass Rabbi Alexander unter den Toten ist. Und Kalman von Wiehe und seine ganze Familie, auch Naomis Freundin Hannah. Nach drei Tagen hat man begonnen, die Toten, die nicht verbrannt waren, draußen auf dem Friedhof jenseits der Mauer zu verscharren. Als alles vorüber war, bin ich dort gewesen. Der Boden ist zerwühlt, die Steine umgeworfen. Ich weiß nicht, Merten, ich weiß nicht, wo Naomi und Merav sind. Ich weiß nur, dass ich sie nicht gefunden habe." Caspar schwieg.

„Und Jakob?" Seine Stimme klang so fremd, als gehörte sie einem anderen. „Als du all die Tage im Fieber lagst und wir uns nicht zu helfen wussten, als die Brandwunden an deinen Armen zu eitern begannen, bin ich zu Bruder Johannes ins Predigerkloster gelaufen. Er hat den Cellerar gerufen, und dieser hat mir Salbe für dich gegeben. Aber als ich schon gehen wollte, hat mich Johannes noch einmal zurückgerufen. Der Cellerar stand neben uns, und ich denke, er konnte nicht offen mit mir sprechen. Aber er hat mir zum Abschied noch etwas gesagt: ‚Es gibt etwas, das wichtiger ist als diese Salbe. Es sind nur ein paar Worte, die ihm vielleicht helfen können. Sage ihm: ‚Ich habe ihn gesehen.'"

23. KAPITEL

MERTEN

Dies Sabbatinus, 25. April 1349. St. Markus
Schabbat, 28. Nisan 5109

GETREULICH LEID

Gegen Nachmittag hatte es aufgehört zu regnen. Merten kauerte im feuchten Schilf und ließ das Wasser über seine Hände rinnen. Hier unter dem weiten Himmel ließ es sich leichter atmen. Bald würde die Abendkühle vom Fluss aufsteigen und ihn zurück in seinen Verschlag zwingen. Er hatte begonnen, sich vor dem Schlaf zu fürchten. Es gab kaum eine Nacht, in der ihn die Bilder nicht heimsuchten, das Gefühl, keine Luft mehr zu bekommen. Wenn er dann die Decken fortwarf, war er allein. Er war froh darüber, auch wenn er nicht einmal hier in seinem Versteck weinen konnte.

Merten blickte auf. Die Strahlen der tiefstehenden Sonne ließen die Wolkenbänke über den Türmen der Stadt von innen erglühen. Die Kälte drang in seine Glieder. Auch auf seinem notdürftigen Lager würde er kaum viel mehr Wärme finden, und doch konnte er sich nicht mehr vorstellen, nach Hause zurückzukehren. Seit die Wunden an seinen Armen vernarbt waren, seit das Fieber ihn verlassen hatte, stand er Tag für Tag an der Seite des Vaters an den Schlachtbänken. So, als sei nichts geschehen. Es war kein Entschluss gewesen, eines Abends nicht mehr nach Hause zu gehen, sondern hierher ins Versteck. Es war lediglich das Eingeständnis, keine Kraft zu besitzen, um auch die Mahlzeiten und die Nächte unter demselben Dach zu verbringen wie der Vater.

Wie still es hier am Ufer des Flusses war, obgleich die Krämerbrücke und der Benediktsplatz nur wenige Schritte entfernt lagen. Dort, zwischen den Brandruinen und dem Schutt nahm das Leben längst wieder seinen gewohnten Gang.

Ein Rascheln im Schilf ließ ihn aufblicken. Merten biss sich auf die Lippen. Wann würde er aufhören können, für den Bruchteil eines Augenblicks zu hoffen? Wie oft hatte er sich in den vergangenen vier Wochen selbst genarrt? Wie oft hatte er gemeint, in einem Vogelruf ihr Signal zu vernehmen, in einem hochgewachsenen Fremden Jakob zu erkennen, in einer schlanken Mädchengestalt mit schimmerndem Haar Naomi.

Als sich die mannshohen Schilfhalme teilten und Caspar zu ihm auf den flachen Stein sprang, lächelte er dem Bruder zu. Caspar ließ sich neben Merten nieder und legte ein großes Bündel neben sich. „Die Stiefmutter. Sie lässt dich grüßen. Und von Elisabeth ist auch etwas dabei. Du sollst nach Hause kommen, das soll ich dir ausrichten."

Merten nickte. Er würde nach Hause kommen. Sobald er konnte. Nur dass dieses Zuhause das Kloster sein würde. Caspar sah ihn unsicher von der Seite an. „Ich habe noch andere Nachrichten für dich. Aber ich weiß nicht, mit was ich beginnen soll."

Merten spürte, wie seine Beine zu zittern begannen. Er griff nach Caspars Hand. „Der Prozess? Ist er entschieden?", stieß er hervor.

Caspar nickte. „Ich weiß nicht, wann die Urteile vollstreckt werden. Aber ich werde dir alles erzählen, was ich vorhin beim Zusammentreffen der Zunftleute in Erfahrung bringen konnte." Caspar holte tief Atem. „Einer der unseren gehört zu den Verurteilten. Es ist Johann von Linde. Er wurde verbannt. Er muss Erfurt verlassen und darf sich der Stadt nicht auf drei Meilen nähern, wenn er sein Leben behalten will."

Caspar hielt inne, als warte er auf eine Erwiderung des Bruders. Als warte er auf die Frage, die Merten stellen musste: ‚Und unser Vater?‘ Als Merten schwieg, fuhr er fort. „Es sind auch andere Handwerker unter den Verbannten. Arnold, der Goldschmidt. Die Anführer der Wollenweber und der Schlosser."

Merten hielt den Kopf gesenkt, als er leise fragte: „Und die Reichen? Die Ratsherren? Was ist mit Longus und seinem Sohn? Was ist mit Werner von Witzleben?"

Caspar blickte auf den Fluss. Er zog seinen Mantel enger um sich. „Es gibt Ratsherren, die ebenfalls vom Urteil der Verbannung getroffen sind. Johann von Bechstedt gehört zu ihnen. Aber ich habe gehört, dass er sich von diesem Urteil wohl freikaufen könne. Ich glaube nicht, dass er die Stadt verlassen wird. Der Ratsmeister Sieghardt Hottermann, der in jener Nacht im Haus meines Schwiegervaters dabei war, und sein Sohn, der zu den Verschwörern am Morgen vor dem Angriff gesprochen hat, dort nahe der Kirche – sie beide sollen ebenfalls Erfurt verlassen müssen."

Caspar riss einen Schilfhalm aus und warf ihn in die Strömung. „Ich kann dir nicht alle Namen der Verbannten nennen. Ich verstehe auch nicht, warum viele der Verschwörer straffrei geblieben sind, während man andere zum Tod verurteilt hat: Schalla, den Hauptmann der Gemeinen, Hellwig Goldschmidt und Guntzel von Rockstedt, den Hauptmann der Reichen."

Merten sah Caspar an. Der Bruder hatte seine Frage nicht beantwortet. „Was ist mit Werner von Witzleben? Was ist mit Hugo Longus?", wiederholte er mit rauer Stimme.

Caspar hob hilflos die Schultern. „Werner von Witzleben, Hugo Longus, aber auch Johann von Treffurt – sie standen gar nicht in der Anklagebank. Die Anklage, so erzählt man sich, ist auch nicht wegen des Mordens erhoben. Sondern wegen Ungehorsams gegenüber dem Rat."

„Aber Caspar!" brach es aus Merten heraus. „Hugo Longus *ist* der Rat! Wie kann es sein, dass er an der Spitze der Verschwörer steht, man andere jedoch dafür verurteilt, sie hätten sich mit dem Angriff gegen den Willen des Rates gestellt? Welcher Narr sollte das glauben? Etwa der Mainzer Erzbischof?"

Caspar sah den Bruder hilflos an. „Ich weiß nicht, ob oder welche Strafe unser Stadtherr über den Rat verhängen wird. Der Rat hat dem Erzbischof gegenüber wohl bereits beteuert, es sei ihnen getreulich leid gewesen und sei ihnen immer noch getreulich leid, dass man die Juden erschlagen habe. Jedoch hätte sich der Rat selbst in Leibesnot begeben, wenn er sich der wilden Menge in den Weg gestellt hätte."

Merten nickte stumm. So einfach war das also. Man stellte sich nicht in den Weg. Man stellte sich an die Spitze. Das irrsinnige Bedürfnis zu lachen, stieg in ihm auf.

Caspar holte tief Atem. „Aber die größte Sorge des Rates scheint nunmehr eine andere zu sein: wie man den Geldforderungen des Erzbischofs begegnen könne. Ob der Rat nun für die Steuerzahlungen der Erschlagenen einspringen muss." Er schwieg einen Augenblick. Dann fuhr er leise fort: „Aber auch dafür hat man offenbar schon eine Lösung gefunden. Du hast es sicher gesehen ..." Merten umklammerte seine angezogenen Knie. Er biss sich so fest auf die Lippen, bis er Blut schmeckte. Der Schmerz tat ihm gut.

„Du meinst die Männer, die im Auftrag des Rates in den Trümmern herumstöbern? Ich habe sie gesehen. Sie tun es am helllichten Tag. Und am helllichten Tag verkauft der Rat die leer stehenden Häuser und Grundstücke."

Die Brüder schwiegen. Merten blickte auf die Wellen, die ans Ufer schlugen. „Und Johannas Vater? Gehört auch er zu den Verbannten?"

Caspar schüttelte den Kopf. „Du weißt ja, wie eng er mit dem Erzbischof verbunden ist." Merten blickte nicht auf. Seine Stimme war nurmehr ein Flüstern: „Oder mit Longus? So wie unser Vater?"

Der Bruder stand auf. „Ich danke dir, dass du gekommen bist", sagte Merten leise.

Caspar nickte. Er sah Merten nicht an. „Es gibt noch etwas, was ich dir sagen muss. Ich bin nicht nur gekommen, um dir vom Ausgang des Prozesses zu berichten. Unser Vater schickt mich. Er bat mich darum. Ich glaube, er fürchtet sich davor, selbst mit dir zu sprechen." Immer noch sah er Merten nicht an. „Nach dem Johannistag wird dich Meister Nikolaus in die Lehre nehmen. Gestern Abend war unser Vater bei Hugo Longus. Es ist alles vereinbart. Er bittet dich nur, wieder nach Hause zurückzukehren."

Merten starrte den Bruder an. Dieser wich seinem Blick aus. „Ich weiß, was du sagen willst. Aber ich bitte dich: Komm zurück und geh bei Nikolaus in die Lehre."

Nun sah er Merten an. „Wenn unser Vater dich nicht aus dem brennenden Hof herausgezogen hätte, wenn er an der Spitze der Schlachter geblieben wäre, bis zuletzt ... Ich habe dir erzählt, dass man Johann von Linde verbannt hat. Was wäre aus unserer kleinen Schwester geworden? Was aus der Stiefmutter? Was aus dem Kind, das sie erwartet?"

Merten hielt den Kopf gesenkt. Er konnte dem Bruder nicht antworten. Schließlich wandte sich Caspar zum Gehen, aber dann drehte er sich noch einmal um: „Wenn Jakob hier wäre, er würde es gutheißen. Er fand immer, dass du besser Maler werden solltest als ein Dominikaner." Dann war der Bruder fort.

Merten zitterte. Er vermochte sich nicht zu rühren. Er blickte in das Wasser, das in der Abenddämmerung beinahe schwarz aussah. Es strömte ihm entgegen, es tanzte in Wirbeln um die Steine, die sich ihm in den Weg zu stellen versuchten, um unbeirrbar seinen Weg fortzusetzen. Das Spiel der Wasser machte ihn schwindlig. War dies wirklich derselbe Ort, an dem er mit Jakob gesessen hatte? Der Wind hatte in den Weiden am Ufer gerauscht. Die Wärme des Sommerabends hatte ihn umfangen, als er Jakobs Stimme gelauscht hatte und der Musik, die vom Tanzhaus zu ihnen ins Schilf geweht worden war.

Wenn Jakob hier wäre ...

In den Nächten, in denen er auf dem nackten Boden im Verschlag kauerte, unfähig zu schlafen, unfähig zu beten, außer mit Wortfetzen, die niemals auszureichen schienen, war er umzingelt von jenem ‚wenn'.

Wenn der Vater ihn nicht zurückgehalten hätte, an jenem Morgen, hätte er Naomi und Merav retten können?

Wenn beide gar nicht mehr dort oben im Obergeschoss des Hofes Bendel gewesen waren? Wenn man sie schon längst hinaus auf die Gasse gezerrt und sie erschlagen hatte wie so viele andere?

Wenn der Vater an der Spitze der Schlachter geblieben wäre, bis zum Schluss – wessen Mörder wäre er geworden?

Immer und immer wieder suchten ihn die Fragen heim. Manche davon drohten ihn zu ersticken.

Wenn er am Morgen nach Caspars erstem Bericht den dreien zur Flucht verholfen hätte, ohne Aufschub, ohne Zögern?

Wenn er Naomi gebeten hätte, seine Frau zu werden, sich taufen zu lassen? Wenn sie sich dadurch hätte retten können?

Gegen jedes ‚wenn' standen tausend ‚aber' auf, die seinen Kopf in ein Schlachtfeld verwandelten.

Wenn Jakob hier wäre ... Noch an seinem Krankenlager hatte Caspar ihn gefragt, ob er versuchen solle, einen Brief nach Arnstadt zu senden. Er hatte nur stumm den Kopf geschüttelt. Es war nicht nur die Hoffnungslosigkeit gewesen, dass die Botschaft den Freund nicht erreichen würde. Es war auch die namenlose Angst vor den Worten, die dieser Brief enthalten musste.

Die Strahlen der tief stehenden Sonne breiteten einen rötlichen Schimmer über die dunklen Wellen. Der Wind frischte auf und kräuselte das Wasser. Es floss nordwärts, niemand hinderte seinen Gang, es nahm seinen Weg hinaus aus der Stadt, vorbei an der Wallengasse. Vorbei am Friedhof, wo man die Toten verscharrt hatte. In fliegender Hast, ohne Segen und Gebet. *Requiescant in inferno.*

Merten beugte sich nach vorn. Er riss das Blatt eines Schilfrohres ab. Er drehte das biegsame Grün zu einem zierlichen Ring, ohne auf den Schnitt zu achten, den ihm das messerscharfe Schilf zufügte.

Im Garten Eden möge ihre Ruhe sein, Herberge ihrer Seele.

Das schwarze Wasser strömte über seine blutende Hand, als er den Ring behutsam dem Fluss anvertraute. Er tanzte auf den Wellen, als die Fluten ihn forttrugen. Seine Kehle schmerzte. *An den Wassern saßen wir, an den Wassern saßen wir ...*

Merten schlug die Hände vors Gesicht und weinte.

MERTEN

Dies Lune, 22. März 1350, St. Basilius
Jom Scheni, 4. Nisan 5110

DIE ENTSCHEIDUNG

Mit einem Mal sieht er es überdeutlich: Die Geschichte verändern? Es kostet ihn nur wenige Pinselstriche. Auch wenn er alles damit aufs Spiel setzen wird – plötzlich weiß er, was er zu tun hat.

Langsam, mit der Geduld, die er in all den Jahren hat lernen müssen, tastet er sich mit dem Talglicht in der Linken zum schmalen Arbeitstisch an der Stirnseite des Raumes. Dort steht es inmitten der Legion der Farbtiegel, die er erst vorhin alle sorgfältig verschlossen und geordnet hat. Das Karmesin. Teuer erkauft. Rot wie Blut. Und dort das Bleiweiß. Mehr braucht er nicht. Für einen Moment schließt er die Augen. Die Schatten kehren zurück. Mögen sie zurückkehren. Er fürchtet sich nicht mehr.

Noch einmal fühlt er unter dem Wams nach dem Brief. Es ist kein Traum. Er ist da.

Merten greift nach dem Pinsel. Er tritt einen Schritt zurück und betrachtet noch einmal das Bild. Den golden schimmernden Untergrund, an dem er sich nie satt sehen kann. Die achtundzwanzig Pferdeleiber, Braune, Rappen, Schimmel, ihr Fell so glänzend, als wären sie frisch gestriegelt.

Das Kreuz Christi, die Scheidelinie der Welt. Die beiden Schächer neben Christus. Die Menschenmenge unter dem Kreuz: Männer und Frauen, Arme und Wohlhabende, einfache Leute und Würdenträger auf beiden Seiten. Und doch durch den Kreuzesbalken getrennt: Hier die Geretteten, unter dem Zeichen der Sonne. Dort die Verdammten, Kinder des Mondes. Die Kinder des Mondes – manche von ihnen sind gezeichnet: Sie tragen das Schandzeichen, den Judenhut.

Spöttisch betrachtet er das Abbild des Hugo Longus, der sich zu Füßen des Gekreuzigten auf golden schimmerndem Untergrund hat verewigen lassen. Meister Nikolaus selbst hat ihn und sein Wappenschild mit dem goldenen Löwen gezeichnet. Trotz seiner scheinbar demütigen Haltung ist Hugos Ausdruck stolz, siegesgewiss. Noch einmal fühlt Merten nach dem Brief an seiner Brust. Er hat sich entschieden. Mit ruhiger Hand taucht er den Pinsel in die Farbe. Er ist sich seiner Sache sicher.

Prüfend kneift er die Augen zusammen. Die Farbe ist noch feucht. Nun sind sie Wirklichkeit. Männer, gezeichnet als Juden durch ihre Hüte. Es sind nur wenige, und dennoch: Jetzt stehen sie unter dem Zeichen der Sonne, auf der Seite der Geretteten.

Er legt den Pinsel zur Seite. Seine Arbeit ist getan, seine Aufgabe erfüllt.

Die restliche Nacht verbringt er damit, die wenigen Habseligkeiten zu packen, die er in seiner geheimen Werkstatt aufbewahrt. Zu Hause im Hof Michael gibt es nichts, was er nicht leichten Herzens zurücklassen könnte. Das Kostbarste, was er für den Weg, der vor ihm liegt, brauchen wird, ist der Brief. Gestern in den frühen Morgenstunden hatte er ihn erhalten. Der junge Novize aus dem Predigerorden hatte ihm nicht sagen können, wie viele Wochen er dort im Kloster gelegen hatte, ohne seinen Empfänger zu erreichen.

Alles, was der Mönch zu sagen wusste, war, dass man ihn in einem der Bücher gefunden hatte, an denen Bruder Johannes gearbeitet hatte, bis er kurz nach Lichtmess innerhalb weniger Tage an der Pest gestorben war. Erst jetzt hatte ein Mitbruder neben dem Namen des Miniaturenmalers auch den anderen Namen bemerkt: Merten Schwanring. Auch wenn es sich um eine scheinbar unbedeutende Zeichnung handelte, habe ihm der Prior doch aufgetragen, sie dem Malergesellen Schwanring auszuhändigen.

Als der Mönch die Werkstatt verlassen hatte, war Merten unter einem Vorwand nach draußen gegangen. Zitternd hatte er sich an die sonnige Hauswand gelehnt und das kleine, mehrfach gefaltete Stück Papier geöffnet. Der Brief enthielt scheinbar keine Worte, nur eine Zeichnung.

Ein Löwe, kraftvoll und geschmeidig, den Kopf stolz erhoben. Die Umrisse seines Körpers bestehend aus winzigen, kaum leser-

lichen Buchstaben. Merten hatte Mühe gehabt, die Schrift zu ent-
ziffern. *Unsere Seele ist entronnen wie ein Vogel aus dem Netz
des Vogelfängers. Das Netz ist zerrissen. Und wir sind frei. Doch
wie könnten wir singen, fern, auf fremder Erde? Wenn ich dich
je vergesse, so soll mir meine Rechte verdorren ...*

Die Glocken vom Domberg und vom Petersberg läuten zur
Matutin, als vor ihm die Umrisse des Lauentors in der mond-
lichtdurchfluteten Dunkelheit des Frühlingsmorgens auftauchen.
Er hatte Angst gehabt, man könne ihm so früh am Tag das Verlassen der Stadt verwehren. Aber die Wachen schieben bereitwillig den breiten Querbalken vom Tor und lassen ihn passieren.
In der Stadt beginnen die Hähne zu krähen.

Nun liegt der Anstieg nach Schmiera vor ihm. Er blickt nach
Westen. Ein beinah voller Mond erleuchtet den Nachthimmel,
der im Osten schon rötlich schimmert. Bald hat er die letzten
Häuser vor der Stadtmauer hinter sich gelassen. Merten folgt der
Via Regia, die sich zwischen den taunassen Wiesen den steilen
Berg hinaufwindet. Der Mond scheint mit ihm zu wandern, dort
am Horizont über dem Steigerwald, der seine kahlen Äste in den
Frühlingshimmel streckt. Als er die Anhöhe erreicht hat, kann er
nicht mehr weiter. Merten lässt sich ins Gras fallen. Unter seinen
Fingern spürt er die nassen Halme, die feuchte Erde.

Einige Augenblicke bleibt er liegen, ohne sich zu rühren.
Schließlich richtet er sich auf. Er blickt hinab ins Tal. Ihm stockt
der Atem. Noch nie hat er sie so gesehen. Dort unten in der Morgen-
dämmerung liegt seine Stadt, seine Schöne. Sie scheint zwischen
den beiden aufeinander zurollenden Hügeln zu ruhen wie eine
schimmernde Perle.

Endlich steht er auf. Er tastet nach dem Löwen, der auf seiner
Brust ruht. *Das Netz ist zerrissen, und wir sind frei.*

Merten geht. Er geht, ohne sich noch einmal umzuwenden.
Vor ihm, jenseits der Hügel, wartet der Tag.

NACHWORT

Der Wunsch, die Geschichte von Naomi, Jakob und Merten zu erzählen, begleitet mich seit beinahe fünfzehn Jahren. Unser damaliges, erstes Zuhause in Erfurt befand sich inmitten des ehemaligen jüdischen Viertels. Mein Alltag spielte sich dort ab: im Schatten des längst zerstörten Friedhofes, auf dem Benediktsplatz vor dem sogenannten „Quartier", zwischen der Alten Synagoge, die erst wenige Jahre zuvor als einer der ältesten jüdischen Sakralbauten nördlich der Alpen wiederentdeckt worden war. Meine täglichen Wege führten mich durch die Kraut- oder Kreuzgasse und die Michaelisstraße, in der 1998 ein von Bauarbeitern zufällig entdeckter spektakulärer gotischer Schatzfund für weltweite Aufmerksamkeit sorgte. Nur wenige Schritte entfernt, am Ufer der Gera und in unmittelbarer Nachbarschaft zur berühmten Erfurter Krämerbrücke, fand man knapp zehn Jahre später die Überreste der Mikwe, des Tauchbades der mittelalterlichen Gemeinde.

Auch als wir aus dem jüdischen Viertel wegzogen, blieb ich der Geschichte der mittelalterlichen jüdischen Gemeinde verbunden. So wie viele Touristinnen und Touristen, Besucherinnen und Besucher der Erfurter Predigergemeinde, zu der ich gehöre, beschäftigte ich mich wieder und wieder mit einem der bedeutendsten Tafelbilder der Predigerkirche, dem sogenannten „Kalvarienberg".

DER KALVARIENBERG

Dieses Tafelbild, wohl 1350 in einer unbekannten Erfurter Werkstatt entstanden, zeigt eine zeittypische Darstellung einer zweigeteilten Welt: Unter dem Kreuz Christi verläuft die Scheidelinie zwischen Guten und Bösen, Geretteten und Verdammten. Einige Details des Bildes sind durchaus erstaunlich: Denn auf beiden Seiten finden sich Vertreter aller Stände: Geistliche Würdenträger sieht man auch auf der Seite der Verdammten, zugleich stehen Juden, gekennzeichnet durch einen „Judenhut", auch auf der Seite der Geretteten! Auf den ersten Blick mag dies erstaunen. Doch zugleich kann sich der heutige Betrachter kaum des Eindrucks eines bitteren Zynismus erwehren. Schließlich ist der als Stifterfigur abgebildete Hugo Longus der Jüngere einer der entscheidenden Drahtzieher des nur wenige Monate zuvor verübten Pogroms! Wohl über neunhundert Erfurter, Männer, Frauen und Kinder, wurden am Tag des Heiligen Benedikt, dem 21. März 1349, von ihren Stadtgenossen ermordet: nicht gerettet – verdammt.

Das Antlitz der Kunst und das Antlitz der Realität sind nicht deckungsgleich, sie lassen sich nicht vereinen. Je mehr ich mich mit den historischen Quellen befasste, mit den Prozessakten, den Chroniktexten der Stadt Erfurt, desto bitterer erschien mir jener Widerspruch. Es ist nichts weiter als Fiktion, wenn sich dieser inhärente Zynismus des Bildes durch Merten Schwanring in einen Akt des Aufbegehrens gegen das Unrecht verwandelt.

Mit Bedacht sind Merten, ebenso wie sein Freund Jakob und dessen Schwester Naomi, erdachte Personen. Zugleich war es mein größtes Anliegen, sie in einem Kontext zu verorten, der mit Blick auf exakte kalendarische Daten, Ereignisse, Schauplätze, handelnde Personen und Alltagsabläufe so historisch präzise recherchiert sein sollte wie nur möglich.

Dabei half mir die einschlägige wissenschaftliche Literatur zum religiösen Leben der mittelalterlichen Gemeinden in der Aschkenas sowie die Beschäftigung mit den Hintergründen und dem genauen Ablauf der Pogromwelle in den Jahren 1348 bis 1350, die Europa von Süden nach Norden überrollte.

Besonders dankbar war ich jedoch, mich auf die wissenschaftliche Forschung beziehen zu können, die hier vor Ort in Erfurt geleistet wird: durch Ausstellungen, durch die Schriftenreihe, die das Jüdische Museum sowie das Büro der Beauftragten für die Weltkulturerbe-Bewerbung für das mittelalterliche jüdische Erbe in Erfurt verantworten, durch zahlreiche Veröffentlichungen und internationale Symposien der hiesigen Universität und der am Max-Weber-Kolleg angesiedelten Forschungsgruppe „Dynamics of Jewish Ritual Practices in Pluralistic Contexts from Antiquity to the Present".

Ich meinte, die Handlung meines Romanprojektes bereits fertig im Kopf zu haben, als ich auf einer dieser Veranstaltungen Dr. Merav Schnitzer aus Tel Aviv kennenlernte, die für einige Monate in Erfurt als „Judaist in Residence" tätig war. Doch ihr Forschungsprojekt zu einem bislang wenig beachteten Objekt aus dem Erfurter Schatz, einem kleinen, silbernen Harfenschlüssel, beeinflusste meinen Schreibprozess.

Eigentlich hatte ich vorgehabt, jenen Erfurter Schatzfund in meiner Geschichte mehr oder minder zu vernachlässigen. Denn, so empfand ich es, das Staunen über die kunstvollen Artefakte und beeindruckenden Zeugnisse mittelalterlicher Goldschmiedekunst kann dazu verleiten, die Geschichte der Menschen als zweitrangig zu betrachten. Der Reichtum, den der Erfurter Schatz belegt, mag zu dem irrigen Schluss führen, es habe sich bei den Erfurter Juden um eine unermesslich reiche Gemeinschaft gehandelt. Aber ebenso wie bei ihren christlichen Stadtgenossen existierte auch in der großen jüdischen Gemeinde die ganze Bandbreite von arm bis reich. Die materiellen Kostbarkeiten sind das eine. Das andere ist, dass diese Kleinode von gelebtem Leben und lebendigen Geschichten zeugen. Als Harfenschlüssel „meiner" Naomi sollte daher nun doch ein Gegenstand des Schatzes Eingang in die Geschichte finden, ebenso wie der Hochzeitsring und der Hochzeitsgürtel.

Immer wieder bot mir die wissenschaftliche Aufarbeitung des Geschehens klare Orientierung für meine Romanhandlung: Besonders hilfreich empfand ich Aufsätze, die sich um eine präzise Auswertung der Gerichtsprotokolle nach dem Pogrom bemühen, in denen die Verschwörer, deren Tätigkeiten und Allianzen ebenso analysiert werden wie die Zeitpunkte,

Orte und Inhalte der verschiedenen „Schwörer"-Treffen im Vorfeld des Angriffs auf die jüdischen Bürger. Auf diese Weise konnte ich etwa meine Romanfigur Caspar nicht allein exakt die beteiligten Personen benennen lassen, er vermag auch zu berichten, worüber bei jenem Treffen im Hause Vitztum gesprochen wurde.

Besonders dankbar war ich für das Kartenmaterial, das anhand der Freizinsregister erstellt wurde. Diese historischen Listen der Hausbewohner belegen das enge Zusammenleben christlicher und jüdischer Bürger. Das mittelalterliche Erfurt, das gerade keine Ghettoisierung der jüdischen Stadtgenossen kannte, wurde mir auf diese Weise lebendig. Auf diesen Karten fand ich auch den Hof Michael am westlichen Geraufer, nur einen Steinwurf entfernt von der Mikwe und der heute nicht mehr vorhandenen Benediktskirche. Der Christ Albert Schwanring und der Jude Michael von Hanau lebten dort bis zum Pogrom unter einem Dach.

Welcher Tätigkeit die beiden nachgingen – die Quellen und Register geben darüber keine Auskunft. Michael von Hanau zum jüdischen Schochet und Albert Schwanring zum christlichen Schlachter zu erklären, ist Fiktion. Die unmittelbare Nähe zu den jüdischen und christlichen Fleischbänken ließ mir dies legitim erscheinen. Eines ist jedoch sicher: Albert Schwanring mag ein Schlachter gewesen sein, Gildemeister war er jedoch nicht. Tatsächlich hatte dieses Amt der (im Roman auch kurz erwähnte) Johann von Linde inne. Dennoch hatte ich in diesen beiden Männern, die unter einem Dach wohnten, meine Protagonisten gefunden, die ihre Nachbarschaft und das gleiche Handwerk einen sollte, deren Kinder einen Hof, eine Gasse, eine gemeinsame Heimat teilen würden.

Auch die Verwandtschaft zwischen Simson ben Rabbi Meir und Michael von Hanau ist Fiktion, und doch ermöglichte mir die Einbindung dieses historisch belegten Erfurter Mikrographienmalers in die Geschichte jenen Brückenschlag zu Mertens Leidenschaft für die Kunst. Zunehmend entdeckte ich die Geschichte des fruchtbaren Austausches zwischen christlichen und jüdischen Künstlern, wie er im Roman von Simson und Bruder Johannes gelebt wird. Es ist dem Einspruch meiner Tochter Lea zu verdanken, dass Simson ben Rabbi Meir, über dessen Lebensende es keine historisch verbürgten Fakten gibt, überlebt, obgleich er seine Reise nach Arnstadt an eben jenem 18. Adar 5109/15. Februar 1340 antritt, an der die dortige Gemeinde der Pogromwelle zum Opfer fällt.

Abschließend sollen noch drei weitere Abweichungen von den historischen Quellen offengelegt werden:

Der „Nachruf" auf die Juden, den Merten aus dem Mund eines Mönchs auf dem Petersberg hört, findet sich in verschriftlichter Form erst nach dem Pogrom in der sogenannten Peterschronik.

Die Pest erreichte Erfurt erst in den Sommermonaten des Jahres 1350 – und damit in noch größerer zeitlicher Distanz zum Pogrom im März 1349. Ein direkter Kausalzusammenhang zwischen Pest und Pogrom lag in Erfurt in keiner Weise vor, was auch in der bereits erwähnten Peterschronik offen zugegeben wird: Einzig die machtpolitischen und finanziellen Aspekte werden dort als Auslöser des Angriffs offen benannt.

Ob das sogenannte „Frankfurter Passionsspiel", das im Hause des Hugo Longus geprobt wird, tatsächlich der auch in Erfurt verwendete Passionsspieltext gewesen ist, lässt sich historisch weder belegen noch ausschließen. In Thüringen wurde vielerorts überwiegend das sogenannte „Innsbrucker Passionsspiel" aufgeführt. Dennoch gleichen sich die deutschsprachigen Passionsspiele mit Blick auf antijüdische Stereotype so sehr, dass ich die Verwendung dieses mir vorliegenden und vertrauten Textes als legitim empfand.

Zahlreichen Personen gilt mein Dank:
Claudia Bergmann und Maria Stürzebecher für ihre Geduld, mit der sie sich etwa meiner Detailfragen zum Erfurter Hochzeitsgürtel oder zum Erfurter Judeneid angenommen haben,

Merav Schnitzer für ihre inspirierende Forschung in Sachen Harfenschlüssel,

Barbara Perlich, die ich nicht nur im Vorfeld zu verschiedenen Fragen zur Baugeschichte des sogenannten Quartiers konsultieren durfte, sondern die auch in fliegender Eile das fertige Manuskript nochmals gründlichst geprüft hat. Überdies nahm sie sich viel Zeit, um mir den neuesten, von ihr erarbeiteten Forschungsstand zur erläutern und stellte ihre Zeichnungen zur Verfügung, sodass der dem Roman beiliegende Stadtplan so präzise wie nur irgend möglich erstellt werden konnte. Ihr verdanke ich manche historische Präzisierung: Welche Kirchenglocken waren an welcher Stelle in der Stadt zu hören, was unterscheidet eine Fleischbank von einer Schlachtbank, welche berühmten Gebäude der Innenstadt standen tatsächlich im fraglichen Handlungszeitraum meiner Geschichte. Ihr verdanke ich auch den Hinweis, dass die neuste Forschung Zweifel anmeldet, ob Hugo Longus d. J. der Stifter des „Kalvarienberges" gewesen ist.

Peter Stein, der mir wichtige Informationen zu den Mikrographien gab,

Maike Lämmerhirt, die mich mit wertvollen Literaturhinweisen versorgte,

Matthias F. Schmidt als Fotograf des Kalvarienberges sowie Ulrike und Holger Kaffka, die in Vertretung der Erfurter Predigergemeinde so unkompliziert die Nutzung des Tafelbildes ermöglicht haben,

Karen Salomon für das Autorenfoto,

Mirjam Seifert und Tom Daun, denen ich die Kenntnis der verschiedenen sefardischen Harfenstücke verdanke, die im Roman eine Rolle spielen,

Gabriele Burbank, bei der ich mich der grammatikalischen Richtigkeit der lateinischen Widmung rückversichern durfte,

Berndt Hamm für seine große Empathie für das Projekt und seine gründliche Lektüre,

Ingrid Bezzel, Sonja Simonsen und Renate Wollert für ihre wertvollen Anmerkungen, Anfragen und ihre großartige Ermutigung,

Annegret Grimm vom Wartburg Verlag für ihre Aufgeschlossenheit für das Romanprojekt, für ihr sorgfältiges und konstruktives Lektorat sowie für ihr unermüdliches Engagement, mit dem sie das Projekt unterstützt hat. Mein Dank gilt auch der Grafikerin Anja Haß, nicht zuletzt für die Erstellung der Karte,

meiner Tochter Lea, der ich die Geschichte Abend für Abend ein wenig weiter vorlesen durfte und der ich die Rettung von Simson ben Rabbi Meir ebenso verdanke wie die Inspiration für das Ende der Geschichte,

sowie nicht zuletzt ihren Geschwistern Mirjam und Friedemann, die meine Leidenschaft für Naomi, Merten und Jakob verstanden haben. Meinem Mann Hannes danke ich von Herzen für seine beharrliche Ermutigung, diese Geschichte tatsächlich zu schreiben. In der Endphase des Arbeitsprozesses unterstützte er mich nicht nur durch gründliches Korrekturlesen, sondern auch durch sein Fachwissen in Sachen korrekte Umschrift der hebräischen Gebete und Übersetzungen aus der hebräischen Bibel.

Merten, Naomi und Jakob haben keine historischen Vorbilder, es existieren keine Bilder, keine Zeugnisse. Lebendig wurden sie in meinem Kopf dank einiger großartiger Darstellerinnen und Darsteller des Erfurter Theaters „Die Schotte". Auch ihnen gebührt mein besonderer Dank.

Gewidmet ist dieser Roman meiner Mutter, die nur wenige Stunden vor dem Anschlag von Halle und wenige Monate vor dem Anschlag in Hanau starb, und ihren acht Enkeln, denen sie so sehr gewünscht hatte, anders als sie selbst nicht Zeugen von Verbrechen an Nachbarn werden zu müssen.

Erfurt, den 30. Mai 2021

VERWENDETE BIBELZITATE

Prolog Merten
Denn auch Finsternis wäre nicht finster bei dir. Die Nacht leuchtet wie das Licht ... (Psalm 139,12)

Kapitel 2
Und Gott sprach: Es rege sich das Wasser mit webenden und lebendigen Tieren, und Gevögel fliege auf Erden unter der Feste des Himmels ... (Genesis 1,20)

Denn ihres Mannes Herz darf sich auf sie verlassen, und Nahrung wird ihm nicht mangeln. Sie geht mit Wolle und Flachs um und arbeitet gerne mit ihren Händen. Sie ist wie ein Kaufmannsschiff, ihre Nahrung bringt sie von ferne. Kraft und Würde sind ihr Gewand, und sie lacht des kommenden Tages. (Sprüche 31,11.13f.25)

Kapitel 3
Wer ist sie, die da heraufsteigt? Ihr Töchter Jerusalems, kommt heraus und schaut ... (Hohelied 3,6.11)

An den Strömen von Babylon saßen wir und weinten. Wir weinten, wenn wir an Zion dachten. Wir hängten unsere Harfen in die Weiden. Man hieß uns zu singen, Jubellieder von Zion. Doch wie könnten wir singen, fern, auf fremder Erde? Wenn ich dich je vergesse, Jerusalem, so soll mir meine Rechte verdorren ... (Psalm 137,1–5)

Wer ist sie, die hervorbricht wie die Morgenröte, schön wie der Mond, klar wie die Sonne, gewaltig wie ein Heer? Wende dich her, wende dich hin, Schulamit. Du hast mir das Herz benommen, meine Schwester, liebe Braut ... (Hohelied 6,10; 7,1)

Ich beschwöre euch, ihr Töchter Jerusalems, dass ihr die Liebe nicht aufweckt und nicht stört, bis es ihr selbst gefällt. Fände ich dich draußen, so wollte ich dich küssen und niemand dürfte mich schelten! (Hohelied 8,4.1)

Unsere Seele ist entronnen wie ein Vogel aus dem Netz des Vogelfängers. Das Netz ist zerrissen. Und wir sind frei. (Psalm 124,7)

Kapitel 6

Am Anfang schuf Gott Himmel und Erde ... (Genesis 1,1)

Kapitel 12

Wer ist wie der HERR, unser Gott, der oben thront in der Höhe, der
niederschaut in die Tiefe, der den Geringen aufrichtet aus dem
Staube und erhöht den Armen aus dem Schmutz. (Psalm 113,5–7)
Der Himmel ist der Himmel des HERRN; aber die Erde hat er
den Menschenkindern gegeben. Nicht die Toten loben den
HERRN, keiner, der hinunterfährt in die Stille; wir aber, wir
loben den HERRN von nun an bis in Ewigkeit. Halleluja!
(Psalm 115,16–18)

Kapitel 15

Gott ist in mir, ich fürchte mich nicht. Höre Israel, Gott unser
Herr, Gott ist ein einiger, einziger Gott. (Psalm 56,12/Deutero-
nomium 6,4)

Kapitel 16

Wache auf, warum schläfst du, Herr? Wache auf und verstoße
uns nicht für immer! (Psalm 44,24)
Und es schrieb Mordechai diese Dinge auf ... Der HÖCHSTE hat
unseren Kummer in Freude verwandelt, unsere Trauer in ein
Fest." (Esther 9,20.22)

Kapitel 20

HERR, wenn Trübsal da ist, so suchen wir dich; wenn du uns
züchtigst, sind wir in Angst und Bedrängnis. Gleich wie eine
Schwangere, wenn sie bald gebären soll, sich ängstigt und
schreit in ihren Schmerzen, so geht's uns auch, HERR, vor
deinem Angesicht. Wir sind auch schwanger und uns ist
bange, und wenn wir gebären, so ist's Wind. Wir können
dem Lande nicht helfen. (Jesaja 26,16–18)
Aber deine Toten werden leben, deine Leichname werden auf-
erstehen. Wachet auf und rühmet, die ihr liegt unter der
Erde! Denn ein Tau der Lichter ist dein Tau, und die Erde
wird die Toten herausgeben. Geh hin, mein Volk, in deine
Kammer und schließ die Tür hinter dir zu! Verbirg dich einen
kleinen Augenblick, bis der Zorn vorübergehe. (Jesaja 26,19f.)

Der HERR behütet dich, der HERR ist dein Schatten über deiner rechten Hand, dass dich des Tages die Sonne nicht steche noch der Mond des Nachts. (Psalm 121,5f.)

Kapitel 23

An den Wassern saßen wir, an den Wassern saßen wir ... (Psalm 137,1)

Epilog

Unsere Seele ist entronnen wie ein Vogel aus dem Netz des Vogelfängers. Das Netz ist zerrissen. Und wir sind frei. (Psalm 124,7)
Doch wie könnten wir singen, fern, auf fremder Erde? Wenn ich dich je vergesse, so soll mir meine Rechte verdorren ... (Psalm 137,4f.)

GLOSSAR

Adar   Monat im jüdischen Kalender; Beginn zwischen Anfang
   Februar und Anfang März

Aschkenas   Mittelalterliche, rabbinische Bezeichnung für
   ein Gebiet, das etwa deckungsgleich ist mit dem heutigen
   Deutschland

Atara   Ehefrau des Jerachmeel (1 Chr 2)

Auripigmet   Volkssprachlich auch als Arsenblende oder
   Rauschgelb bezeichnetes (hochgiftiges) Mineral, das als
   Farbpigment eingesetzt wurde

Baruch otta adonay (eigentlich Baruch ata adonay)
   Verballhornte Form der hebräischen Segensformel:
   Gesegnet/gepriesen seist du, Gott

Bernhard von Clairvaux (ca. 1090–1153) frühscholastischer
   Mystiker und Kreuzzugsprediger aus dem Zisterzienseroren

Bet-Olam   Wörtlich „Haus der Ewigkeit";
   hebräische Bezeichnung für den Friedhof

Bleiweiß   Auch als Kremserweiß bezeichnetes Bleicarbonat,
   das als Weißpigment verwendet wurde

Breite Groschen   Auch als Meißener Groschen bezeichnete,
   im Sächsischen geprägte, überregional verwendete Währung
   im 14./15. Jahrhundert

Cellerar   Wirtschaftsverwalter eines Klosters

Challot   Geflochtene Festtagsbrote im Kulturraum der
   Aschkenas

Chanukka   Am 25. Kislev beginnendes, achttägiges Fest
   zum Gedenken an die Wiedereinweihung des Tempels
   164 v. Chr/3597 jüdischer Zeitrechnung im Kontext des
   Makkabäeraufstandes

Dies Iovis   Im Mittelalter gebräuchliche Bezeichnung
   für den Donnerstag

Dies Lune   Im Mittelalter gebräuchliche Bezeichnung
   für den Montag

Dies Martis   Im Mittelalter gebräuchliche Bezeichnung
   für den Dienstag

Dies Sabbatinus   Im Mittelalter gebräuchliche Bezeichnung
für den Samstag

Dies Veneris   Im Mittelalter gebräuchliche Bezeichnung
für den Freitag

Dominica   Im Mittelalter gebräuchliche Bezeichnung
für den Sonntag

Dreidel   Seit dem Mittelalter im Judentum gebräuchlicher,
viereckiger Kreisel, mit dem vor allem an Festtagen im
Familienkreis gespielt wurde

Eidstaber   Zeuge bei mittelalterlichen Eidleistungen

Elul   Monat im jüdischen Kalender, Beginn zwischen Mitte
August und Mitte September

Erfurter Willkür   Eine zwischen 1306 und 1493 stetig
erweiterte Rechtssammlung der Gewohnheitsrechte
innerhalb der Stadt

Fehpelz   Pelz aus grau-weißem Eichhörnchenwinterfell

Fleischbank   Ort, an dem im Mittelalter im Stadtzentrum
Fleisch verkauft werden durfte. Das Schlachten selbst fand
an einem anderen, weniger zentral gelegenen Ort statt.

Freizins   Monetäre Abgabe, die einem Grundstücksbesitzer
freie Hand mit Blick auf Bebauung, Verpachtung und
Bewohnung gewährte

Fürspan   Auch Fürspann oder Fürspang: mittelalterliche
Brosche

Gehasi   Diener des Propheten Elisa, der nach 2 Kön 5,27
als göttliche Strafe vom Aussatz befallen wird

Gugel   Eine meist aus Wolle gefertigte Kapuze

Hakarat hatov   Die im Judentum bestehende Pflicht, das Gute,
das einem durch andere geschieht, anzuerkennen

Hawdala-Kerze   Kerze, die zur Verabschiedung des Schabbat
entzündet wird

Houche   Mittelalterliches Obergewand

Jahrzeittag   Der als besonderer Gedenktag begangene
Todestag eines nahen Angehörigen

Jeschiwa   Jüdische Schule

Jom Chamischi   Jüdische Bezeichnung für den fünften Tag
der Woche

Jom Rischon   Jüdische Bezeichnung für den ersten Tag
der Woche

Jom Scheni   Jüdische Bezeichnung für den zweiten Tag
der Woche

Jom Schischi   Jüdische Bezeichnung für den sechsten Tag
der Woche

Jom Schlischi   Jüdische Bezeichnung für den dritten Tag
der Woche

Jota   Neunter Buchstabe des griechischen Alphabetes;
in übertragener Bedeutung „etwas sehr Kleines"

Judenhut   Halbkugeliger oder konisch zulaufender Hut mit
breiter Krempe und Spitze, der zunächst wohl realer Bestand-
teil jüdischer Gewandung war, ab dem 11. Jahrhundert als
Markierungszeichen zunächst in der Kunst eingeführt und
ab dem 13. Jahrhundert vielerorts als stigmatisierende
Kennzeichnung jüdischer Bürger vorgeschrieben wurde.

Kaddisch   Eines der wichtigsten Gebete des Judentums,
Lobpreis Gottes

Kalligramm   Figurengedicht

Karmesin   Auch als Karmin bezeichneter roter Farbstoff, der
aus Schildläusen gewonnen wird

kaschern   Rituelle Reinigung von Geschirr und anderen Gegen-
ständen, so dass sie etwa für den Schabbat koscher sind

Kiddusch   Jüdischer Segensspruch

Kislew   Jüdischer Monat, Beginn zwischen Mitte November
und Mitte Dezember

König Rintfleisch   Anführer einer Rotte, die im Jahr 1298
in verschiedenen Ortschaften Frankens an dort ansässigen
Juden Massaker verübten; über den tatsächlichen Namen
und die Herkunft dieses „Königs" gibt es keine sicheren
Quellenaussagen

Kratzsteine   An engen innerstädtischen Wegen an Häuser-
fronten angebrachte massive Steine, welche die Häuser vor
den Kratzspuren der Wagenräder schützen sollten

Lapislazuli   Aus dem Lasurstein gewonnenes, im Mittelalter
äußerst kostbares blaues Farbpigment

Leil Schabbat   Schabbatabend

Lichtnische   Wandnische in mittelalterlichen Häusern, in
denen Lampen oder Leuchter aufgestellt werden konnten

Lötiges Silber/Lot   Maßeinheit für den Reinheitsgehalt
von Silber

Masal Tov   Jüdischer Glückwunsch, wörtlich eigentlich
„Guter Stern!/Gutes Geschick!"

Maeman   Auch Naaman, ein syrischer Hauptmann,
der nach 2 Kön 5 durch den Propheten Elisa von seinem
Aussatz geheilt wird

Marcheschan   Jüdischer Monat, Beginn zwischen Anfang
Oktober und Anfang November

Megillat Esther   Die Rolle des biblischen Buches Esther

Me'il   Hülle für die Thorarolle, die das ungewollte direkte
Berühren der heiligen Schriften verhindert

Meister Eckhart   (um 1260-1328) Theologe und Philosoph aus
dem Erfurter Dominikanerkloster, der u. a in Köln und Paris
lehrte. Einige seiner Lehren wurden kurz nach seinem Tod
in einer päpstlichen Bulle als ketzerisch gebrandmarkt

Meir von Rothenburg   Bedeutender jüdischer Talmudgelehrter
und Rabbiner, 1215-1293

Mennige   Aus Bleioxid gewonnenes rotes Farbpigment

Menora   Chanukka-Leuchter

Mesora   Auch Masora; bis ins vorchristliche 10. Jahrhundert
durch jüdische Gelehrte vorgenommene kritische Anmerkungen am Rand des biblischen Textes

Mikwe   Rituelles Tauchbad

Mischloach Manot   Meist zu Purim verteilte, essbare Geschenke

Neshumele   Kosename, wörtlich „Seelchen"

Nikolaus von Bibra   Christlicher Theologe und Autor des
„Occultus Erfordensis", gest. um 1307

Nisan   Jüdischer Monat, Beginn zwischen Mitte März und
Mitte April

Non   Eigentlich „neunte Stunde"; eine der klösterlichen
Stundengebete, etwa um die späte Mittagszeit

Occultus Erfordensis   Eine um 1281f. f. von Nikolaus von Bibra
verfasste Stadtgeschichte Erfurts

Palimpsest   Eine durch Abschabung oder Abwaschung wieder
benutzbar gemachte Manuskriptseite

Pessach   Jüdisches Fest, an dem an die Befreiung aus Ägypten
gedacht wird, die das Buch Exodus erzählt

Pfarrzehnt   Eine an die Pfarrkirche zu entrichtende steuerliche
Abgabe, meist als Grundstückssteuer berechnet

Pfund Pfennige   Pfund als allgemeine Gewichtseinheit für

Pfennige unterschiedlicher Prägung

Pleban   Auch Leutepriester; Inhaber einer konkreten Pfarrei mit allen dazugehörenden Rechten

Punktator   Jüdischer Schriftgelehrter, der den eigentlich unvokalisierten hebräischen Bibeltext mit Vokalen versieht

Rabbi Jose   Jüdischer Gelehrter, gest. um 160 n. Chr.

Rabbi Moshe ha-Darshan   Jüdischer Gelehrter aus dem 11. Jahrhundert

Rabbi Raschi   Jüdischer Gelehrter und Bibelexeget, gest. 1105 n. Chr.

Roccaflechten   Flechten, aus denen ein rötliches Farbpigment gewonnen wurde

Schabbat   Auch Shabbat; jüdischer Ruhetag, an dem an das Ausruhen Gottes am letzten Tag der Schöpfung gedacht wird

Schamasch-Licht   Ein kleines Licht, wörtlich der „Diener", mit dem die Kerzen am Chanukka-Leuchter entzündet werden

Schandfleck   Aufnäher aus gelbem Stoff als diskriminierende Kennzeichnung jüdischer Bürger

Schofar   Widderhorn, das am jüdischen Neujahrsfest Rosch ha-Schana und am Versöhnungstag Jom Kippur geblasen wird

Schulklopfer   Gemeindediener, der zum Gebet ruft

Sefer ha-Ma'asim   Eine aus dem 13. Jahrhundert stammende französische Sammlung von 69 Erzählungen eines anonymen Autors

Sext   Wörtlich „die sechste Stunde"; eines der klösterlichen Stundengebete am Vormittag

Schin   Hebräischer Buchstabe (ähnlich dem deutschen „sch")

Schiv'a   Sieben Tage dauernde Trauerzeit im Anschluss an den Begräbnistag eines Angehörigen

sch'loschim   Dreißigtägige Trauerzeit im Anschluss an den Begräbnistag eines Angehörigen

Schochet   Jüdischer Schlachter, der gemäß der rituellen Schächtungsvorschriften schlachtet

Shebat   Auch Shevat; jüdischer Monat, Beginn zwischen dem letzten Dezemberdrittel und Mitte Januar

Sofer   Jüdischer Schreiber

Tallit   Jüdischer Gebetsmantel

Tebet   Auch Tevet; jüdischer Monat, Beginn zwischen Ende November und Mitte Dezember

Terz   Eigentlich „dritte Stunde", eines der klösterlichen
    Stundengebete am Morgen

Thomas von Aquin   (1225-1274), Dominikanermönch, einer
    der einflussreichsten mittelalterlichen Denker und Theologen
    der mittelalterlichen Scholastik

Tjosten   Ritterliche Wettkampfart, die mit Lanzen zu Pferd
    ausgetragen wurde

Vesper   Wörtlich „Abend", eines der klösterlichen Stunden-
    gebete am Abend

Via Regia   Wörtlich „königkicher Weg"; eine der wichtigsten
    mittelalterlichen Handelsstraßen Europas

Volrad von Gotha   Anführer einer Erfurter Bürgeropposition
    gegen das Machtmonopol der Patrizier im Jahr 1283

We-Adar   Bezeichnung für den Monat Adar im Kontext eines
    jüdischen Schaltjahres (wörtlich: „noch ein Adar")

Ziechener   Spezielle Unterform der Weber, die sich auf die
    Herstellung von Bettleinen spezialisierte

Zizijot   An den vier Ecken des Gebetsmantels befestigte
    „Schaufäden", die nach Num 15,37 ff. an die Befolgung der
    Gebote erinnern sollen

VERWENDETE SEKUNDÄRLITERATUR IN AUSWAHL

Jeffrey Ashcroft (Hg.): Liebe in der deutschen Literatur
    des Mittelalters. St. Andrews-Colloquium 1985,
    Tübingen 1987.
Elisheva Baumgarten: Mothers and children: Jewish family
    life in medieval Europe, Princeton 2004.
Elisheva Baumgarten: Practicing Piety in medieval Ashkenaz:
    men, women and everyday religious observance,
    Philadelphia 2014.
Michael Brocke: Filling Patterns with Lament: Medieval Jewish
    Husbands Mourning, in: Maria Stürzebecher/Claudia
    Bergmann (Hgg.): Ritual Objects in Ritual Contexts (Erfurter
    Schriften zur jüdischen Geschichte, Band 6), S. 60–71.
Hardy Eidam: Geschichte aus Stein und Pergament. Die Alte
    Synagoge Erfurt, Jena/Quedlinburg 2016.
Heinz Endermann: Das älteste deutschsprachige Judenrecht,
    in: Erfurter Hebräische Handschriften, Jena/Quedlinburg
    2010, S. 15–23.
Christoph Fasbender: Bescheidenheit. Deutsche Literatur des
    Mittelalters in Eisenach und Erfurt, Gotha 2006
Rahel Fronda: Text and Image: The Case of Micrographic
    Ornaments in 13th and 14th century Ashkenazi Bibles,
    in: Zu Bild und Text im jüdisch-christlichen Kontext
    im Mittelalter (Erfurter Schriften zur jüdischen Geschichte,
    Band 3), S. 108–117.
Johannes Grabmayer: Europa im späten Mittelalter 1250–1500.
    Eine Kultur- und Mentalitätsgeschichte, Darmstadt 2004.
František Graus: Pest – Geißler – Judenmorde.
    Das 14. Jahrhundert als Krisenzeit, Göttingen 1994.
Avraham Grossman: Pious and rebellious. Jewish Women
    in Medieval Europe, 2004.
Hermann Grotefend: Taschenbuch der Zeitrechnung,
    Hannover 1991.

Oliver Gussmann: Einladung zu einem Rundgang.
Jüdisches Rothenburg ob der Tauber, Haigerloch 2011².

Alfred Haverkamp: Geschichte der Juden im Mittelalter von der
Nordsee bis zu den Südalpen. Kommentiertes Kartenwerk,
Hannover 2002.

Alfred Haverkamp (Hg.): Verschriftlichung und Quellen-
überlieferung. Beiträge zur Geschichte der Juden und
jüdisch-christlichen Beziehungen im spätmittelalterlichen
Reich (13./14. Jahrhundert), Peine 2014.

Johannes Janota (Hg.): Die Hessische Passionsspielgruppe,
Edition im Paralleldruck, Band 1, Tübingen 1997.

Adolph Jaraczewsky: Die Geschichte der Juden in Erfurt:
nebst Noten, Urkunden und Inschriften aufgefundener
Leichensteine; grösstentheils nach primären Quellen bearb.;
mit einer Abb. der Erfurter Synagoge im Jahre 1357,
Erfurt 1868.

Maike Lämmerhirt: Juden in den wettinischen Herrschafts-
gebieten. Recht, Verwaltung und Wirtschaft im Spätmittel-
alter, Köln 2007.

Andreas Lehnertz: The Erfurt Judeneid between Pragmatism
and Ritual: Some Aspects of Christian and Jewish Oath-
Taking in Medieval Germany, in: Maria Stürzebecher/
Claudia Bergmann (Hgg.): Ritual Objects in Ritual Contexts
(Erfurter Schriften zur jüdischen Geschichte, Band 6),
S. 12–31.

Michael Ludscheidt: Mittelalterliche Schätze der jüdischen
Schriftkultur, in: Erfurter Hebräische Handschriften,
Jena/Quedlinburg 2010, S. 27–45.

Christine Magin: So dir Gott helfe: Der Erfurter Judeneid im
historischen Kontext, in: Die Erfurter Jüdische Gemeinde
im Spannungsfeld zwischen Stadt, Erzbischof und Kaiser
(Erfurter Schriften zur jüdischen Geschichte, Band 4),
S. 14–29.

Ivan Marcus: Rituals of childhood: Jewish acculturatio in
Medieval Europe, New Haven 1996.

Annett Martini: Der Toraschreiber als Bewahrer des Gottes-
wortes (Jüdisches Leben in Erfurt), Erfurt 2013.

Thomas Nitz: Stadt – Bau – Geschichte. Stadtentwicklung und
Wohnbau in Erfurt vom 12.–19. Jahrhundert, Berlin 2005.

Ido Noy: Amor Vincit Omnia: Medieval Jewish Love and Romance in Light of the Erfurt Girdle, in: Maria Stürzebecher/Claudia Bergmann (Hgg.): Ritual Objects in Ritual Contexts (Erfurter Schriften zur jüdischen Geschichte, Band 6), S. 80–93.

Simon Paulus: Die Architektur der Synagoge im Mittelalter. Überlieferung und Bestand, Petersberg 2007.

Barbara Perlich (Hg.): Wohnen, beten, handeln. Das hochmittelalterliche jüdische Quartier ante pontem in Erfurt, Petersberg 2019.

Josef Quint (Hg.): Meister Eckehart. Deutsche Predigten und Traktakte, München 1963.

Norman Roth: Daily Life of the Jews in the Middle Agees, London 2005.

Reinhold Ruf-Haag: Juden und Christen im spätmittelalterlichen Erfurt. Abhängigkeiten, Handlungsspielräume und Gestaltung jüdischen Lebens in einer mitteleuropäischen Großstadt, Trier 2009.

Merav Schnitzer: The Silver Key from the Erfurt Treasure: Suggesting a Context, in: Maria Stürzebecher/Claudia Bergmann (Hgg.): Ritual Objects in Ritual Contexts (Erfurter Schriften zur jüdischen Geschichte, Band 6), S. 94–103.

Peter Stein (Hg.): Hebräische Schriften zwischen Juden- und Christentum in Mittelalter und früher Neuzeit, Kamen 2016.

Maria Stürzebecher: The Medieval Wedding Ring from the Erfurt Treasure: Ceremonial Object or Bride Price, in: Maria Stürzebecher/Claudia Bergmann (Hgg.): Ritual Objects in Ritual Contexts (Erfurter Schriften zur jüdischen Geschichte, Band 6), S. 72–79.

Maria Stürzebecher: Der Schatzfund aus der Michaelisstraße in Erfurt, in: Sven Ostritz (Hg.): Der Schatzfund. Archäologie – Kunstgeschichte – Siedlungsgeschichte (Die Mittelalterliche Jüdische Kultur in Erfurt, Band 1, Sonderdruck), Erfurt 2008.

Ursula Schulze (Hg.): Juden in der deutschen Literatur des Mittelalters: religiöse Konzepte – Feindbilder – Rechtfertigungen, Tübingen 2002.

Eva-Maria Thimme: Wertvolle Zeugnisse der mittelalterlichen jüdischen Kultur, in: Erfurter Hebräische Handschriften, Jena/Quedlinburg 2010, S. 49–74.

Christian Maria Weigelt: Das Erfurter Pestpogrom 1349:
   Eine kritische Rekonstruktion, in: Die Erfurter Jüdische
   Gemeinde im Spannungsfeld zwischen Stadt, Erzbischof
   und Kaiser (Erfurter Schriften zur Jüdischen Geschichte,
   Band 4), S. 30–123.

BILDNACHWEIS

Covermotiv: Biblia de Cervera, Menora de Zacharias/
History and Art Collection/Alamy Stock Photo
Umschlaginnenseite (vorne): Karen Salomon
Seite 172 und Umschlaginnenseite (hinten):
Matthias Frank Schmidt, Erfurt